LA PERTE ET LE FRACAS

DU MÊME AUTEUR

The Lost Salt Gift of Blood, nouvelles, McClelland and Stewart, 1976. (*Cet héritage au goût de sel*, Instant même, 1994.)

As Birds Bring Forth the Sun, nouvelles, McClelland and Stewart, 1986. (*Les hirondelles font le printemps*, Instant même, 1995.)

Alistair MacLeod

LA PERTE ET LE FRACAS

roman

traduit de l'anglais
par Lori Saint-Martin et Paul Gagné

Boréal

Les Éditions du Boréal remercient le Conseil des Arts du Canada ainsi que le ministère du Patrimoine canadien et la SODEC pour leur soutien financier.

Les Éditions du Boréal bénéficient également du Programme de crédit d'impôt pour l'édition de livres du gouvernement du Québec.

L'édition originale de cet ouvrage a été publiée par McClelland and Stewart sous le titre *No Great Mischief*

Diffusion au Canada : Dimedia

Données de catalogage avant publication (Canada)
    MacLeod, Alistair
    [No Great Mischief. Français]
    La Perte et le Fracas
    Traduction de : No Great Mischief
    Publ. en collab. avec : Éditions de l'Olivier.
    ISBN 2-7646-0097-6
    I. Saint-Martin, Lori. II. Gagné, Paul, 1961-   . III. Titre. IV. Titre : No Great Mischief. Français.

PS8575.L459N6214   2001   C813'.54   C2001-940187-6
PS9575.L459N6214   2001
PR9199.3.M32N6214   2001

Pour Anita, « mo bhean's mo ghraidh ».

Pour nos enfants : Alexander, Lewis, Kenneth, Marion, Daniel et Andrew.

Sans oublier Donald, notre fils perdu.

1

Au moment où j'entame mon récit, le sud-ouest de l'Ontario baigne dans l'or de septembre. Sous le soleil d'automne, le paysage est d'une richesse presque accablante, à la façon d'un poème de Keats. Le long de la route 3, les étalages croulent sous le poids des paniers de fruits et de légumes, des plantes en pots et des fleurs en bouquet. Des panneaux invitent à venir cueillir ses propres fruits : on voit des familles entières, tantôt accroupies, tantôt debout, ployant sous la charge d'un panier débordant ou juchées sur des échelles dont l'extrémité se perd dans les branches d'un pommier ou d'un poirier.

Dans les plus grosses fermes, ce sont des travailleurs immigrés qui font la cueillette, souvent en famille eux aussi. Ils cueillent non pas pour leur propre consommation, mais bien plutôt contre un salaire. La terre ne leur appartient pas. Nombre d'entre eux viennent des Antilles ; certains sont des mennonites du Mexique et d'autres encore des Canadiens français du Québec ou du Nouveau-Brunswick.

Dans les champs déjà dépouillés de leurs fruits, on aperçoit des tracteurs qui vont et viennent dans l'ombre grandissante, enterrant l'ancienne récolte pour préparer la nouvelle. Les suivent bruyamment des volées de mouettes gourmandes.

Un jour, aux environs de Leamington, ma grand-mère, qui nous rendait visite, éclata en sanglots à la vue des tomates pourries qu'on rendait à la terre. Elle pleurait sur ce « terrible gaspillage », et il fallut presque la retenir de courir dans les champs pour arracher les tomates au destin qui les attendait au creux des sillons. Elle était à deux mille cinq cents kilomètres de sa marmite à confiture. Pendant des décennies, elle avait consacré ses étés et ses automnes à la culture de quelques plants de tomates, couvés comme de l'or, malgré un sol rocailleux et une saison de croissance trop brève. L'automne venu, elle plaçait sur l'appui de la fenêtre les quelques tomates vertes qui avaient survécu, dans l'espoir qu'elles mûriraient sous les faibles rayons du soleil qui filtraient encore par les carreaux. À ses yeux, elles étaient rares, précieuses, irremplaçables. La vue des tomates perdues, près de Leamington, la rendit triste pendant des jours. Elle ne pouvait faire autrement, je suppose. Difficile, parfois, de choisir ce qui vous tracasse au moment le moins opportun.

Telles sont les pensées qui m'habitent tandis que je roule vers Toronto, le long de cette route riche et dorée. Je fais le trajet le samedi, et je pars toujours tôt même si rien ne m'y oblige. En automne et au printemps, j'emprunte les itinéraires les plus longs mais les plus pittoresques : la route 2, la route 3 et même parfois les routes 98 ou 21. Elles sont lentes et sinueuses, et je trouve presque réconfortant de passer devant des maisons où les chiens courent encore en jappant après les voitures qui passent, comme s'il s'agissait là d'un événement digne d'être mentionné. En hiver et en été, saisons plus extrêmes, il y a toujours la 401. La 401, comme le savent la plupart de ceux qui m'écoutent, est la principale autoroute de l'Ontario, qu'elle traverse de bout en bout, de la frontière des États-Unis à celle du Québec, que d'aucuns considèrent également comme un autre pays. Aménagée pour favoriser la libre circulation des personnes et des biens, elle est aussi plate, ennuyeuse et efficace que faire se peut. C'est une sorte de symbole, je suppose, de ce qui est très direct, ou encore de « la voie à suivre », voire du droit chemin. On n'y accède qu'en certains points précis. Si votre destination se trouve à proximité de son parcours, elle vous y mènera tout en douceur. Si vous la respectez, elle vous respectera, et jamais au grand jamais vous ne vous perdrez.

Quelle que soit la route par laquelle on y arrive, la ville de Toronto surprend toujours. C'est un peu comme s'il fallait acquérir de nouveaux réflexes pour se faire aux incessants arrêts que commande la circulation et se concentrer sur notre destination.

Le long de la rue Yonge et à l'ouest, des manifestants armés de pancartes protestent contre le nucléaire. « So-so-solidarité, scandent-ils. Tous ensemble contre la bombe. » De l'autre côté de la rue, des militants tout aussi déterminés défilent en jetant à la ronde des regards furieux. La tension est palpable. « Les pacifistes font le jeu des communistes », « Notre pays n'est pas à vendre », « Le Canada aux patriotes » proclament leurs pancartes.

Près de la rue Queen Ouest, entre la rue Yonge et l'avenue Spadina, j'ouvre l'œil et je ralentis, m'attendant presque à l'apercevoir dans la rue, comme s'il allait s'avancer à ma rencontre d'où que je vienne. Aujourd'hui, je ne le vois nulle part. Sur une brève distance, j'emprunte des ruelles encombrées de poubelles enchaînées et, à l'occasion, de chiens, enchaînés eux aussi. Les pneus crissent sur des éclats de verre trop aplatis pour présenter un danger. Au petit bonheur, des escaliers de secours branlants s'accrochent maladroitement aux immeubles, des sons s'échappent pêle-mêle des portes et des fenêtres ouvertes : de la musique et des chants d'autres pays, des voix véhémentes à deux doigts de se briser, et le fracas du verre qui éclate.

Sous le soleil d'automne, je verrouille ma voiture. La rue est bondée de gens à la recherche d'une affaire, de marchands forts en gueule et de clochards qui font les poubelles. Dans des vitrines crasseuses, des écriteaux rédigés à la main promettent de tout, ou presque, à un prix inférieur au coûtant.

Entre les commerces, il y a souvent d'autres portes si banales que le passant risque de ne pas les remarquer. Habituellement peintes en brun, elles sont ou non coiffées d'un numéro, avec un chiffre manquant ou accroché de guingois à un clou. Derrière la porte, il y a parfois une rangée de boîtes aux lettres, certaines flanquées d'un nom collé à l'aide d'un morceau de ruban adhésif grisâtre. Dans presque tous les immeubles de ce genre, on trouve un escalier de bois plutôt raide menant à un palier qu'éclaire une ampoule de quarante watts. Tout autour de ce palier, et peut-être d'autres qui lui sont superposés, des gens vivent au-dessus des boutiques. Contrairement à un mythe répandu, il ne s'agit pas des propriétaires des magasins. En fait, les occupants ne possèdent pas grand-chose; même leurs pauvres meubles ne leur appartiennent pas. Quand ils changent de logement, comme cela leur arrive souvent, ils ne sont pas du genre à consulter les pages jaunes de l'annuaire à la recherche d'un déménageur.

Bien qu'on voie quelques couples dans ces immeubles, les occupants sont pour la plupart des vieux garçons. Il y a des couloirs entiers où ne vivent que des hommes, dans des appartements minuscules ou de simples chambres. Au bout de chaque couloir, on trouve une petite salle de bains, qu'utilisent tous les locataires de l'étage. La serrure est toujours défectueuse. Assis sur les cabinets, on garde le pied sur la porte pour en défendre l'entrée. Il arrive que le prochain occupant crie devant la porte fermée : « Il y a quelqu'un ? » On croirait à une grande famille dans la cohue matinale. Dans la salle de bains, le papier hygiénique est enchaîné au moyen d'un réseau complexe de fils, et un treillis métallique enserre la faible ampoule électrique, qu'on protège ainsi du vol. Dans le vieil évier en ruine, un des robinets fuit, et il y a généralement une tache jaunâtre causée par le ruissellement ininterrompu. L'eau chaude est rare; aux étages supérieurs, on s'en passe parfois.

Derrière les portes closes, on perçoit des bruits indistincts. Domine peut-être celui d'hommes qui toussent et crachent. La plupart d'entre eux fument comme des cheminées. Certains roulent leurs propres cigarettes, assis en sous-vêtements au bord de leur lit. On entend aussi la rumeur de postes de radio et de minuscules télés portatives, qui trônent sur une table ou sur un réfrigérateur presque toujours vide. Rares sont les occupants qui mangent beaucoup. La plupart des chambres ne possèdent ni cuisinière ni four en état de fonctionner. On réchauffe la soupe de tomates sur une plaque de cuisson, avant d'y casser des biscuits salés. L'odeur du pain brûlé est omniprésente, et on aperçoit parfois un pot de café soluble ou une boîte de sachets de thé sur un appui de fenêtre ou un antique radiateur, à côté d'un paquet de biscuits saturés d'agents de conservation, au point qu'ils pourraient rester là pendant des mois sans changer d'aspect.

Laissant le soleil derrière moi dans la rue, je me tourne vers l'entrée. Je gravis l'escalier. En quelques années, c'est la troisième fois qu'il s'établit à cette adresse. Il décrit une boucle et revient à son point de départ, avant de conclure un marché avec le propriétaire, pour qui il a déjà effectué de menus travaux. Celui-ci le reprend presque toujours parce qu'il est plutôt fiable et qu'ils ont au moins quelques années d'un passé commun. Cet homme, qui vend à ses locataires du vin dissimulé dans des sacs en papier brun, a sa part de problèmes, qu'il raconte à qui veut l'entendre. C'est dur, dit-il, d'avoir des locataires qui, à la faveur de la nuit, filent sans payer leur loyer, volent et revendent les meubles que sa femme et lui leur fournissent, ou font faire des doubles de clés et les remettent à leurs amis. C'est dur de recevoir des appels de la police à cause du bruit, le soir, quand il regarde la télévision ; dur aussi de traiter avec des locataires qui se battent à coups de couteaux de cuisine pour une rasade de vin. Ou qu'on retrouve morts dans leur lit, trempés d'urine ou étouffés par leurs vomissures, sans savoir qui prévenir. En général, dit-il, les cadavres sont « donnés à la science ».

— Mais, ajoute-t-il, c'est ce qu'il y a de bien avec vous. Je saurai qui appeler, au besoin.

C'est un petit homme corpulent. Depuis qu'il est arrivé d'Europe, enfant, il a grandement prospéré. Il est fier de ses enfants, qui ont tous fait des études universitaires et qui, sur les photos qu'il conserve dans son portefeuille, sourient de toutes leurs dents.

Tandis que je m'avance sur le palier, je suis troublé, comme toujours, à la pensée de ce que je risque de trouver. Si je n'obtiens pas de réponse et que la porte est fermée à clé, je collerai mon oreille au trou de la serrure, dans l'espoir de saisir sa respiration inégale. Si je n'entends rien, je descendrai dans la rue et je ferai le tour des tavernes du voisinage. Des verres de bière pression s'y entassent négligemment au milieu des flaques qui s'égouttent sur le sol, et les hommes qui sortent des toilettes en titubant ont du mal à remonter leur braguette.

Aujourd'hui, cependant, j'entends presque aussitôt sa voix.

— Entre.

— C'est fermé à clé, dis-je après une tentative infructueuse.

— Ah bon ? Un instant. J'arrive.

Trois pas instables, puis un fracas formidable et, enfin, le silence.

— Ça va ?

— Oui, oui, répond-il. Une minute et je suis à toi.

Le verrou est tiré, la porte s'ouvre. J'entre et il est là, ses mains énormes appuyées sur la poignée, entraîné de côté par le mouvement de la porte. Il est en chaussettes, son pantalon de travail brun retenu par une large ceinture de cuir brun. Il n'a d'autre chemise que le maillot de corps blanc maintenant jauni qu'il porte en toute saison.

— Ah ! te voilà enfin, *'ille bhig ruaidh*, dit-il, dans un mélange d'anglais et de gaélique.

Il fait un pas en arrière, toujours accroché à la poignée. Au-dessus de l'arcade gauche, il a une entaille, causée, semble-t-il, par la lourde chute qu'il vient d'effectuer contre le cadre métallique qui fait saillie au pied du lit. Du sang ruisselle sur son visage, glisse sous son oreille, puis sous son menton et le long de son cou, avant de disparaître dans les poils de sa poitrine, sous son maillot. Le sang ne coule pas par terre, même si je m'attends presque à le voir jaillir sous l'ourlet de son pantalon. Pour le moment, il semble épouser les contours de son visage, comme la rivière de montagne qui fait corps avec le paysage avant de se jeter dans la mer.

— Tu t'es fait mal ? dis-je, en cherchant des yeux un mouchoir pour contenir l'hémorragie.

— Non. De quoi tu parles ?

Suivant mon regard, il porte la main gauche à sa joue et constate avec surprise qu'il y a du sang sur ses doigts.

— Non, dit-il. Ce n'est rien. Une simple égratignure.

Il abandonne la poignée et, à reculons, titube jusqu'au lit en bataille, sur lequel il se laisse choir. Les ressorts protestent. Ses mains se sont mises à trembler violemment; assis sur le bord du lit, il les pose de part et d'autre de son corps et agrippe le cadre. Il s'accroche de toutes ses forces, jusqu'à ce que ses jointures énormes et craquelées blanchissent. Ses mains s'apaisent enfin.

— Tout va bien, à condition de me cramponner à quelque chose, dit-il en se balançant d'avant en arrière.

Je parcours des yeux la petite pièce familière, d'une propreté spartiate. Rien n'indique qu'il a mangé aujourd'hui, et il n'y a pas d'aliments en vue. Dans la poubelle sous le lavabo, j'aperçois une de ces bouteilles couleur d'ambre dans lesquelles on vend du vin trop sucré et bon marché. Elle est vide.

— Tu veux manger quelque chose?

— Non, répond-il. Rien à manger.

Il insiste sur le dernier mot en souriant. Ses yeux sont aussi sombres que les miens, et ses cheveux, jadis noirs, sont aujourd'hui d'un blanc éclatant. C'est le seul aspect de sa personne à demeurer triomphant. Remontant le long de son front en vagues successives, ses cheveux négligés passent sur ses oreilles et descendent trop bas sur sa nuque. On dirait presque un signe, comme chez de nombreux hommes qui boivent trop et se nourrissent mal. À croire que l'alcool serait une sorte de mystérieux aliment végétal grâce auquel le feuillage supérieur s'épanouirait, tandis que la plante s'étiole.

Il me regarde de l'air de qui attend quelque chose, en me souriant avec affection, comme autrefois.

— Mon chèque n'arrive que lundi.

— D'accord, dis-je. Je descends à la voiture et je reviens tout de suite.

— Parfait. Laisse la porte ouverte.

Sur le palier, je passe devant des portes silencieuses avant de descendre dans la rue. Après la pénombre qui règne à l'intérieur, je suis presque étonné de voir que le soleil brille ardemment. Entre deux immeubles, je me dirige vers la voiture. Du coffre je tire une bouteille de brandy, achetée la veille en prévision d'une telle éventualité. C'est le brandy qui agit le plus rapidement. Je rebrousse chemin, la bouteille serrée contre ma poitrine, sous ma veste. La porte est entrebâillée, et il est toujours assis au bord du lit, occupé à maîtriser ses mains, qui n'ont pas cessé de trembler.

— Il y a un petit verre à liqueur dans l'armoire, dit-il.

Je n'ai aucun mal à trouver le verre, car il n'y a pas grand-chose d'autre. C'est un souvenir du Cap-Breton. On y voit le contour de l'île et le nom de quelques lieux. Mes enfants le lui ont offert il y a deux étés, avec tout un nécessaire.

— Oncle Calum va être content, se sont-ils écriés, trop jeunes encore pour être sensibles à la subtilité de l'ironie.

Je lui verse du brandy et le lui apporte. Sa main droite se détache du lit et il s'empare du verre, qui s'envole aussitôt, bondissant sur ma cuisse avant de s'abattre sur le sol sans se briser. Je vois et je sens la tache qui se répand sur la jambe gauche de mon pantalon, où elle forme un cerne sombre. Il repose aussitôt la main sur le lit, comme s'il s'était brûlé.

La tasse sans anse ne produit pas de meilleur résultat, même s'il parvient à s'en saisir à deux mains : le contenu se répand presque aussitôt sur son entrejambe et le long de ses cuisses avant de dégouliner dans le lit. Une troisième fois, je me dirige vers l'armoire, où je déniche un bol en plastique incassable, du genre que les mères achètent à l'intention des bébés qui mangent dans une chaise haute. Je verse un peu de brandy au fond du bol et je le lui tends. Il place ses deux énormes mains dessous et le porte à ses lèvres, tandis que je m'efforce de stabiliser le bord le plus rapproché de moi. Il boit à grand bruit, la tête renversée. Parce qu'il a trop incliné le bol, du brandy coule le long de son visage et descend jusqu'à son menton, où il se mêle au sang qui coule toujours de l'entaille. Je lui tends encore un peu de brandy. Presque aussitôt, l'alcool fait effet. Ses mains s'apaisent, ses yeux sombres s'éclaircissent. Comme le patient à qui on administre un anesthésique, il a moins peur et ses tremblements s'amenuisent.

— Ah ! *'ille bhig ruaidh,* dit-il, nous en avons fait du chemin, toi et moi. Sans rancune. Tu te souviens de Christy ?

16

— Bien sûr que je me souviens de Christy.

— Ah! pauvre Christy. En voilà une sur qui on pouvait toujours compter.

Il s'interrompt, puis change de sujet.

— Depuis quelques jours, je pense à *Calum Ruadh*, dit-il, en haussant les épaules comme pour s'excuser.

— Ah bon?

— C'était notre arrière-arrière-arrière-grand-père, non?

— Si.

— Oui… Je me demande de quoi il avait l'air.

— Je n'en ai pas la moindre idée. Tout ce que je sais, c'est qu'il était costaud, dit-on, et, naturellement, *ruadh*, roux. Il était probablement un peu comme nous.

— Comme toi, peut-être, dit-il.

— Tu es costaud, dis-je en souriant, et tu t'appelles Calum, comme lui.

— Je porte son nom, mais toi, tu as sa couleur.

Il s'interrompt.

— Je me demande si sa tombe est toujours là.

— Oui, mais elle se rapproche dangereusement de la falaise. La pointe de terre s'effrite. Certaines années plus que d'autres. Tout dépend des tempêtes.

— Oui, j'imagine. Il y a tant de tempêtes. C'est un peu comme si sa tombe s'avançait dans l'océan, non?

— Oui, je suppose. On peut aussi imaginer que la mer vient à sa rencontre. Le gros rocher avec l'inscription est toujours là. Nous avons fait retailler les caractères, et nous les avons retracés avec de la peinture hydrofuge. Ils vont durer longtemps.

— Longtemps, oui. Mais ils finiront par s'effacer, et il faudra les faire tailler de nouveau — comme avant.

Il marque une pause.

— C'est comme si, avec le passage du temps, il s'enfonçait plus profondément dans le roc.

— Oui.

— Il s'enfonce dans le roc et, un beau jour, il tombera dans la mer. Quand il ventait, les embruns enveloppaient le rocher et le faisaient briller. Tu t'en souviens ?

— Oui.

— Quand le rocher était mouillé, les caractères apparaissaient plus clairement.

— Oui, c'est vrai. On les voyait mieux.

— Mieux dans la tempête que par beau temps. J'y pense, ces jours-ci, même si je ne me souviens pas d'y avoir jamais pensé avant.

Il se lève et récupère la tasse sans anse. Il est beaucoup plus stable, et ses mains ont cessé de trembler. Il verse du brandy dans le récipient qu'il ne parvenait pas à maîtriser il y a quelques instants à peine. Il passe d'un état à un autre. Bientôt, il atteindra une sorte de plateau, où il demeurera pendant une heure environ, selon la quantité d'alcool qu'il aura ingurgitée, avant de redescendre. En fin d'après-midi ou en début de soirée, je le verrai peut-être cracher du sang ou osciller dans le noir, tentant d'uriner dans le lavabo, farfouillant de la main droite dans son pantalon, appuyé de la gauche contre le mur. Et c'est alors que je devrai le laisser, quitter la ville à la remorque des phares de ma voiture et revenir sur mes pas. Chacun de nous recommence sans cesse sa petite histoire.

— Je ne t'en ai pas parlé la dernière fois ? demande-t-il, interrompant mes pensées pour revenir à *Calum Ruadh* et à sa tombe.

— Non, dis-je d'abord, dans l'espoir de lui épargner une humiliation.

Puis je me ravise :

— Si, tu m'en as parlé.

— Oui, dit-il, *'ille bhig ruaidh.* Tu veux boire un coup ? Avec moi ?

Il m'offre de mon brandy.

— Non. Sans façon. J'ai une longue route à faire. Je dois rentrer.

— Oui, rentrer.

Il se lève, la bouteille de brandy toujours à la main, et se dirige vers la fenêtre qui donne sur la ruelle, les escaliers de secours bancals, les poubelles immobiles et le verre broyé.

— Il fait beau, aujourd'hui, dit-il, comme s'il avait sous les yeux un autre paysage. Un beau jour de septembre. Les épaulards sautent au large de la pointe de *Calum Ruadh*. Je les vois, tout brillants, si noirs, si luisants. Ils ont intérêt à ne pas trop s'approcher. Tu te souviens de celui qui s'était échoué sur la rive ?

— Oui, je m'en souviens.

— Nous espérions que la tempête allait le ramener au large, mais non.

— Il n'a pas pu repartir.

— Non, dit-il en se retournant. Tu te souviens de nos parents ?

— Je n'en suis pas sûr. Je me souviens d'eux par bribes. Je ne fais plus la différence entre les vrais souvenirs et ceux que j'ai forgés à partir de ce que d'autres m'ont raconté.

— Oui, dit-il. Et c'est la même chose pour ta sœur, Catriona.

— Exactement.

Il boit de nouveau, cette fois à même la bouteille, qui se vide à vue d'œil.

— Pauvre grand-papa, pauvre grand-maman, dit-il. Ils ont été bons pour toi. Ils ont fait de leur mieux.

— Oui, dis-je. Tu as raison.

— On doit toujours veiller sur les siens, disait grand-maman.

Son ton change du tout au tout. Il donne maintenant l'impression d'être irrité, suspicieux.

— C'est ce qui explique ta présence ici, je suppose.

Pris de court par sa soudaine saute d'humeur, je m'empêtre dans le remords, le passé.

— Non, dis-je. Bien sûr que non. Pas vraiment. Non, pas du tout.

Je l'ausculte du regard. En chaussettes, il se dandine devant moi. Derrière lui, la lumière dorée de septembre, des grains de poussière dans son halo, entre obliquement par la fenêtre et découpe sa silhouette. On dirait un acteur sous les feux de la rampe. Prêt à bondir et potentiellement dangereux. Malgré des années de négligence, son corps reste sensible aux signes de tension. Il oscille maintenant, des orteils aux talons, en tenant légèrement la bouteille de brandy, comme s'il s'apprêtait à la lancer. Les doigts de sa main droite s'ouvrent et se ferment lentement. Il serre le poing, puis tend la main. Il se met à rire. Le moment est passé.

— Oui, dit-il. Oui, *'ille bhig ruaidh*. Tu sais à quoi je pensais ? Va chercher de l'alcool. Du brandy, du vin ou de la bière, ce que tu veux, et nous allons boire ensemble toute la journée. Et toute la nuit.

— D'accord, dis-je, en faisant un pas vers la porte, avec peut-être un peu trop d'empressement, honteux de la hâte avec laquelle j'accepte de l'abandonner dans la chambre où je suis venu le trouver de si loin.

— Qu'est-ce qui te ferait plaisir ? De la bière ? Du vin ?

— C'est sans importance, dit-il. Sans importance aucune.

— D'accord. Je ferai vite.

— Il n'y a pas le feu, dit-il. Prends ton temps. Je ne bouge pas, et j'ai ceci.

Il agite la bouteille ambrée dans sa main gauche.

— Je t'attends.

Sur le palier, je me laisse aller à un moment de soulagement. Celui de l'étudiant qui referme la porte de la salle de classe après un examen, ou du patient qui sort du cabinet du dentiste après avoir appris qu'il faudra lui faire un plombage dans deux semaines, mais pas aujourd'hui. Ou encore du témoin qui quitte la barre après son contre-interrogatoire.

Debout sur le palier, je l'entends qui se met à chanter. Doucement, mais avec résolution — pour lui-même, à la façon qu'ont les ivrognes de soliloquer :

Chi mi bhuam, fada bhuam,
Chi mi bhuam, ri muir lain;
Chi mi Ceap Breatuinn mo luaidh
Fada bhuam thar an t-sail.

C'est *Cumha Ceap Breatuinn*, La Complainte du Cap-Breton, une de ces chansons qu'on chante souvent en groupe. Une personne chante le couplet, et les autres, le refrain.

20

Je vois loin, très loin.
Je vois au-dessus des vagues
Le Cap-Breton, mon amour,
Loin au-dessus de la mer.

Je m'éloigne, et la chanson s'estompe un peu plus à chacun de mes pas. Tandis que je descends l'escalier raide et triste sous l'ampoule de quarante watts, la chanson continue, et je suis presque surpris de constater qu'elle vient non plus de lui, mais plutôt d'une source au fond de moi. Elle remonte, et mes lèvres se mettent à bouger, comme par réflexe :

Gu bheil togradh ann am intinn
Bhi leibh mar a bha
Ged tha fios agam us cinnt
Ribh nach till mi gu brath.

Mon cœur se languit
De retourner d'où je viens,
Mais je sais, au fond de moi,
Que je ne reviendrai jamais.

J'ai repris là où il avait laissé, tout naturellement. Même si le sujet est très différent, les couplets et le refrain me sont revenus aisément, un peu, je suppose, comme les anciens scouts se souviennent par cœur de leurs chansons de marche. Des sons plantés dorment, puis fleurissent quand on s'y attend le moins.

Lorsque je débouche dans la rue, je suis, me semble-t-il, un homme du XXe siècle. Puis une autre expression de ma grand-mère me revient en mémoire : « *Que ça te plaise ou non.* » Je suis un homme d'âge mûr, c'est le mois de septembre, et le XXe siècle tire à sa fin. Si je poursuis ma route jusqu'au tournant, j'aurai cinquante-cinq ans, ce qui est jeune ou vieux, je suppose, selon le point de vue où on se place et l'attitude qu'on a vis-à-vis de l'âge et du temps qui passe. « Nous serons là pendant très, très longtemps, disait mon grand-père à propos du *clann Chalum Ruaidh*, à condition que nous le voulions et qu'on nous en donne la chance. » Sous le soleil de septembre, je carre les épaules — comme si je passais une audition pour le rôle de l'« homme du XXe siècle » dans une production théâtrale.

— Ah bon!

C'est la voix de mon frère aîné qui me hante.

— Ah bon! *'ille bhig ruaidh*. Te voilà donc enfin. Nous en avons fait du chemin, toi et moi. Sans rancune.

La voix s'interrompt, puis reprend.

— Depuis quelques jours, je pense à *Calum Ruadh*. Je me demande de quoi il avait l'air.

— Je ne sais pas, dis-je. Je ne sais pas. Je ne sais que ce qu'on m'en a dit.

— Ah bon, répond la voix. Reste avec moi. Reste avec moi. Tu es encore le *gille beag ruadh*.

2

Je n'aurai donc jamais cessé d'être le *gille beag ruadh*, « le petit garçon aux cheveux roux ». D'aussi loin que je me souvienne, on m'a toujours appelé ainsi. J'étais convaincu que c'était mon nom, même si « Alexander » figure sur mon certificat de naissance. C'est pourquoi, à mon premier jour d'école, assis derrière ma sœur jumelle et vêtu de neuf, serrant dans mes mains trop propres et pourtant poisseuses les crayons qu'on venait de m'offrir, je ne répondis pas à l'appel.

— C'est toi, dit en me poussant un cousin assis dans la rangée voisine.

— Qui ? demandai-je.

— Toi, insista-t-il. C'est ton nom.

Puis, prenant les choses en main, il demanda la parole et, en me désignant, dit :

— C'est lui, *gille beag ruadh*, Alexander.

Tout le monde éclata de rire parce que je n'avais pas reconnu mon nom. L'institutrice, qui n'était pas du coin, rougit jusqu'aux oreilles, sans doute à cause de l'expression gaélique dont le sens lui échappait. Fort heureusement, nous n'étions pas de la génération de ceux qu'on avait battus pour quelques mots prononcés en gaélique, qu'on avait battus « pour leur bien », comme on disait, pour qu'ils apprennent l'anglais et deviennent de bons Canadiens. L'institutrice se contenta de demander :

— Vous vous appelez Alexander ?

— Oui, avouai-je, retrouvant un peu d'aplomb.

— À l'avenir, je vous prie de répondre à l'appel de votre nom.

« Entendu », me dis-je en moi-même, et je me promis d'être désormais à l'affût du nom à la consonance étrangère.

À la récréation, quelques grands s'approchèrent de moi. L'un d'eux me demanda :

— C'est toi, *gille beag ruadh*?

— Oui, répondis-je d'abord par habitude.

Puis, me rappelant la leçon que je venais de recevoir, je me ravisai :

— Non. Alexander. Je m'appelle Alexander.

Rien n'y fit :

— *Les cheveux des* Calum Ruadh *sont rouges, ils mettent le feu à tout ce qui bouge,* scanda-t-il.

Sous l'attaque, je sentis une fois de plus ma lèvre inférieure trembler et j'eus peur de fondre en larmes.

— Laisse-le, dit un autre grand garçon. Tu es à moitié *Calum Ruadh* toi-même.

Il ébouriffa mes cheveux avant de s'éloigner, entraînant les autres à sa suite. Je rejoignis ma sœur, qui m'attendait à quelques pas pour aller glisser. C'était, nous avait-on dit, une bonne façon d'occuper la récréation.

Le *Calum Ruadh* qui semble de nos jours, à Toronto, tenir tant de place dans les pensées et les conversations était donc mon arrière-arrière-arrière-grand-père. C'est en 1779 qu'il avait quitté Moidart, en Écosse, pour venir s'établir dans le Nouveau Monde. Parfois, j'ai l'impression que nous savons beaucoup de choses à son sujet ; parfois, très peu. « Tout est relatif », dit-on. Il y a des faits, voire des chimères, qui se transforment au gré de nos perceptions et de nos intérêts.

Voici les faits, du moins ce qu'on croit en savoir : à Moidart, il épousa Anne MacPherson, et ils eurent six enfants, trois garçons et trois filles. Quand les enfants étaient encore tout petits, Anne Mac-Pherson tomba malade et mourut « de la fièvre », le laissant seul avec ce que mes grands-parents appelaient « sa lourde charge », soit ses enfants sans mère. Plus tard, la sœur cadette de sa femme, Catherine MacPherson, venue s'occuper de son ménage et élever ses neveux et nièces, finit par épouser leur père. Ensemble, ils eurent encore six enfants, de nouveau trois garçons et trois filles. Quiconque connaît l'histoire de l'Écosse, en particulier celle des Highlands et des Hébrides autour de 1779, n'aura aucun mal à comprendre les motifs de leur départ.

Ils avaient déjà des amis et des parents en Amérique. Bon nombre d'entre eux s'étaient établis en Caroline du Nord, dans la région du fleuve Cape Fear — presque tous des hommes, occupés à faire la guerre de l'Indépendance américaine. Certains, parmi les plus vieux, prêts à se battre pour se tailler une nouvelle vie dans le Nouveau Monde, s'étaient rangés du côté des révolutionnaires ; d'autres, obstinément fidèles à la Couronne, faisaient front avec les Britanniques. Le soir venu, ils chantaient des chansons en gaélique de part et d'autre des pâturages où, le lendemain, ils s'entretueraient. Par-delà les vallées profondes de la Caroline du Nord, ils chantaient en gaélique à l'intention de leurs amis et parents des Highlands : « Venez nous rejoindre. » « Vous êtes du mauvais bord. » « Ne soyez pas dupes. » « L'avenir nous appartient. »

En 1779, *Calum Ruadh* avait cinquante-cinq ans. En 1745, à l'époque où avait retenti l'appel de Charlie, il en avait vingt et un. Là aussi, des amis et des parents s'étaient interpellés en chantant. « Ne soyez pas dupes. » « Vous êtes du mauvais bord. » « Vous vous trompez de maître. » « Pensez-y à deux fois. » Des pressions venaient de tous les côtés aussi bien que d'en haut.

On croit savoir qu'il envisageait de partir, avec sa femme et sa famille, depuis un certain temps déjà. Discrètement, ils avaient commencé les préparatifs et pris contact avec l'agent d'immigration. Celui-ci leur avait donné rendez-vous dans une anse abritée de la côte, où mouillait son navire et où il recueillait des familles comme la leur. Le bateau était en partance pour la Nouvelle-Écosse, le « pays des arbres », même si la destination ultime de *Calum Ruadh* était plutôt le Cap-Breton, où, lui avait-on expliqué dans une lettre en gaélique, une terre l'attendait.

Le départ était fixé au 1er août et la traversée, pour peu que les vents fussent favorables, ne devait durer que six semaines. Dans les semaines précédant l'appareillage, cependant, Catherine née Mac-Pherson tomba malade. Ils étaient désemparés. Ils décidèrent de partir néanmoins. Ils avaient vendu leur bétail et renoncé aux madriers qui étayaient leur maison, lesquels, à cette époque et en ce lieu, valaient leur pesant d'or. Ironie du sort, ils quittaient une contrée où les arbres étaient trop rares pour une autre où ils étaient peut-être trop abondants. Sur le rivage, ils attendirent, *Calum Ruadh*, sa femme, malade mais remplie d'espoir, et ses douze enfants. Sa fille aînée était déjà mariée à un dénommé Angus Kennedy, de l'île de Canna, et ils attendaient eux aussi. Dans les brumes de l'imagination, on les discerne qui font les cent pas en guettant l'horizon, tandis que les silhouettes de parents et d'amis vont et viennent dans l'ombre. « Vous faites fausse route. » « Prenez garde ! » « L'avenir est incertain. »

Ils attendaient, *Calum Ruadh* le violon à la main et le pied peut-être posé sur le coffre de marin en bois, où tout était rangé avec soin. Ils emportaient des provisions et cachaient leurs économies dans leurs chaussures. Comment *Calum Ruadh* aurait-il pu se douter qu'une révolution éclaterait bientôt en France et qu'un garçon nommé Napoléon, alors à peine âgé de dix ans, ne tarderait pas à se lancer à la conquête du monde ? Il ne fut tout de même pas étonné, plus tard, quand il apprit le nombre de ses parents qui avaient péri à Waterloo ou ailleurs, combattant les Français pugnaces pour le compte des Britanniques, un cri de guerre en gaélique aux lèvres. Le général James Wolfe, que *Calum Ruadh* avait peut-être oublié depuis 1745, était mort depuis vingt ans déjà, tombé sur les plaines d'Abraham, aux côtés des Highlanders — ceux-là mêmes qu'il avait cherché à exterminer quelque quatorze années auparavant.

En août 1779, il est peu probable que *Calum Ruadh* ait beaucoup songé à Wolfe. Tandis qu'il se préparait à quitter Moidart — encore un MacDonald qui partait, même si, cette fois, ce n'était pas pour « suivre Charlie » —, il était sans doute habité par des préoccupations plus immédiates, encore qu'il est possible que cette image et cette musique aient hanté les replis secrets de son esprit.

Pendant qu'ils attendaient sur le rivage, la chienne, qui partageait leur labeur depuis des années et qu'on avait laissée aux bons soins des voisins, fut prise de frénésie, sentant que quelque chose clochait. Elle se roulait dans le sable en gémissant. Quand ils se mirent à patauger en direction de la barque qui les conduirait vers le navire, elle les suivit, sa tête traçant un V dans l'eau, ses yeux inquiets rivés sur la famille en fuite, qu'elle considérait comme sienne. Comme ils ramaient en direction du navire à l'ancre, elle continua à nager, malgré les menaces et les exhortations en gaélique qui lui enjoignaient de rentrer. Elle nagea, s'éloignant toujours plus du rivage, jusqu'à ce que *Calum Ruadh,* qui n'en pouvait plus, cessât de la menacer pour l'encourager plutôt. Penché par-dessus bord, il souleva la chienne trempée jusqu'aux os, glacée et tremblante. Tandis que, toute mouillée, elle se tortillait contre sa poitrine et lui léchait le visage avec enthousiasme, il lui dit en gaélique :

— Petite chienne, voilà des années que tu es avec nous. Nous n'allons pas t'abandonner. Tu nous accompagnes.

(Mon grand-père disait :

— Il me fait toujours autant d'effet, le coup de la chienne.)

Le voyage fut pénible. Dans l'entrepont, les quartiers des passagers étaient surpeuplés. Il semblait que le navire fût construit sur le modèle de ceux qui transportaient vers les ports du Nouveau Monde les Highlanders ou encore les esclaves en provenance de l'Afrique. C'est par pur appât du gain qu'on entassait les gens ainsi.

Si, par beau temps, les passagers pouvaient monter sur le pont, faire quelques pas et se laver, en ce mois d'août orageux de l'année de la traversée, ce fut impossible. Aussi furent-ils contraints de rester à fond de cale, puants et cloîtrés. Après trois semaines, Catherine née MacPherson mourut. Une autre mort provoquée « par la fièvre » et précipitée, sans doute, par la promiscuité, le porridge grouillant d'asticots et les minuscules rations d'eau saumâtre. On la cousit dans un sac en toile avant de la jeter par-dessus bord. Jamais elle ne devait voir le Nouveau Monde sur lequel elle avait fondé tant d'espoirs. Une semaine plus tard, la femme d'Angus Kennedy accoucha. L'enfant fut prénommée Catherine. On l'appela toujours « *Catriona na mara* », « Catherine de la Mer », à cause des circonstances de sa naissance.

Voilà les faits, ou certains d'entre eux, je le répète. Les chimères, elles, sont de mon invention. Comme les chansons en gaélique, mes souvenirs ne participent ni d'un choix délibéré ni d'un effort de volonté. Ils sont là, depuis très longtemps me semble-t-il, même si je ne suis pas encore bien vieux. Je me rappelle avoir entendu mon grand-père me raconter cette histoire, un après-midi de printemps. À côté d'un amas de bûches, nous préparions du petit bois — il le coupait et j'allais le mettre au sec. J'avais peut-être onze ans. Des oies volaient vers le nord, au-dessus des lacs et des rivières toujours figés sous la glace — apparemment dupées, car il était encore tôt dans la saison, et pourtant respectueuses de l'ordre géométrique de leur cap et de leur destin.

— Aussitôt sur la rive de Pictou, dit-il, *Calum Ruadh* a craqué et s'est mis à pleurer. Il a sangloté sans relâche pendant deux jours. Tous, ils l'entouraient, je suppose, y compris la chienne, sans savoir quoi faire.

— Il a sangloté ? dis-je, incrédule.

Déjà, j'avais été marqué par les films dans lesquels on voit les émigrants applaudir quand ils aperçoivent la statue de la Liberté. Ils s'embrassent, ils dansent, ils ont l'air heureux au moment où ils touchent la Terre promise. De plus, j'avais du mal à concevoir qu'un homme de cinquante-cinq ans puisse pleurer comme une Madeleine.

— Il a sangloté ? repris-je. Pour quoi faire ?

Mon grand-père, je m'en souviens, enfonça la hache dans le billot — si profondément qu'après il eut du mal à l'en déloger — et me regarda avec, dans les yeux, une colère passagère telle que je crus qu'il allait m'attraper par la veste et me secouer. Dans ses yeux, je lisais l'incrédulité que lui inspirait ma bêtise, mais cela ne dura qu'un instant. Il était un peu, je suppose, comme un instituteur qui, au tableau noir, fournit des explications, trace des diagrammes, donne des exemples et qui, après avoir posé une question, se rend compte que personne n'a compris — et craint, soudain en proie à la colère, que tout n'ait été qu'une vaste perte de temps. Ou peut-être encore avait-il commis une erreur assez répandue chez les grandes personnes qui discutent avec des enfants. S'imaginant face à des adultes qui ont les mêmes connaissances et perceptions qu'eux, ils expliquent la vie à des êtres que la question n'intéresse pas encore et qui préféreraient sans doute se gaver de biscuits.

— Il pleurait sur son histoire, dit-il, se ressaisissant après un moment de réflexion. Il avait quitté son pays et perdu sa femme, et il parlait une langue étrangère. Parti d'Écosse mari et père de famille, il était arrivé veuf et grand-père. Et il avait la responsabilité de tous ceux qui l'entouraient.

Levant les yeux au ciel, mon grand-père ajouta :

— Il était comme l'oie à la pointe du V. Il avait fléchi un instant et perdu courage. Quoi qu'il en soit, ils sont restés là pendant deux semaines à attendre un doris qui les conduirait au Cap-Breton. Après, il a repris le dessus, je suppose, « serré les dents » comme on dit, et résolu de poursuivre. Heureusement pour nous.

— C'est quoi, un doris ? demandai-je, la curiosité l'emportant sur ma crainte de passer pour ignorant.

La question ne le mit pas en colère. Il rit plutôt, tandis qu'il essayait d'extraire la hache du billot.

— Je n'en suis pas certain, répondit-il. C'est le mot qu'on utilisait toujours. Il s'agit d'une sorte de petit bateau ouvert qu'on peut faire avancer à l'aide de rames ou de voiles. Un peu comme une chaloupe. Je crois que le mot vient du nom d'un poisson.

Tandis que je ramassais le petit bois débité par sa hache, une autre volée d'oies passa au-dessus de nos têtes, cap sur le nord. Celles-ci semblaient voler plus bas, et on croyait presque entendre le « swouch » retentissant et régulier né de leurs ailes avides.

Aujourd'hui encore, on discerne dans les brumes de l'imagination le petit groupe naviguant à bord d'un ou deux doris, mus à la voile ou à la rame, sur la mer agitée d'automne. Chacun suivait des yeux la côte du Cap-Breton, qui allait devenir le sujet de *Chi Mi Bhuam*, même si, à l'époque, personne n'en savait rien. Tout comme ils ignoraient probablement que, une fois arrivés, ils seraient là « pour toujours » — que nul d'entre eux ne regagnerait le continent de son vivant. On imagine la chienne « sauvée des eaux » à la proue du doris, les embruns plaquant ses poils sur son crâne, cependant que, de ses yeux sombres et intelligents, elle scrute la côté hérissée d'arbres. À l'arrivée du bateau sur la plage de galets, les cousins qui avaient écrit la lettre en gaélique et les Micmacs qui étaient chez eux au « pays des arbres » les aidèrent à descendre et continuèrent de leur prêter assistance pendant le long premier hiver.

En ce temps-là, à cause du climat politique incertain, on n'encourageait pas la colonisation du Cap-Breton. En 1784, cependant, celui-ci fut constitué en province britannique, et ceux qui y habitaient déjà demandèrent qu'on leur cédât la terre qu'ils avaient cultivée. *Calum Ruadh*, après avoir parcouru à pied les quelque cent soixante kilomètres qui le séparaient de Sydney, reçut le document qui délimitait de façon à peu près officielle sa terre dans la « colonie du Cap-Breton ». Il avait alors soixante ans. Trente-six ans plus tard, soit après le rattachement du Cap-Breton à la Nouvelle-Écosse en 1820, il obtint de nouveaux documents de la nouvelle province, mais cette fois il y avait des officiers publics sur place et il n'eut pas à faire le trajet à pied. C'était peut-être mieux : il avait alors quatre-vingt-seize ans et vivait dans le Nouveau Monde depuis quarante et un ans. Il vécut encore quatorze ans, d'où le curieux équilibre de sa vie. Mort à cent dix ans, il avait passé cinquante-cinq ans en Écosse et cinquante-cinq dans la contrée « de l'autre côté de la mer ». La deuxième tranche de cinquante-cinq ans se répartissait comme suit : cinq années à titre de squatteur énergique, trente-six à titre de « citoyen du Cap-Breton » et quatorze enfin à titre de citoyen de la Nouvelle-Écosse. À sa mort, en 1834, on était à trente-trois ans de la Confédération.

Dans le nouveau pays, il ne se remaria pas, et c'est peut-être pourquoi sa tombe paraît doublement solitaire, située comme elle l'est à l'extrémité d'une pointe de terre qui surplombe la mer, offerte aux infinies variations du vent. La plupart de ses enfants reposent dans les premiers cimetières officiels, entourés de leurs femmes ou de leurs maris et, quelquefois, dans les lots les plus grands, de leurs enfants et petits-enfants. Familles unies dans la mort comme elles l'avaient été dans la vie. Mais *Calum Ruadh* est enterré seul, là où il le souhaitait, dit-on, l'endroit marqué uniquement d'une grosse pierre sur laquelle on lit, en caractères gravés à la main, son nom, l'année de sa naissance, celle de sa mort et une simple inscription en gaélique : *Fois do t'anam.* Paix à son Âme.

3

Dans les années qui suivirent, quelques-uns des descendants de *Calum Ruadh* agrandirent son domaine, tandis que d'autres s'éparpillèrent le long de la côte ou s'aventurèrent dans les terres. Presque tous eurent à leur tour de nombreux enfants, d'où l'enchevêtrement complexe des généalogies au-dessus desquelles son nom continuait de trôner. À l'époque où, élève au secondaire, je jouais au hockey, nous nous rendions dans des localités qui m'apparaissaient fort lointaines, où nous disputions des matchs, parfois sur des patinoires couvertes, le plus souvent sur des étangs gelés en bordure de l'océan. Après, nous étions reçus chez nos hôtes, et leurs parents ou grands-parents nous soumettaient invariablement à un interrogatoire en règle :

— Comment t'appelles-tu ? Quel est le nom de ton père ? Comment s'appelle le père de ta mère ?

Presque infailliblement, dans mon cas et dans celui de mes cousins, l'inquisiteur prenait un air entendu et déclarait :

— Ah bon ! Tu es du *clann Chalum Ruaidh*…

Comme si, du coup, tout s'éclairait. On prononçait le mot *clann* à la mode gaélique, comme s'il rimait avec « aumône ».

— Ah bon ! Tu es du *clann Chalum Ruaidh*…

Ce qui voulait dire :

— Ah bon ! Tu es un rejeton de Calum le Rouge…

Nous recevions ce jugement en opinant du bonnet, tandis que la neige et la glace qui s'écoulaient le long de nos jambières formaient une flaque sur le linoléum. Après coup, nous riions et, nous croyant plus malins que nous ne l'étions en réalité, imitions ceux qui nous avaient interrogés.

— Quel est le nom du père du père du père de ton père ? nous demandions-nous, en traçant nos initiales dans la neige avec nos bâtons. Puis nous répondions à nos propres questions :

— Ah bon ! je vois, tu es du *clann Chalum Ruaidh*…

Hilares, nous nous jetions de la neige à la figure avec la lame de nos bâtons.

Quelques-unes des caractéristiques des *Chalum Ruaidh* semblent avoir été transmises de génération en génération ; dans certains cas, elles semblent même s'être accentuées. Il y a, par exemple, une prédisposition à avoir des jumeaux, mais la plupart du temps pas des vrais jumeaux. La « carnation », comme on le dit parfois, en est une autre. Nous avons pour la plupart le teint pâle mais, dans une même famille, certains enfants ont les cheveux rouge vif, tandis que ceux de leurs frères et sœurs sont d'un noir profond, intense, lustré. À dix-sept ans, ma sœur jumelle décida, dans un accès de vanité adolescente, de se teindre les cheveux. Elle se fit donc une mèche blond cendré qui, partant du front, descendait par vagues ondulées le long de sa lourde crinière noire. Mais le jour où, lasse de l'effet produit, elle voulut rendre à la mèche sa couleur naturelle, elle ne parvint pas à trouver de teinture qui fût aussi noire. Je la revois encore, assise face au miroir, en combinaison, refrénant ses larmes en se mordant la lèvre. Elle me faisait penser aux héroïnes des ballades écossaises, à la peau blanche comme le lait et aux cheveux noirs comme le jais, qui rêvent d'être quelqu'un d'autre. Ma grand-mère, qui s'était montrée sans grande sympathie pour son affliction, avait déclaré sur un ton sans réplique :

— Voilà qui t'apprendra à jouer avec les cheveux que le bon Dieu t'a donnés.

Il a fallu des mois pour que ses cheveux reprennent leur belle couleur noire. Peu après, comble d'ironie, les premières mèches blanches sont apparues avant l'heure, comme elles le font souvent chez les personnes aux cheveux très foncés.

De nombreux roux avaient des yeux sombres qu'on aurait dits plus que bruns, tirant sur le noir lustré. Ces personnes, d'une étrangeté saisissante pour certains, ont au contraire pour d'autres un troublant air de famille. À la naissance d'un de mes fils, dans le sud-ouest de l'Ontario, les infirmières déclarèrent :

— Ses cheveux vont foncer ou ses yeux vont passer au bleu. La plupart des rouquins ont les yeux bleus. Cet enfant ne ressemble à personne.

Étant donné ma propre apparence, je n'ai pas jugé opportun d'intervenir.

Par un bel après-midi d'été, le fils de ma sœur — c'était des années après le mariage de celle-ci avec l'ingénieur pétrolier dont elle avait fait la connaissance à l'université de l'Alberta — poussait sa bicyclette le long de la montée Sarcee, à Calgary. Il était alors âgé de onze ans. Sur sa route, avait-il raconté, il avait croisé une voiture remplie d'hommes. En travers de la calandre, elle portait une bannière où on lisait : «Vivement la Colombie-Britannique!» Après l'avoir croisé, la voiture s'était immobilisée dans un nuage de poussière puis était revenue vers lui à reculons. Il serrait son guidon, ne sachant pas s'il devait avoir peur.

— Comment tu t'appelles? avait demandé un des hommes en baissant la vitre.

— Pankovich, avait-il répondu.

Puis, un des hommes assis à l'arrière («celui qui avait une bouteille de bière entre les jambes», s'était-il souvenu) lui avait demandé en se penchant :

— Quel est le nom de famille de ta mère?

— MacDonald, avait-il répondu.

— Je vous l'avais bien dit, avait rétorqué l'homme à la cantonade.

Un autre homme avait tendu au garçon un billet de cinquante dollars.

— Pour quoi faire ? avait demandé mon neveu qui s'appelait pourtant Pankovich.

— À cause de ton air, avait dit l'homme. Dis à ta mère que c'est de la part du *clann Chalum Ruaidh*.

Puis la voiture sur laquelle on lisait « Vivement la Colombie-Britannique ! » s'était éloignée sur la route rendue liquide par l'été, en direction des collines onduleuses et des montagnes qui chatoyaient dans le lointain.

— Maman, avait demandé mon neveu en rentrant, c'est quoi « clone calomnie roi » ?

— Pourquoi ? avait-elle demandé, saisie. Où as-tu entendu ça ?

Il lui avait raconté son histoire, et elle, quelques-unes des siennes.

— Je m'en souviens comme si c'était hier, me dit-elle plus tard. J'étais en train de me coiffer parce que, ce soir-là, nous devions aller au restaurant. J'ai été si émue que je me suis mise à pleurer. Je lui ai demandé où la voiture était immatriculée, mais il n'avait pas remarqué. J'aurais seulement aimé savoir qui ils étaient et les remercier, je ne sais comment — pas pour l'argent, bien sûr, ni pour mon fils, mais pour moi.

Les mains devant elle, elle avait esquissé de petits gestes, comme pour lisser une nappe imaginaire, tendue dans les airs.

4

Ma sœur jumelle et moi avons été élevés par nos grands-parents paternels, qui, tous deux de la lignée de *Calum Ruadh*, étaient cousins. Notre grand-père maternel aussi. Lui, nous l'avons moins bien connu. À la manière de ce qui est moins familier, il pique aujourd'hui davantage notre curiosité. Il était, disait-on, « né par hasard », ce qui signifie qu'il était illégitime, né d'un *Calum Ruadh* devenu forestier près de Bangor, dans l'État du Maine, d'où il n'était jamais revenu. Apparemment, les parents de mon grand-père allaient se marier au printemps, au retour du jeune homme, qui devait rapporter la somme nécessaire à leur établissement. En automne, sa fiancée s'était donnée à lui comme le font les jeunes filles avant le départ des jeunes gens pour la guerre, pleines d'espoir mais en même temps craintives. Mon grand-père a dû être conçu à la fin octobre ou au début novembre, puisqu'il célébrait son anniversaire le 3 août. Encore aujourd'hui, ses parents inspirent tous deux une compassion infinie : la jeune fille qui, au plus dur de l'hiver, se découvre enceinte d'un fiancé qu'elle ne peut joindre et l'homme qui meurt écrasé sous des billes de bois, sur le chemin de halage, peut-être sans savoir qu'il a allumé l'étincelle de vie qui à son tour allait engendrer la mienne.

36

On dit qu'il serait mort en janvier, même si, à cause de la distance et de l'hiver, la nouvelle a mis du temps à se répandre. Il n'y avait pas de téléphone, le service postal était peu sûr, et la plupart des intéressés ne parlaient que le gaélique. Il a été enterré sur place, en plein hiver, dans la forêt du Maine ; au printemps, un cousin a rapporté un ballot renfermant ses bottes et quelques affaires. Il n'avait pas travaillé assez longtemps pour accumuler grand-chose, et il avait fallu, pour l'enterrer, épuiser l'argent qu'il avait mis de côté pour son mariage. Comme je l'ai dit, on éprouve une énorme compassion pour lui et pour la fille qui, en plein cœur de l'hiver, attend un homme mort, seul capable de la tirer d'embarras. Pour elle qui, pauvre, désespérée et éperdue de honte, attend pendant les chauds mois d'été la venue de l'orphelin au sort incertain.

À cause peut-être des circonstances de sa naissance, mon grand-père maternel était un homme extrêmement méticuleux. Il devint un charpentier aux dons exceptionnels, tirant une grande satisfaction d'un art qui, pour peu qu'on prenne le temps de tout calculer, produit des résultats parfaits. À son mariage, il avait déjà atteint l'âge mûr et eu le temps de concevoir et de bâtir en ville une petite maison parfaite ; de cette union naquit une seule enfant parfaite, ma mère. Lorsque sa femme est morte en couches, il a longuement vécu seul, se levant à six heures précises, rasant et taillant sa proprette moustache roussâtre. La maison était immaculée et chaque chose y avait sa place. Dans le petit bâtiment qui, derrière la maison, abritait ses outils bien astiqués, le même ordre régnait. Il appartenait à l'espèce d'hommes à qui on peut demander : « Tu as un clou à spirales d'exactement trente-deux millimètres ? » et qui, dans le petit pot adéquat, trouve tout de suite l'objet en question.

Avant d'aller au lit, il dressait la table du petit déjeuner avec, une fois de plus, beaucoup de précision : l'assiette retournée, la tasse à l'envers sur la soucoupe, l'anse toujours orientée selon le même angle, le couteau, la fourchette et la cuillère à leur place, comme dans un grand hôtel.

Toujours astiquées, ses chaussures laissaient pointer leurs

museaux brillants sous le lit impeccable, et sa théière trônait toujours à la même place sur le poêle rutilant.

— Il est si ordonné que ça me rend nerveux, disait mon autre grand-père, qui, bien qu'il eût de l'affection pour lui, était d'un tout autre tempérament.

Même s'il s'octroyait une rasade de whisky au lever et une autre au coucher, grand-père buvait très peu en comparaison de beaucoup d'hommes de son âge ; s'il se laissait parfois convaincre d'entrer à la taverne, il n'y restait jamais longtemps et ne s'y plaisait pas.

— Il passe tout son temps à éponger la table, se plaignait mon autre grand-père, et il s'assoit en retrait, comme ceci, ajoutait-il en mimant un homme assis à une table, à la fois loin et proche, parce qu'il a peur qu'on lui renverse de la bière sur son pantalon. Et les toilettes lui font horreur, à cause de la pisse sur le sol.

Il n'aimait ni les chansons grivoises ni les histoires scabreuses, en anglais ou en gaélique, et il rougissait jusqu'aux oreilles à la moindre allusion aux choses du sexe. Cela s'explique, je suppose, par ce qu'il considérait comme un certain désordre qui avait marqué son passé douloureux. Les histoires de types qui séduisent une fille avant de disparaître dans la nature ne l'amusaient pas particulièrement.

Enfants, ma sœur et moi lui rendions visite par obligation plus que par plaisir, parce qu'il était du genre à se formaliser des traces laissées par des bottes boueuses sur son parquet fraîchement lavé, d'un marteau égaré ou d'une égoïne laissée à rouiller sous la pluie. S'il était absent et que nous laissions sur sa porte un mot gribouillé, il encerclait les fautes d'orthographe à l'aide de son crayon de menuisier et, la fois suivante, nous obligeait à les corriger. Il tenait tant à ce que tout soit toujours « comme il faut ».

À l'heure des devoirs, il était un maître implacable, mais non dénué d'une forme d'humour tout à fait personnelle. Chez lui, un beau jour, je m'ingéniais à mémoriser des dates historiques.

— La date de la Confédération, 1867, scandai-je.

— Tu n'as qu'à penser à moi, dit-il, une lueur malicieuse dans le regard. Je suis né ici en 1877. J'ai seulement dix années de moins que le Canada, et je ne suis pas très vieux.

J'étais stupéfait car, à l'époque, il me semblait vieux, au même titre que le Canada. D'ailleurs, j'arrivais mal à faire certaines distinctions, à démêler le vieux du jeune.

Même si mon grand-père était plus vieux qu'eux et « différent », mes autres grands-parents avaient beaucoup d'affection et d'estime pour lui — pas seulement parce que sa fille unique avait épousé leur fils et qu'ils avaient souffert ensemble, mais aussi, je suppose, parce qu'il était leur cousin et faisait partie du *clann Chalum Ruaidh*, même si personne ne se souvenait de l'homme qui lui avait donné la vie au siècle dernier et qui était mort sur un chemin de halage enneigé à Bangor, dans le Maine.

— Il nous est toujours resté fidèle, disait ma grand-mère. Il a toujours été loyal envers ceux de sa race. C'est à lui que nous devons notre chance.

Leur « chance », c'était d'habiter la ville plutôt que la campagne. Pendant les premières années de leur union, ils avaient habité la terre de *Calum Ruadh* et vécu un certain temps avec leurs beaux-parents, tout en s'affairant à la construction de leur maison, restée inachevée. Ils étaient sans cesse à court d'argent, et leur avenir n'avait rien de sûr. Ils avaient même envisagé de partir pour San Francisco, où la sœur de grand-maman, qui avait épousé le frère de grand-papa, vivait déjà et où, disait-on, la vie était belle. Au bout du compte, ils ont choisi de rester.

— Les vieux n'ont pas voulu que nous partions, expliquaient-ils.

Il semble plutôt que ce soient eux qui n'aient pas voulu s'en aller, même si l'idée a subsisté à l'état de chimère, particulièrement chez grand-papa quand il avait un verre dans le nez.

— Vous savez, disait-il en se levant avec hésitation, mais non sans panache, le verre encore à la main, j'aurais pu partir pour San Francisco.

Pendant quelques années, ils menèrent la vie « normale » et incertaine de l'époque, ponctuée par les naissances. Grand-maman faisait la lessive au ruisseau, battait les vêtements sur des pierres et cultivait son précieux jardin. En été, grand-papa pêchait au large de la pointe de *Calum Ruadh* et nourrissait ses animaux ; en hiver, il travaillait dans les bois, au gré des occasions qui s'offraient à lui.

Lorsque, dans la ville voisine, à quinze kilomètres, on entreprit la construction d'un hôpital, mon autre grand-père s'engagea comme charpentier. Il en vint même à effectuer certaines tâches en sous-traitance : une fois l'édifice surgi du sol tel un monument à la gloire des malades de demain, rares étaient ceux qui le connaissaient plus à fond. Les travaux terminés, il comprit qu'on aurait besoin de quelqu'un pour s'occuper de l'entretien. Il résolut donc de préparer grand-papa à occuper cette fonction.

— Il arrivait le soir, racontait grand-maman, avec ses plans propres et exacts. Je débarrassais la table, et il les y étendait. Nous les étudiions à la lueur de la lampe au kérosène, et il désignait du doigt les tuyaux, les fils et les raccords. Il nous expliquait le fonctionnement des commutateurs et des loquets modernes. Il nous posait des questions, comme un instituteur, et nous soumettait des problèmes que nous devions résoudre. Quelquefois, il nous donnait des explications en gaélique. Puis il buvait un doigt de whisky, jouait un air de violon — c'est bizarre, on l'imagine mal ainsi — et repartait. Jamais il ne passait la nuit chez nous. Je me disais que c'était parce que nous n'avions pas de toilettes dans la maison et qu'il était si propre de sa personne — « maniaque », disait-on parfois. À la fin, moi aussi je connaissais tous les rouages de l'hôpital.

Lorsque les autorités constatèrent qu'elles avaient besoin d'un homme à tout faire, grand-papa était, de son propre aveu, « fin prêt ». Il y a bien eu quelques moments tendus — il ne votait pas du bon bord, à ce qu'il paraît — mais, au moment de l'entretien, il avait été si convaincant que toutes les objections furent levées.

— Me voilà paré pour la vie, aurait-il déclaré, vêtu d'une salopette flambant neuve, en caressant sa nouvelle clé à tuyau. Au diable San Francisco.

Telle était la « chance », je l'ai dit, qui avait fait de mes grands-parents des citadins plutôt que des campagnards. Géographiquement parlant, la distance n'était pas très grande ; sur le plan mental, elle était presque inexistante. Ils vivaient aux abords de la ville et avaient un jardin d'une superficie de près de deux acres, où ils élevaient les poules et le cochon qu'ils avaient emmenés avec eux, sans parler des inévitables chiens des *Calum Ruadh*. Pendant un certain temps, ils ont même eu une vache. Ils recevaient sans cesse la visite de proches. Parce que la ville était bâtie au bord de l'océan et que la côte était accidentée, ils apercevaient au loin la pointe de terre d'où ils étaient venus. Par temps clair, ils distinguaient les lumières des maisons comme autant d'étoiles échouées sur terre, là où l'horizon sombre et lointain s'incurvait en direction de la mer.

C'étaient des gens remarquablement heureux, reconnaissants de la « chance » qui leur avait été donnée. Rien d'autre ne leur importait, eût-on dit.

— Il est loin d'être bête, disait mon grand-père plus réfléchi à propos de grand-papa. Mais il ne fait pas attention.

Quoi qu'il en soit, c'est lui qui avait obtenu le poste pour grand-papa, qui l'avait dirigé dans cette voie à la façon d'un orienteur. Après avoir évalué l'emploi et l'élève, il avait décidé (et espéré) qu'ils étaient faits l'un pour l'autre.

Pour sa part, grand-papa disait :

— S'il y a une chose que je sais, c'est faire fonctionner cet hôpital. Ça me suffit.

Pendant les premières années de leur mariage, mes grands-parents avaient tacitement convenu que grand-papa allait gagner autant d'argent que possible et le remettre intégralement à grand-maman, moins une petite allocation pour le tabac et la bière. Elle se chargeait de tout le reste ou presque, ce qui n'était pas rien lorsqu'on considère que, en douze ans, elle donna naissance à neuf enfants vivants. Avant leur coup de « chance », les gains étaient erratiques et imprévisibles, de sorte que grand-maman se trouvait souvent dans la gêne. Ensuite, elle s'était, à l'instar de son mari, sentie « parée pour la vie » ; après des années de vaches maigres, elle s'était crue privilégiée et presque riche, au-delà de ses espérances de jeunesse. Frugale et ingénieuse « par nécessité », comme elle le disait, elle posait pièce par-dessus pièce et ne jetait rien. Elle croyait avec ferveur à quelques maximes : « Il n'y a pas de petites économies », par exemple. Ou encore : « On doit toujours veiller sur les siens. »

— C'est le meilleur des hommes, disait-elle à propos de grand-papa. Je suis payée pour le savoir, moi qui dors avec lui depuis plus de quarante-cinq ans. Certains hommes, ajoutait-elle sur un ton grave, sont gentils comme tout en public, mais à la maison se montrent avares et mauvais. À l'insu de tous, sauf de ceux qui sont captifs dans leur foyer. Lui, il n'est pas comme ça, disait-elle, son visage s'éclairant à cette pensée. Il est toujours jovial et heureux. En plus, il n'est pas aussi bête que bien des gens le pensent.

5

Je pense beaucoup à mes grands-parents. Comme les chansons en gaélique, leur image s'impose à moi sans que j'y sois pour rien. Je ne me dis pas au saut du lit : « Aujourd'hui, il faut que je pense à eux pendant dix minutes » — comme s'il s'agissait d'exercices isométriques ou de tractions. Cela n'a rien à voir. Ils s'insinuent plutôt dans ma mémoire, dans l'opulence discrète de mon cabinet, d'où la douleur est bannie, où seule la beauté a droit de cité. Ils s'insinuent dans l'opulence discrète de mon salon rempli de meubles luxueux et de bon goût. Je les retrouve aussi à Grand Cayman, Montego Bay, Sarasota ou Tenerife, tous ces lieux où nous nous rendons dans l'espoir de faire disparaître l'hiver. Ils s'infiltrent comme la neige fine s'insinuait dans la maison du vieux *Calum Ruadh*, où mes frères ont vécu, par le chambranle des fenêtres ou sous les portes, poussée par le vent entêté et invisible qui persistait malgré les coupe-froid primitifs et les guenilles glissées dans les interstices, et formait de muettes lignes blanches qu'on découvrait avec surprise.

Encore aujourd'hui, je revois mes grands-parents, certains gestes, certaines scènes. La façon qu'elle avait de lui toucher l'intérieur de la cuisse lorsque, juché sur l'escabeau, il l'aidait à faire le

43

grand ménage du printemps, tâche qu'il abhorrait mais exécutait quand même. Ses genoux ployaient sous l'effet de la surprise. Puis, se ressaisissant, il se tournait vers elle en riant, une tringle à rideaux ou un torchon à la main.

Avec l'âge et la surdité grandissante, ils se remirent presque uniquement au gaélique, en particulier lorsqu'ils étaient seuls. C'était la langue qu'on entendait parler dans leur chambre à coucher, tard le soir — sa voix à lui un peu trop forte, comme c'est souvent le cas chez les personnes dures d'oreille. C'était la langue de leurs fréquentations, celle dans laquelle ils étaient le plus à l'aise, quoique, surtout après leur coup de « chance », ils en étaient venus à maîtriser plutôt bien l'anglais. Au petit matin, par la porte qu'ils laissaient parfois entrebâillée, on les voyait dormir, toujours dans la même position. Lui, couché sur le dos, à l'extrémité du lit, les lèvres légèrement entrouvertes, le bras droit tendu, enserrant les épaules de grand-maman. Elle, la tête sur sa poitrine, le contour de son bras droit se profilant sous la couverture, en direction du point familier marqué par l'entrejambe de grand-papa. Ils s'épaulaient admirablement, sans jamais rien se refuser à dessein. Certains de la tournure de leur vie.

Lorsqu'il s'éternisait à la taverne, comme cela lui arrivait parfois vers la fin de sa vie, et que son allocation touchait à sec, il dépêchait un « coursier » à la maison pour que grand-maman lui donne de quoi continuer. Elle acquiesçait toujours à sa demande.

— Ça lui arrive rarement, et c'est si peu de chose quand on pense à tout ce qu'il a fait pour nous.

Une fois, une voisine un peu chipie avait déclaré :

— Si c'était mon mari, il n'aurait pas un sou de plus.

— Fort bien, avait rétorqué grand-maman, à son tour indignée, mais ce n'est pas le cas. Occupe-toi de ton mari, et je m'occupe du mien.

Un jour, c'était la veille de Noël, nous l'attendîmes tout l'après-midi et une partie de la soirée. Il était sorti faire des emplettes de dernière minute.

— Il se sera arrêté en chemin, avait dit grand-maman. Il a

44

peut-être pris trop d'argent. De toute façon, il sera de retour avant six heures et demie, parce qu'il sait qu'il y a beaucoup à faire et que nous devons aller à l'église. Et puis la taverne ferme à six heures.

Comme de juste, il rentra à six heures et demie, en taxi s'il vous plaît, en compagnie d'un groupe d'amis de fortune qui l'aidèrent à franchir la porte et portèrent ses précieux colis, avant de s'engouffrer de nouveau dans le taxi en faisant pleuvoir les « Joyeux Noël ! »

— 'soir, dit grand-papa, en entrant dans la cuisine d'un pas mal assuré. *'Ciamar a tha sibh?* Joyeux Noël ! Tout le monde est content ?

En titubant, il gagna sa chaise au bout de la table de la cuisine. Il commença à se bercer, presque en cadence, comme sur le pont d'un navire qui tangue à la veille du départ.

— Comment allez-vous ? demanda-t-il en nous saluant du geste, les yeux troubles.

Il passait la main devant son visage, comme pour nettoyer un pare-brise imaginaire.

— Comme la vie est belle ! ajouta-t-il, avant de se recroqueviller et de tomber de sa chaise dans un enchaînement rapide et saisissant.

On eût dit un de ces films dans lesquels on assiste à la démolition d'un immeuble bourré d'explosifs qui s'écrase sur lui-même en quelques secondes et semble disparaître sous nos yeux. Quelques tremblements, quelques secousses, puis tout s'écroule.

— Bon Dieu de bon Dieu ! Il faut mettre le bateau en cale avant la marée ! fit-il, affalé sur le plancher. Assurez-vous que toutes les valves sont fermées avant de faire quoi que ce soit, ajouta-t-il.

Déclarations plutôt curieuses, la première datant d'avant le coup de « chance », la seconde, d'après, à supposer que ce fût bien à l'hôpital qu'il songeât. Puis il s'endormit profondément. Même grand-maman semblait désemparée. Sous son regard, il dormait paisiblement, la bouche entrouverte, les bras tendus.

— Que faire ? se demanda-t-elle.

Puis son visage s'éclaira.

— J'ai une idée.

De la boîte de décorations de Noël, elle se mit à extraire divers ornements, des guirlandes brillantes en aluminium et même une étoile ternie. Après avoir placé l'étoile sur la tête de grand-papa, elle enroula prestement des guirlandes autour de ses membres, et elle y accrocha, à des endroits stratégiques, des boules et des étoiles. Elle suspendit une poignée de glaçons décoratifs à sa poitrine, où ils faisaient penser à des décorations militaires, puis elle le saupoudra de neige artificielle. Il plissa le nez, et on eut un moment l'impression qu'il allait éternuer. Il continua cependant à dormir. Son travail terminé, grand-maman le prit en photo. Lorsque, plus tard, il s'ébroua enfin, grand-papa eut d'abord un mouvement de recul, tel Gulliver se réveillant chez les Lilliputiens, couvert de liens en aluminium brillant, sans d'abord savoir où il était ni ce qui lui était arrivé. Pendant un moment, il resta immobile, parcourant la pièce des yeux, jusqu'à ce qu'il aperçût enfin grand-maman calmement assise à ses pieds. Puis il leva le bras droit, très lentement, toisant la neige et les glaçons qui en tombaient, sans parler de la petite boule verte accrochée à son majeur.

— Nous avons pensé qu'il fallait finir de te décorer pour Noël, fit-elle en nous regardant, ma sœur et moi.

Puis elle se mit à rire. Doucement, comme quelqu'un qui cherche à se défaire d'une bombe qui menace d'exploser, grand-papa se releva, soucieux de ne pas troubler la disposition des guirlandes et des serpentins. Quand il fut enfin debout, on devinait, à la place qu'il avait occupée, le contour de son corps, sorte d'ange tracé dans la neige, mais à l'inverse, de la neige artificielle et des ornements délimitant les anciennes frontières de ses membres. À l'église, ce soir-là, les douces lumières dorées, lorsqu'il tournait la tête, faisaient briller les éclats de neige artificielle qu'il avait toujours dans les cheveux.

6

Ma sœur jumelle et moi étions les cadets de la famille. Nous avions trois ans lorsque, le 28 mars, il fut décidé que nous irions passer la nuit chez mes grands-parents.

À son retour de guerre, mon père quitta la marine et posa sa candidature au poste de gardien du phare de l'île qui semble flotter sur les eaux du chenal, face au large, à deux kilomètres de la ville. Il avait une longue expérience de l'océan et des bateaux. Après avoir réussi l'examen, il apprit, par une lettre des plus officielles, que le poste était à lui. Ma mère et lui étaient fous de joie. Ils allaient pouvoir rester dans l'île et jouir de la sécurité dont ils rêvaient après les bouleversements des années de guerre. Leurs parents partageaient leur enthousiasme.

— L'île sera là pendant un sacré bout de temps, déclara grand-papa sur un ton appréciateur.

Plus tard, on l'entendit cependant ajouter, persifleur :

— N'importe qui peut s'occuper d'un phare. Tandis que veiller au bon fonctionnement d'un hôpital tout entier…

Le matin du 28 mars, qui marquait le début du week-end, mes parents, leurs six enfants et leur chienne gagnèrent la terre ferme en marchant sur la glace. Apparemment, les fils aînés, âgés de seize, quinze et quatorze ans, nous portèrent à tour de rôle sur leurs épaules, ma sœur et moi, s'arrêtant souvent pour frictionner nos visages à mains nues, afin d'éviter que nos joues gèlent à notre insu. Notre père, qu'accompagnait notre frère Colin âgé de onze ans, marchait devant et éprouvait la solidité de la glace, çà et là, au moyen d'une longue perche, même si la précaution paraissait inutile. Deux mois auparavant, en effet, il avait « battu » le sentier, ce qui signifie qu'il avait planté des épinettes dans la neige, où elles faisaient office de balises pour les voyageurs.

Pendant les journées les plus froides de l'hiver, les journées à ne pas mettre un chien dehors, comme on dit, la glace acquérait une incroyable dureté. C'était un mélange de glaces en dérive venues de l'Arctique et d'autres qui avaient pris sur place, et elles obstruaient le chenal en entier. Si, par les hivers exceptionnellement rigoureux, la surface était lisse, on pouvait aller et venir librement entre l'île et la terre ferme. On pouvait aussi se promener, patiner ou construire des bateaux qui filaient et viraient à des vitesses vertigineuses sur la surface cuisante, où certains s'aventuraient même en voiture ou en camion. Un ou deux week-ends par année, on organisait des courses de chevaux, au grand plaisir de tous. Le long de pistes également tracées à l'aide d'épinettes, des chevaux aux fers bien tranchants emportaient à vive allure des traîneaux légers ou même des voitures d'été. À la fin de la course, les propriétaires s'empressaient de recouvrir les bêtes car la sueur se transformait en givre sur leur pelage. Un bref instant, les spectateurs croyaient voir des chevaux qui avaient vieilli prématurément, sous leurs yeux, leur robe noire et brune couverte d'un fragile voile blanc. Des chevaux blancs pétrifiés dans un champ de neige et de glace.

Mes parents accueillaient avec satisfaction la venue de l'hiver, car cette saison leur permettait d'accomplir plusieurs tâches rendues plus difficiles par l'été. Ils convoyaient leurs provisions sur la glace, tandis que, en été, ils devaient d'abord tout acheminer au quai, charger le bateau qui se balançait en contrebas, gagner l'île, remonter tout le bagage sur le quai et, enfin, charrier les colis tout le long de la falaise jusqu'au promontoire sur lequel se trouvait le phare. En hiver, ils s'approvisionnaient en bois et en charbon, achetaient et troquaient des animaux qu'ils tiraient par le licou sur le pont éphémère et traître.

En hiver, leur vie sociale s'enrichissait : des visiteurs inattendus venaient les voir, armés de rhum, de bière, de violons et d'accordéons. Tous, ils passaient la nuit, chantaient, dansaient, jouaient aux cartes, racontaient des histoires, cependant que, sur la mer gelée, les phoques gémissaient, se lamentaient. La glace elle-même tonnait, craquait, et grognait même sous l'effet des marées et des courants, insoumis et invisibles sous la froide surface blanche. À l'occasion, un homme sortait pour uriner. À son retour, on lui demandait :

— *De chuala* ? Tu as entendu quelque chose ?

— Rien, répondait-il. *Cha chuala sion*. Rien que la glace.

Le 28 mars, ma famille avait fort à faire. Mes frères aînés comptaient se rendre chez leurs cousins à la campagne — ils vivaient dans les vieilles maisons des *Calum Ruadh,* près du lieu que mes grands-parents avaient quitté pour partir à la ville. S'ils trouvaient quelqu'un pour les conduire, ils allaient passer là-bas tout le week-end. Sinon, ils entendaient s'y rendre à pied : ils auraient moins froid, pensaient-ils, en faisant quinze kilomètres sur des routes bien à l'abri à l'intérieur des terres que trois sur la glace. Mes parents avaient l'intention d'encaisser le chèque de paie de mon père, que mes grands-parents étaient censés avoir pris à la poste, et mon frère Colin attendait avec impatience d'enfiler son nouveau parka, que ma mère avait astucieusement commandé chez Eaton au moment précis où la promesse des beaux jours fait chuter le prix des vêtements chauds. Mon frère attendait depuis Noël. Ma sœur et moi avions hâte de revoir nos grands-parents, qui faisaient toujours grand cas de nous et s'émerveillaient chaque fois du long périple que nous venions d'effectuer. La chienne aussi savait où elle allait. Avec prudence, elle se frayait un chemin, s'arrêtant parfois pour mordiller les boules de neige et de glace qui se formaient entre les coussinets délicats de ses pattes.

Tout se passa bien, et le soleil brillait cependant que nous cheminions, d'abord sur la glace, ensuite sur la terre ferme.

En fin d'après-midi, le soleil brillait toujours, et il n'y avait pas de vent, mais il se mit à faire très froid, de ce froid qui dupe ceux qui sont assez bêtes pour assimiler les rayons du soleil d'hiver à des signes de temps clément. Des proches en visite chez mes grands-parents avaient rapporté que mes frères étaient arrivés à destination et qu'ils ne rentreraient peut-être que le lendemain.

Mes parents répartirent leurs achats dans des havresacs qu'ils gardaient chez mes grands-parents. Comme ils allaient être chargés et que mes frères n'étaient pas là, il fut décidé que ma sœur et moi passerions la nuit chez mes grands-parents et que mes frères nous y prendraient en rentrant. On voulut aussi que mon frère Colin restât avec nous, mais il refusa, impatient qu'il était de mettre son nouveau parka à l'épreuve. À leur départ, le soleil brillait toujours, même s'il avait commencé à décliner. Ils s'armèrent donc de lampes-tempête qui, pendant la dernière portion du voyage, serviraient de moyen d'éclairage ou de signal. Ma mère en portait une, et Colin une autre, tandis que mon père avait empoigné la perche qu'il utilisait pour mesurer l'épaisseur de la glace. Ils durent d'abord marcher deux kilo-mètres le long de la rive, jusqu'au pont de glace. Après, ils suivirent le chemin que mon père avait balisé à l'aide d'épinettes.

Sur l'étendue blanche qu'ils parcouraient, on pouvait aperce-voir leurs trois silhouettes sombres et celle, plus petite, de la chienne. Lorsqu'ils arrivèrent à mi-chemin, la nuit était tombée, et ils allu-mèrent leurs lanternes, qu'on voyait aussi de la rive. Puis ils pour-suivirent leur route. C'est alors que les lampes se mirent à trembler, à danser follement, et l'une d'elles décrivit un arc de cercle dans la nuit avant de s'immobiliser. Grand-papa resta immobile pendant une minute pour être sûr de ce qu'il voyait, puis il cria :

— Il y a quelque chose qui ne va pas. Je ne vois plus qu'une lampe, et elle est immobile.

Ma grand-mère vint aussitôt à la fenêtre.

— Ils se seront arrêtés. Ou ils se reposent. Ou encore ils ajus-tent les courroies de leurs sacs. Ou encore ils font pipi.

— C'est possible, mais il n'y a qu'une seule lumière, et elle ne bouge plus du tout.

— Voilà! dit grand-maman, remplie d'espoir. L'autre lampe s'est éteinte, et ils essaient de la rallumer.

Ma sœur et moi jouions sur le plancher de la cuisine avec les couverts de grand-maman. Nous jouions au « magasin », achetant à tour de rôle des cuillères, des couteaux et des fourchettes que nous payions avec des sous tirés du bocal que grand-maman gardait dans son armoire du bas en cas d'urgence.

— La lampe ne bouge toujours pas, dit grand-papa.

Il enfilait ses habits de neige et ses bottes quand le téléphone se mit à sonner.

— La lampe ne bouge pas. La lampe ne bouge pas, disaient des voix. Ils sont en difficulté sur la glace.

Puis les voix s'élevèrent précipitamment :

— Il faut une corde. Il faut des pics à glace. Il faut une couverture pour faire un brancard. Il faut du brandy. On se retrouve sur la rive. Ne vous engagez surtout pas sur la glace sans nous.

Sur le plancher de la cuisine, ma sœur déclara fièrement :

— J'ai acheté des tas de cuillères et de couteaux, et il me reste encore tous ces sous.

— Bravo! dit ma grand-mère. Un sou est un sou.

Ils avaient parcouru la moitié du chemin qui les séparait de la rive lorsque les yeux de la chienne parurent dans la lueur de leurs lampes. Mon grand-père l'appela en gaélique, et elle se jeta contre sa poitrine, dans ses bras ouverts, lui lécha le visage même lorsqu'il retira ses gants pour enfouir ses doigts dans sa fourrure.

— Elle venait nous chercher, dit-il. Ils sont passés sous la glace.

— Ils sont tombés à l'eau, mais ils ne sont pas nécessairement passés sous la glace, cria quelqu'un.

— Je pense que si, dit mon grand-père. La chienne, en tout cas, a été emportée sous la glace. Elle est trempée jusqu'aux os. Elle est intelligente et bonne nageuse. Et puis elle a une épaisse fourrure. Si elle était seulement tombée, elle serait ressortie aussitôt. Seulement, elle est trop mouillée. Elle a dû passer sous la glace, puis le courant l'a emportée, et elle a regagné le trou à la nage avant de se hisser dehors.

Ils s'avancèrent sur la glace à la queue leu leu, leurs lanternes formant une sorte de décoration de Noël. Chacune se balançait au rythme de l'homme qui la portait. Ils suivirent les traces de pas et se dirigèrent vers la lampe qui marquait un point fixe dans la nuit noire. En s'approchant, ils constatèrent qu'elle reposait sur la glace, que personne ne la tenait. Les traces se poursuivaient jusqu'au trou, puis s'arrêtaient.

Bien des années plus tard, ma sœur et moi étions en onzième année quand une institutrice évoqua devant nous Wordsworth et lut, à titre d'exemple, « Lucy Gray ». Lorsqu'elle arriva aux vers qui suivent, ma sœur et moi tressaillîmes en même temps, et nous nous regardâmes comme si, dans cet ancien texte, nouveau pour nous, nous étions tombés par hasard sur une situation qui nous était familière :

Ils suivirent, à partir de la rive blanche,
Les traces de pas qui s'étiraient, une à une,
Tout juste là, au beau milieu de la planche.
Elles cessèrent ; il n'y en eut plus aucune !

« Elles cessèrent ; il n'y en eut plus aucune ! » Le 28 mars, cependant, nous nous étions lassés de notre jeu. Nous rangions les couverts tandis que notre grand-mère, qui s'apprêtait à nous mettre au lit, jetait des coups d'œil anxieux par la fenêtre.

Sur la glace, la chienne, à proximité du trou, s'était mise à gémir, et les premiers hommes de la file se couchèrent à plat ventre, chacun tenant les pieds de celui qui était devant, de façon à former une sorte de chaîne humaine. Ainsi, leur poids était mieux réparti que s'ils restaient debout. Ce fut peine perdue, car il n'y avait plus rien, sinon la lampe. La glace donnait l'impression d'être solide jusqu'au bord du trou noir, où l'eau clapotait.

Impossible de faire quoi que ce soit, sinon s'interroger. Au-delà du cratère, les rangées d'épinettes s'alignaient selon l'ordre qui avait conduit les hommes jusque-là. Un seul arbre était passé sous la glace. Le pan de glace qui s'était effondré n'avait rien de démesuré, mais, comme l'avait déclaré mon grand-père :

— Il était déjà bien trop grand pour nous.

La marée se retirait lorsqu'ils avaient disparu, ne laissant derrière eux qu'une lampe-tempête — qui avait peut-être été jetée sur la glace par une main s'enfonçant sous l'eau et qui, par miracle, avait atterri en position debout et continué de briller. Peut-être aussi, après avoir décrit un arc de cercle, avait-elle été redressée avec soin, dans un geste désespéré, par une main qui cherchait à en agripper une autre. Les hommes organisèrent une sorte de veille autour du trou, brisant la glace qui s'y formait en s'aidant de leurs pics, attendant que la marée suivît son cours. Au petit matin, tandis que la marée remontait, mon frère Colin fit surface, selon un de ces hasards à demi prévisibles que seuls connaissent ceux qui ont l'habitude d'observer l'océan. La fourrure blanche du capuchon de son parka affleura à la surface, et la demi-douzaine d'hommes transis accroupis autour du trou, patients comme des Inuits, l'agrippèrent avec leurs pics en se jetant mutuellement des ordres à la tête. Il n'avait pas dû s'éloigner beaucoup, se dirent-ils, ou encore ses vêtements s'étaient accrochés sous la glace ; il ne portait pas de sac. Par conséquent, il était moins lourd, se dirent-ils encore. Peut-être aussi le tissu de son parka avait-il des propriétés flottantes, ce qui expliquait qu'il fût demeuré à la surface. Il avait les yeux grands ouverts, et les cordons de sa capuche étaient proprement attachés et calés le long de son cou, comme ma mère avait l'habitude de faire.

On n'a retrouvé mes parents ni ce jour-là, ni le lendemain, ni dans les jours et les mois qui ont suivi.

7

Le matin venu, ma sœur et moi mangeâmes du porridge. Sur la surface, nous tracions des rigoles pour le lait, et nous saupoudrions généreusement le tout de cassonade. Pour l'essentiel, nous étions insensibles aux événements. Grand-maman avait étreint ma sœur comme pour la briser, et grand-papa m'avait ébouriffé les cheveux en disant :

— Pauvre *'ille bhig ruaidh*. Rien ne sera plus jamais comme avant.

C'est chez mes grands-parents qu'on veilla mon frère Colin, deux jours et deux nuits. Les funérailles eurent lieu le troisième. Les membres du *clann Chalum Ruaidh* vinrent de toutes parts, en si grand nombre qu'on eût dit que la maison allait éclater. Les femmes envoyèrent d'abondantes victuailles : des rôtis tout prêts, accompagnés de légumes et de récipients remplis de sauce, des monceaux de petits pains et de biscuits maison, des plateaux débordant de gâteaux. Et les hommes étaient bien assez nombreux pour creuser la tombe dans le cimetière au sol gelé, recouvert de neige. En se passant la pioche, ils regardaient les étincelles arrachées à la terre pétrifiée.

En entrant, les visiteurs se dirigeaient vers le cercueil pour dire leurs prières, puis ils se retournaient pour offrir leurs condoléances. D'instinct, nombre d'entre eux cherchaient mes parents du regard, car c'est au père et à la mère d'un enfant perdu qu'on s'adresse. Puis, se ressaisissant, ils se mettaient en quête du parent le plus proche. Ils allaient vers mes grands-parents, mes oncles et mes tantes ou mes frères aînés, atterrés, ils embrassaient les femmes et serraient la main des hommes en disant :

— Que c'est dommage. Que c'est donc dommage.

Pendant presque toute la veillée, de nombreux visiteurs, malgré eux, se tournaient vers la porte, comme s'ils s'attendaient à voir mes parents rentrer, rappelés à la maison « par un décès dans la famille ». Mais ils ne revinrent jamais.

Tout au long des deux jours que dura la veillée, les membres du *clann Chalum Ruaidh* dormirent sur des chaises, dans les couloirs et même sur le plancher des chambres à coucher, où les lits étaient déjà occupés. La plupart d'entre eux se relayaient auprès du petit corps de mon frère Colin, afin d'éviter qu'il restât seul. Il demeurait d'une immobilité absolue, avec cette perfection qui évoque malgré tout l'expectative. Comme s'il attendait que ma mère vienne vérifier le nœud de sa cravate ou l'état de propreté de ses ongles. Comme s'il l'entendait dire :

— Tu vas être le point de mire. Ils ne vont pas te quitter des yeux.

De jour comme de nuit, on discutait ferme de ce qui avait bien pu se passer. Chacun convenait que mon père connaissait bien la glace. D'ailleurs, ils étaient passés par là le matin même. Il est vrai aussi que les courants et les marées avaient libre cours. Peut-être avaient-ils rongé le dessous de la glace plus qu'on ne l'aurait cru. C'était, après tout, la fin de mars, et le soleil avait brillé, même s'il n'avait pas donné l'impression d'être bien chaud. Quoi qu'il en soit, on ne fut jamais sûr de rien.

On convint qu'il s'était agi d'une « catastrophe naturelle », comme on le dit dans les polices d'assurance, même si les membres du *clann Chalum Ruaidh* préféraient y voir le signe de la volonté de

Dieu, le Dieu de miséricorde en qui ils continuaient de croire. Certains autres, qui avaient lu (ou mal lu) le Livre de Job, virent dans l'incident une illustration de la justice ou du châtiment divin, dont ils se mirent aussitôt à rechercher les motifs. Comme ils vivaient dans l'île, peut-être mes parents n'allaient-ils pas assez souvent à l'église. Avaient-ils consommé leur union avant de se marier ? Comment savoir ?

D'autres firent allusion à des signes avant-coureurs. « Exactement au même endroit », ils avaient vu des lumières sur la glace, des années auparavant. Il s'agissait donc d'une prophétie, aujourd'hui réalisée.

Mon autre grand-père ne fit que de brèves apparitions. Il n'était pas du genre à fréquenter les veillées. Plus tard, il se porta volontaire pour traverser la glace et aller « monter la garde dans l'île » dans l'attente d'un remplaçant. Il emporta son violon. Une fois ou deux — il faisait beau, et le vent soufflait en direction du continent —, on entendit les complaintes qu'il croyait ne jouer que pour lui-même. Rares étaient ceux qui le savaient si doué. Pour ceux d'entre nous qui en comprenaient la source, la musique était encore plus chargée de nostalgie. Il joua ainsi *The Cobh's Lament, Glencoe* et *Patrick MacCrimmon's Lament for the Children*.

— C'est une perte irréparable, dit grand-maman, mais nous avons d'autres enfants, et surtout nous sommes deux. Personne ne comprend la profondeur du chagrin de cet homme.

Par la suite, les *Calum Ruadh* qui fréquentaient la cuisine de mes grands-parents nous offraient parfois, à ma sœur et à moi, des poignées de piécettes, faute de mieux. S'ils parlaient de nous, nous étions tantôt « chanceux », tantôt « malchanceux ».

— *M'eudail* pour la fille, disaient-ils. Pauvre *'ille bhig ruaidh*, tu as un bien long chemin devant toi.

On dit qu'il y a toujours une couche d'air entre la glace et l'eau. Et que, s'il vous arrive de tomber, vous devez tenter de vous retourner sur le dos et coller votre bouche et vos narines sous la glace, afin de pouvoir au moins respirer. Vous devez garder les yeux grands ouverts, de façon à apercevoir le trou par lequel vous êtes tombé et que vous devez chercher à regagner. Si vous fermez les yeux dans le sel gelé, vous risquez de vous perdre et donc de mourir. Vous n'avez pas beaucoup de temps. S'ils sont forts, les courants vous emporteront si loin et si rapidement que, à la fin, la réaction même la plus vive se sera révélée trop lente.

Je me suis souvent imaginé mes parents renversés sous la glace à la façon de doryphores sous une feuille. Leurs mains et leurs genoux remontés, ils sont dans une sorte de position fœtale macabre, et ils pressent leur bouche contre la glace, qui les maintient fermement sous elle. Cherchant à respirer dans l'espoir de rester en vie.

Dans les semaines qui suivirent, le soleil continua de briller. Les courants étaient forts. La glace se teinta de noir sous sa blancheur de surface, rongée par un cancer dont on commençait seulement à deviner la présence. Quelques jours plus tard, la surface blanche qu'on eût dite solide se métamorphosa en un amoncellement de croûtes flottantes et de blocs tourbillonnants, qui ballottaient et jetaient des reflets dans la lumière et l'eau gris-bleu.

Avant la débâcle, la chienne quitta par deux fois la maison de mes grands-parents pour se rendre dans l'île à la recherche des siens. Par deux fois, mes oncles traversèrent pour la ramener. La deuxième fois, mon grand-père l'enchaîna à la véranda, mais elle gémit de façon si pathétique qu'il décida de la laisser aller.

— Elle me fendait le cœur, expliqua-t-il.

Immédiatement, elle descendit jusqu'à la rive, courut sur la glace et n'hésita pas un instant avant de se jeter à l'eau, nageant jusqu'à la plaque la plus proche, sautant de plaque en plaque. Grand-papa l'observait à l'aide de ses jumelles.

— Elle y est arrivée, dit-il enfin en s'éloignant de la fenêtre. Pauvre *cú*.

À l'arrivée du nouveau gardien du phare, « un type du côté de Pictou », elle était toujours là à attendre que ses maîtres disparus surgissent de l'eau. Lorsque la proue de son bateau toucha le quai aménagé sur le rivage rocheux de l'île, elle fit irruption d'entre les rochers et se porta à sa rencontre, furieuse et montrant les crocs, afin de protéger son territoire, grondant, certaine de son bon droit. L'homme s'empara de sa carabine et tira quatre coups de feu dans son cœur fidèle. Plus tard, il la saisit par les pattes de derrière et la jeta dans la mer.

— Elle descendait de la première chienne des *Calum Ruadh*, déclara grand-papa en apprenant la nouvelle.

Puis il remplit de whisky un grand verre, qu'il but d'un trait, sans broncher.

— Celle qui avait suivi le bateau à la nage, quand ils sont partis d'Écosse, ajouta-t-il. Ces chiens aimaient trop et voulaient trop. C'était plus fort qu'eux.

Le 15 mai, mon autre grand-père, qui faisait sa promenade matinale sur la rive, tomba sur le sac à main de sa fille. Toujours fermé, il ne contenait rien d'intérêt ni de valeur pour autrui. En plus d'un billet de dix dollars entortillé dans un mouchoir, il y avait un coupon de caisse et la garantie du parka de Colin, au cas où il n'aurait pas fait l'affaire.

D'aucuns trouvèrent ironique que la découverte revînt à mon grand-père. Elle lui appartenait, en quelque sorte. Grand-maman rétorqua qu'il avait trouvé le sac parce que, à l'aube, il se promenait sur la rive et qu'il avait gardé les yeux ouverts. Selon elle, il n'y avait là rien de mystérieux. Comme je l'ai dit, rien d'autre n'a jamais été « trouvé », rien d'autre n'est jamais « revenu ». Mon grand-père garda le sac à main pendant de longues années avant de l'offrir à ma sœur, une semaine avant son mariage.

Voilà donc comment ma sœur et moi, quand nous avions trois ans, allâmes passer la nuit chez nos grands-parents pour y rester seize ans, jusqu'à notre départ pour l'université. Voilà donc le récit de vies qui ont pris un tour imprévu. Naturellement, cette histoire ne m'appartient pas — en ce sens que je ne l'ai pas vécue directement. Car, je le rappelle, ma sœur et moi jouions au magasin quand mon père et ma mère se sont noyés. Nous n'avons pas non plus vu la fidèle chienne de *Calum Ruadh* nager à la suite de sa famille pour aller vivre de l'autre côté de la mer, il y a bien des générations de cela. Nous n'avons pas vu notre arrière-arrière-arrière-grand-mère,

Catherine née MacPherson, cousue dans un sac en toile avant d'être jetée par-dessus bord. Qu'elles soient exactes ou non, toute la famille a fini par connaître ces histoires, de la même manière que nous nous connaissions les uns les autres, ne serait-ce qu'en raison de l'intimité que nous partagions. Ou, comme l'aurait dit ma grand-mère :

— Comment *ne pas* le savoir ? Il y a des tas de choses que je ne sais pas. Mais il y a aussi des choses dans lesquelles je crois dur comme fer. Par exemple, je crois qu'on doit toujours veiller sur les siens. Sinon, que seriez-vous devenus, tous les deux ?

8

Sous le soleil de la fin septembre, ici, à Toronto, j'hésite. Je me trouve dans le pays à part que constitue le voisinage de la rue Queen Ouest. Loin des restaurants chers et des gratte-ciel, la bataille des Anciens et des Modernes fait toujours rage. « À vendre », lit-on sur des pancartes. « À louer », proclame-t-on sur d'autres. Silencieuses, les grues armées de leur boulet de démolition donnent malgré tout l'impression d'être au garde-à-vous, au milieu de monceaux de débris fraîchement créés.

Des passants vont et viennent. Ils parlent divers dialectes chinois, ou encore grec, portugais, italien, anglais. Les articles exposés dans les vitrines ont la prétention d'être « importés ». Des pigeons effrontés mais circonspects agitent leurs ailes gris-bleu, se posent parfois et trottent ou se dandinent sur les trottoirs, à la manière d'hommes d'affaires imbus de leur importance. Au loin, des manifestants et des contre-manifestants s'affairent. « Les pacifistes font le jeu des communistes. » « On défend son pays… ou on le quitte. »

Un jour, à l'occasion d'une conférence d'orthodontistes qui se tenait à Dallas, un homme, après avoir lu mon nom sur l'étiquette que je portais à la boutonnière, m'apostropha de façon aussi improbable qu'inattendue :

— Qui sont ces Ukrainiens que vous avez au Canada ?

— Ils viennent d'Ukraine, dis-je. C'est leur pays d'origine.

— Non, répliqua-t-il. L'Ukraine n'existe pas. Ils sont russes. J'ai consulté la carte.

— Non, ils ne sont pas russes. La carte a changé.

— J'ai consulté la carte. Je crois aux lignes que je vois. J'y crois comme je crois aux rayons X.

— Les rayons X révèlent ce qui ne saute pas aux yeux, ajoutai-je bien inutilement. Ils révèlent ce qui est sous la surface.

— Écoutez-moi bien. Une ligne est une ligne, non ? Elle est là ou elle n'est pas là. « Ukrainiens », ça n'existe pas. Ils sont russes.

— Ce n'est pas si simple, dis-je, toujours aussi inutilement.

— On raconte que les communistes sont sur le point de faire main basse sur le système canadien de la santé, dit-il. D'où ma question.

— Non, répondis-je. Ce n'est pas si simple non plus.

— Vous n'avez que ces mots-là à la bouche. Pour moi, il y a le bien et il y a le mal. La médecine, c'est la libre entreprise. Je parie que je gagne trois fois plus que vous.

— Sans doute, mais je gagne bien ma vie.

— Vous devriez venir au Texas. Dans notre boulot, on doit aller là où est l'argent, et l'argent est au Texas. C'est ici que vivent les riches. Ils sont prêts à dépenser des fortunes pour être beaux.

Il regarda à nouveau mon nom.

— Avec un nom irlandais comme le vôtre, on vous accepterait sans mal. Moi, j'ai changé de nom. En réalité, c'est mon grand-père qui l'a fait. Ou quelqu'un d'autre. Pour être plus américain. Pour mieux s'intégrer.

— Vous vous appeliez comment ? demandai-je en jetant un coup d'œil à sa boutonnière. « Bonjour ! Je m'appelle Bill Miller. »

— Je n'en sais rien, dit-il en riant. Quelle importance ? C'est du passé, tout ça. Vous vous considérez d'abord comme des Canadiens ou comme des Nord-Américains ?

61

— Eh bien… commençai-je.

— Aucune importance, dit-il en riant une fois de plus et en me tapotant l'épaule. Vous allez encore dire que ce n'est pas si simple. Bonne journée !

Puis il se faufila avec aisance parmi la foule.

Maintenant, j'hésite. Je me demande quoi acheter. Dans de telles occasions, je ne sais jamais quoi faire. Je devrais peut-être prendre de la vodka. On dit qu'elle contient moins d'impuretés. Ou encore des bières des îles Britanniques, qui ont l'aspect de la mélasse. Il paraît qu'elles ont une certaine valeur nutritive et qu'elles gardent leur homme en vie, d'une certaine manière. « Nous serons là pendant très, très longtemps, disait mon grand-père à propos du *clann Chalum Ruaidh*, à condition que nous le voulions et qu'on nous en donne la chance. »

Une jeune femme arborant un T-shirt noir vient vers moi. « Vivre dans le passé, c'est ne pas vivre à la hauteur de ses possibilités », y lit-on.

9

À la mort de mes parents, mes trois frères emménagèrent dans la vieille maison de *Calum Ruadh,* où mes grands-parents avaient vécu avant le coup de « chance » qui avait fait d'eux des « gens de la ville ». Elle n'était plus habitée en permanence depuis des années, même si diverses personnes s'y installaient en été, lorsque la vie y était moins cruelle. On considérait mes frères comme trop jeunes pour s'occuper du phare. La place, je l'ai dit, est allée presque immédiatement au « type du côté de Pictou », qui, comme mon père, était ancien combattant. Son nom figurait, semble-t-il, sur une liste d'attente pour l'attribution de postes dans la fonction publique.

Orphelins, mes frères ne remirent plus les pieds à l'école. Personne, semble-t-il, ne laissa entendre qu'ils auraient dû y aller ni ne tenta de les y contraindre. Depuis que la famille s'était établie dans l'île, mes parents s'étaient pour l'essentiel chargés de leur éducation, même s'ils avaient parfois fréquenté l'école du village. Mais cette époque, comme tant d'autres choses, paraissait révolue. Ils se tournèrent plutôt vers la maison et les terres qui jouxtaient la mer, emportant avec eux les objets qui avaient appartenu à mes parents, auxquels se greffèrent progressivement quantité d'autres choses.

À leur départ pour la ville, grand-papa et grand-maman avaient fait don de nombreuses possessions à des parents et à des amis : des filets de pêche, des scies, des chaînes, des harnais, un poulain, un veau. Toutes ces choses, ou d'autres comparables, revinrent à mes frères après une génération d'absence, souvent en bien meilleur état. C'est ainsi qu'ils héritèrent de Christy, la jeune jument, de trois jeunes bœufs et d'un doris, de fabrication plus récente que celui que grand-papa avait laissé derrière lui. À la fonte des dernières glaces pourries, ils disposaient de quelques casiers à homards ou s'apprêtaient à pêcher avec des parents. Ils avaient aussi semé des pommes de terre et une acre ou deux d'avoine. Encore une fois, je fais comme si je savais tout de la vie de mes frères, comme si j'avais surpris, à la nuit tombée, les sanglots étouffés du plus jeune. Cet été-là, cependant, ma sœur et moi étions davantage préoccupés par la marmotte. Nous venions tout juste d'être initiés au concept, qui nous semblait de la plus haute importance.

— Tu crois qu'elle apercevra son nom, cette année ? demandions-nous à ma mère, ad nauseam.

— Pas son nom, son ombre, répétait-elle.

Quelquefois, elle ajoutait :

— J'espère que non. Je ne crois pas que nous pourrions supporter encore six semaines d'hiver.

Comprend-on jamais l'essentiel de la vie d'autrui ? Nous cernons mal la signification profonde des dates qui n'ont jamais été couchées sur le papier, les méandres d'événements que nous n'avons pas vécus et que nous ne percevons que par-delà la distance et le temps. Je me fais souvent cette réflexion dans le décor brun clair de mon bureau, où nous n'élevons jamais la voix, jamais au grand jamais, et où une douce musique a pour fonction de dissiper les craintes. Où les nantis patientent, les mains croisées, en toute confiance, dans l'espoir de repartir plus beaux qu'à leur arrivée. « Ils prétendent parfaire l'œuvre de Dieu », avait un jour déclaré ma grand-mère sur un ton dégoûté.

— Vous ne sentirez rien, dis-je doucement, en montrant à mes patients les diagrammes et les radiographies, l'« avant » et l'« après » porteur d'espoir.

Sur l'image, je trace le contour de leurs mâchoires, j'évoque les surocclusions et les prognathies, j'analyse le présent et le futur sous l'angle du possible.

Je songe au peu que je sais ou que je savais alors de mes frères en ce printemps de nos trois ans, à ma sœur et à moi. Ils avaient quatorze, quinze et seize ans, et notre frère Colin avait disparu. Figé à jamais dans la perfection du parka de chez Eaton boutonné par les soins de ma mère, ou derrière la petite cravate immobile dont, en cette ultime occasion, elle n'avait pas même retouché le nœud.

Je songe à la vie de mes frères telle que je l'ai connue par la suite, quand, en été et parfois en hiver, le *gille beag ruadh* venait leur rendre visite. Ils se déplaçaient d'abord dans des voitures ou des traîneaux tirés par des chevaux et, plus tard, dans de vieilles bagnoles qu'ils achetaient, échangeaient et rafistolaient sans cesse. La vie qu'ils menaient, si différente de la mienne et de celle de ma sœur, m'émerveillait. J'ignore si les souvenirs précis qu'il me reste datent de ma huitième ou de ma douzième année, des années qui ont précédé ou suivi, ni pourquoi ils se distinguent des impressions générales que je garde, qui semblent s'inscrire dans une durée plus longue.

Longtemps, la maison où vivaient mes frères fut privée d'eau courante et d'électricité, et ils se chauffaient à l'aide de deux poêles qu'ils bourraient de morceaux de bois remontés du rivage avec leurs chevaux. C'était parfois du bois d'épave, si gorgé de sel qu'il sifflait, crépitait et produisait de petites explosions dans le poêle, ou encore du mauvais bois d'épinette qu'ils sciaient eux-mêmes, avec leurs scies à bûches ou leurs tronçonneuses, dans les bocages où, près de la mer, les arbres poussaient. Certains arbres avaient été exposés au vent marin pendant si longtemps que des particules de sable s'étaient incrustées dans leur tronc, au cœur même de leur être, eût-on dit. Lorsque, dans la pénombre des soirs d'hiver et d'automne, la scie entamait leur chair, des étincelles orange et bleues jaillissaient du plus profond de l'arbre, à la manière des flèches lumineuses d'un feu d'artifice. Le fer frottant contre le sable enfoui dans le bois.

— C'est la même chose le jour, disaient mes frères à propos du feu. Seulement, on ne voit rien. On doit sans cesse affûter les lames.

Les soirs d'hiver, mes frères s'asseyaient à la table de la cuisine, noyée sous le halo orange de la lampe au kérosène, et leurs gestes, sur les murs, projetaient des ombres démesurées. On eût dit des frises ou des peintures rupestres. Quelquefois, ils allumaient leur gros poste de radio ou jouaient aux cartes — au « 45 » ou au « 45 aux enchères » —, entre eux ou encore avec des amis ou des parents, dont bon nombre du *clann Chalum Ruaidh,* qui venaient tuer un bout des longues soirées d'hiver. Ils s'exprimaient souvent en gaélique, qui demeura la langue d'usage et la langue du pays pendant une génération, avant de passer pour démodé dans les salons de la ville. À leur retour dans la maison et sur les terres de *Calum Ruadh,* mes frères se mirent à parler gaélique entre eux, comme si, en réintégrant la terre de leur aïeul, ils avaient aussi réintégré sa langue. C'était d'ailleurs toujours la langue de ce coin de pays.

Quelquefois, ils retiraient les ronds du poêle à bois pour faire plus de lumière, et les flammes sautillaient, produisant des motifs toujours changeants d'orange, de rouge et de noir, de couleur et d'ombre, dans le poêle et au-dessus, sur les murs et le plafond noirci. Parfois, les personnes assemblées se contentaient d'observer le jeu des flammes et des ombres ; à l'occasion, ils étaient, eût-on dit, poussés à raconter des événements réels ou imaginaires, tirés d'un passé proche ou lointain. Si d'aventure ils se trouvaient là, les plus anciens musiciens ou conteurs du *clann Chalum Ruaidh,* les *seanaichies,* comme on les appelait, profitaient de l'occasion pour se « souvenir » de l'Écosse qu'ils n'avaient jamais connue ou lire notre avenir dans l'ombre des flammes vacillantes.

Lorsqu'ils se mettaient au lit en hiver, mes frères ôtaient rarement leurs vêtements. Souvent, au contraire, ils ajoutaient de vieux manteaux à leur literie de fortune, parfois aussi les pelisses et les couvertures qu'ils utilisaient pour leurs traîneaux et leurs chevaux. Dans les chambres à moitié achevées, au matin, la tête des clous était couverte de givre, et il fallait gratter avec les ongles la glace qui s'était formée sur les vitres, ou alors la faire fondre en soufflant dessus. Le monde extérieur réapparaissait alors dans sa blancheur immobile. L'eau de la réserve, qu'on avait tirée du puits recouvert de glace et placée dans deux seaux, avait gelé pendant la nuit. Pour faire du thé, mes frères devaient briser la surface à coups de marteau. Une fois le feu allumé, les seaux étaient posés près du poêle ou même dessus. Après un certain temps, la glace avait assez fondu, au fond et sur la paroi, pour qu'on puisse soulever le morceau du centre et le mettre dans une bassine. C'était un cercle de cristal translucide, qu'on eût dit tout droit sorti d'un moule. Il reproduisait les formes exactes du contenant qui l'avait façonné et en portait les marques. Des touffes d'herbe, des feuilles et parfois de toutes petites baies étaient prises dans la transparence chatoyante. À mesure que la cuisine se réchauffait, la glace fondait; plus tard, les feuilles et les baies flottaient sans cérémonie à la surface de l'eau tiède. Mes frères les en retiraient à l'aide d'une louche, d'une cuillère ou de la pointe de leur couteau, une tasse de thé fumant à la main. Ils semblaient avoir beaucoup de mal à garder des tasses intactes, ou peut-être n'en avaient-ils jamais eu. Quoi qu'il en soit, ils buvaient leur thé dans des tasses sans anse, des pots de confitures ou des bouchons de bouteilles thermos.

À ces évocations, je ressens encore l'émerveillement qui, enfant, m'animait à l'idée que, malgré la vie toute différente de la mienne qu'ils menaient, ils m'appartenaient, au même titre que nous leur appartenions, ma sœur et moi. Pendant un certain temps, ils furent pour nous des oncles distants plus que de véritables frères. Et ils ne prêtèrent jamais la moindre attention aux règles qui gouvernaient notre vie. Ils ne tenaient aucun compte des prescriptions du *Guide alimentaire canadien,* ne se brossaient les dents ni avant ni après les repas et n'enfilaient pas de pyjama propre avant de se mettre au lit. Un seau leur tenait lieu de toilettes.

À cette époque-là, ma sœur et moi avons bénéficié d'avantages que mes grands-parents avaient été incapables d'accorder à leurs propres enfants. Nous avions chacun une chambre, luxe que nos parents n'avaient pas connu. Et grand-maman donna libre cours à ses penchants féminins dans les vêtements qu'elle achetait pour ma sœur aussi bien que dans les napperons, les couvertures et les couvre-lits qu'elle crochetait, tricotait et piquait pour sa chambre. Reconnaissante de la « chance » qu'elle avait de ne plus avoir à battre le linge sur les pierres et du temps libre dont elle disposait, contrairement à l'époque où elle avait élevé ses propres enfants.

— Malgré les épreuves, nous avons tout lieu d'être reconnaissants, disait-elle.

Tout au long de nos années de formation, ma sœur et moi vécûmes une vie ambiguë d'enfants tour à tour « chanceux » ou « malchanceux », sans compter que nous considérions nos grands-parents comme nos parents — après tout, nous n'en avions pas d'autres —, tout en idéalisant ceux qui étaient morts noyés sous la glace.

Il y a quelques semaines, mon regard est tombé sur un article publié dans un de ces magazines qu'on trouve parfois dans les cabinets d'orthodontistes. Il était intitulé « L'éducation des enfants d'aujourd'hui » et une des sections traitait des grands-parents. Les parents d'aujourd'hui feraient bien de se méfier des grands-parents, prévenait l'auteur, car ils ont tendance à être trop mous, voire irresponsables. « S'ils agissent ainsi, lisait-on, c'est parce que les grands-parents savent que l'enfant va un jour rentrer chez lui et qu'ils ne seront pas responsables de son comportement. »

Généralement, soulignait l'auteur, les grands-parents sont plus permissifs avec leurs petits-enfants qu'ils ne l'ont été avec leurs enfants, « parce que, nous apprend la théorie moderne du comportement, ils ne les aiment pas autant ».

— Vous avez de la chance de vivre ici en permanence, avait dit, dans un accès de colère, notre cousin Alexander MacDonald, rouquin qui vivait à une trentaine de kilomètres dans les terres et qui, cet après-midi-là, nous rendait visite. Tout ça parce que vos parents sont morts.

Nous étions alors tous très jeunes — nous devions avoir sept ou huit ans —, et ma sœur et moi nous étions moqués de lui parce qu'il avait versé son thé dans une soucoupe pour le faire refroidir avant de boire à même ce gobelet improvisé. Plus tard, dans ma chambre, il m'avait donné un coup de poing sur le nez et j'avais riposté, puis nous nous étions rués l'un sur l'autre. Pendant que nous nous pourchassions dans la pièce, il avait déclaré :

— Ce sont mes grands-parents à moi aussi, tu sais.

Il était plus fort que moi, et je crois encore sentir ses petites mains calleuses sur mon visage et mon cou.

— Tu mens ! haletai-je, peut-être parce que je me sentais sur le point de baisser pavillon ou en vertu de je ne sais quelle théorie psychologique.

Puis grand-papa avait fait irruption dans la pièce.

— Allons bon, qu'est-ce qui se passe ici ? avait-il demandé en nous soulevant tous les deux par le bras.

Nos petits pieds en colère battaient l'air en vain, tandis que nos bras et nos épaules s'engourdissaient sous la pression de ses mains puissantes.

— Il dit que tu n'es pas mon grand-père, que tu es seulement son grand-papa à lui ! pleurnicha Alexander MacDonald le Roux.

— Bien sûr que je suis ton grand-papa, dit-il en nous posant et en nous poussant vers des coins neutres, à la façon de l'arbitre d'un combat de boxe. Bien sûr que je suis ton grand-papa, répéta-t-il, en se dirigeant vers le coin d'Alexander MacDonald.

Ma sœur et moi éprouvâmes un léger pincement au cœur, comme sous le coup d'une trahison.

Puis il se retourna.

— Ne répète jamais ça ! Jamais au grand jamais ! dit-il en pointant vers moi son énorme index.

— Ils ont bien de la chance, dit Alexander MacDonald, à cause peut-être de l'avantage que lui procurait la présence de l'arbitre dans son coin. Ils ont de la chance que leurs parents soient morts.

— Et toi, fit grand-papa en faisant pivoter son doigt jusqu'à ce qu'il se trouve sous le nez tremblant d'Alexander MacDonald, ne va jamais répéter ça non plus ! Jamais au grand jamais !

Plus tard, à la cuisine, Alexander MacDonald, nettement plus calme, s'assit à côté de son père. Celui-ci lui caressait doucement le genou, mais il me souriait en même temps. Il continua de parler à grand-papa dans un mélange d'anglais et de gaélique. Grand-papa poussait vers lui les bouteilles de bière posées sur la table. Il était curieux qu'un homme aussi grand pût être à la fois le père d'Alexander MacDonald et le fils, ou le « garçon », de grand-papa. À la façon dont grand-papa lui avait tapoté l'épaule quand il s'était levé pour partir, il n'y avait cependant aucun doute possible.

— Porte-toi bien, dit grand-papa. Tout va s'arranger.

— Oui, renchérit grand-maman. *Beannachd leibh.* Bonne chance.

— Je vous le rendrai le plus tôt possible, répondit mon oncle sur le seuil, dans la nuit qui tombait à vue d'œil.

— Bah, fit grand-maman. Ça ne presse pas.

— Non, répéta grand-papa. Ça ne presse pas. Porte-toi bien, fit-il en lui tapotant de nouveau l'épaule.

À la réflexion, j'ai compris, bien des années plus tard, qu'il était probablement venu leur emprunter de l'argent pour faire face à une crise saisonnière ou je ne sais trop quoi. Mais je peux me tromper. Fort de mon égoïsme enfantin, je trouvais injuste qu'Alexander Mac-Donald eût à la fois un père si grand et si fort et un grand-père. Injuste aussi que ce même homme eût un père pour lui tapoter l'épaule et lui dire « Porte-toi bien » et « Tout va s'arranger », tandis que ma sœur et moi, qui étions tout petits, n'en avions pas.

— Je ne tolérerai pas ce genre de comportement, dit grand-maman sur un ton d'une glaciale efficacité, une fois la porte refermée.

Ma sœur et moi comprîmes qu'elle avait parlé à grand-papa.

— Aller dire que vous êtes nos seuls petits-enfants… Comme si la vie n'était pas assez difficile sans qu'on se dispute entre parents.

— Ils ne le diront plus, dit grand-papa. Il nous arrive à tous de nous énerver. Tiens, je vais m'offrir une autre petite bière, moi. La vie est courte. Il faut bien s'amuser un peu.

10

Aujourd'hui, dans le ciel, au-dessus des tours de bureaux, les goélands semblent figés dans les reflets du soleil de septembre. Sous eux, mais invisible à mes yeux, se déploie l'activité blanche du port de Toronto. Plus au sud, dans la campagne d'où j'arrive et où je vais retourner, les cueilleurs de fruits et de légumes se penchent et s'étirent d'un air las. La sueur dégouline le long des rides des cueilleurs du dimanche et tache leurs vêtements. Grincheux, les enfants improvisent de courtes grèves sur le tas, indifférents aux exhortations de leurs parents, qui leur vantent les économies qu'ils réalisent et le goût exquis que les fruits et légumes auront en hiver. Quelquefois, les parents les prennent à partie, les accusent de paresse ou leur assènent des discours qui commencent par « Quand j'avais ton âge... » Les enfants contemplent leurs mains, fascinés par la crasse sous leurs ongles, légèrement soucieux à la vue d'envies et d'égratignures toutes fraîches. « Je me suis fait une écharde », disent-ils. « Quelle heure est-il ? » « Ça suffit, non ? » « Si je promets de ne pas toucher aux fruits, cet hiver, je peux arrêter de cueillir ? » « J'ai le pouce qui saigne. Je vois mon sang. » « J'ai soif. »

Dans d'autres champs, les travailleurs étrangers se déplacent avec une célérité mesurée. Parfois, ils consultent le soleil pour avoir une idée de l'heure. De temps à autre, ils se redressent et posent les mains sur le bas de leur dos, mais jamais pour longtemps. Des yeux ils parcourent les rangées, les branches, les paniers vides et pleins. Ils comptent sans cesse, font dans leur tête des calculs primitifs. Ils ne transpirent pas, et leurs enfants ne rechignent pas. À la tombée de la nuit, ce samedi-là, le propriétaire leur vendra peut-être de la bière achetée au débit local. Les plus croyants et les plus craintifs d'entre eux s'abstiendront d'aller à la taverne. Ceux qui s'y rendent restent entre eux et parlent dans leur langue; certains additionnent leurs gains présents et futurs sur des paquets de cigarettes. Nombreux sont ceux qui s'imaginent de retour dans leur pays. Nerveusement, ils pèlent l'étiquette de leur bouteille ou tambourinent, de leurs doigts bruns et carrés, sur la surface inégale de la table couverte de bière.

Je ne sais pas quoi acheter, ni pour mon frère, ni pour moi. Qu'offre-t-on à l'homme qui a tout? Qu'offre-t-on à celui qui n'a rien?

— C'est sans importance, a-t-il dit. Sans importance du tout. C'est comme tu veux.

11

Lorsque nous entrâmes dans l'adolescence, ma sœur et moi, bien des choses étaient arrivées à nos frères aînés. Comme à nous tous, je suppose. Dans quelques cas, les changements s'étaient effectués en douceur : des poils qui apparaissent dans de nouveaux endroits pour certains, un front qui se dégarnit, des cheveux qui se raréfient ou changent de couleur pour d'autres. Des changements muets, certes, mais néanmoins tangibles et marquants, quoique quelques-uns, non contents d'être muets, fussent aussi invisibles. Ils s'étaient produits en secret, à la façon des cellules cancéreuses qui se répandent dans tout le corps ou des dents qui, dans la mâchoire imparfaite, dérivent vers les positions désertées par d'autres. En catimini, à la façon de la glace qui se ronge et pourrit sous la surface, d'une blancheur trompeuse, ou du sperme qui remonte vers l'utérus et parvient à destination sans un bruit — bien après que les halètements de l'orgasme se sont éteints.

Lorsque nous étions petits, ma sœur et moi éprouvions, à l'idée d'aller rendre visite à nos frères, l'excitation que ressentent les enfants invités chez leurs grands-parents, surtout s'ils vivent à la campagne. Nous n'y allions ni pour l'Action de grâces ni pour Noël, il est vrai, mais nous nous y rendions chaque fois que quelqu'un proposait de nous emmener ou que nous parvenions à convaincre grand-maman que nous n'allions pas embêter nos frères. Nous explorions alors les éléments les plus apparents de leur existence, même si nous ne voyions pas les choses de cette façon. Toutes les différences nous fascinaient. Par exemple, les animaux qui pullulaient autour de la maison et même y entraient, si on leur en donnait l'occasion. Si la porte était ouverte, les agneaux, les veaux et les poules s'aventuraient dans la cuisine. Les chevaux poussaient leurs naseaux contre les carreaux, comme pour épier ce qui se passait à l'intérieur. Des mouches et quelquefois des guêpes et des bourdons entraient bruyamment par les fissures, les moustiquaires déchirées ou les portes entrebâillées. Dans les chambres, on tombait parfois sur une chatte et sa portée. Sans parler des chiens des *Calum Ruadh,* omniprésents, qui restaient couchés sous la table, comme des tapis, ou suivaient docilement quiconque leur était tombé dans l'œil.

Si nous étions là pendant les journées venteuses d'automne et que la brise venait de la mer, nous courions jusqu'à la pointe de *Calum Ruadh,* où nous jouions à qui pouvait rester debout le plus longtemps sous les assauts du vent. Si nous faisions face à la mer, les embruns qui nous aspergeaient et recouvraient la pierre tombale de *Calum Ruadh* de gouttelettes luisantes nous coupaient le souffle, et nous devions tourner la tête pour respirer ou encore nous jeter à plat ventre et avaler l'air, le nez collé contre l'herbe aplatie, les vignes de canneberge ou les vrilles rampantes de mousse détrempée. Si le vent venait de l'intérieur des terres, on ne nous autorisait pas à aller jouer sur la pointe, par crainte qu'une rafale, nous emportant, ne nous projetât sur les récifs étincelants ou dans la mer qui, ainsi fouettée par le vent, était invariablement brune et déchaînée.

Après de telles tempêtes, nous trouvions la falaise transformée, mais de façon presque imperceptible. Des parcelles de rocher avaient cédé sous la pression des vagues, et des portions de veines d'argile et de schiste avaient été emportées. Seuls les promontoires de pierre pure paraissaient immuables, même si, à y regarder de plus près, on pouvait aussi y observer des changements. Des surfaces grêlées qui semblaient avoir été poncées ou, au contraire, des surfaces lisses criblées de petits trous nouvellement apparus. La falaise perdait du terrain, lentement mais sûrement, cependant que la tombe de *Calum Ruadh* donnait l'impression de s'avancer vers le bord.

Petit à petit, ma sœur espaça ses visites chez nos frères aînés. Le changement est presque imperceptible lorsqu'on y est associé de près, surtout pendant l'enfance. En vertu peut-être du phénomène selon lequel c'est au lendemain de la tempête qu'on remarque les changements que la mer a fait subir à la falaise. Aujourd'hui, j'ai le sentiment que le changement s'explique avant tout par la perception qu'ils avaient d'elle et par sa propre transformation. Au cœur de leur vie masculine, un certain malaise face à sa féminité naissante. Comme si, en vieillissant, ils étaient devenus moins sûrs d'eux-mêmes. Comme si leur vie et leur environnement étaient assez bons pour eux, mais pas pour elle.

Peut-être avaient-ils un peu honte du seau qui leur tenait lieu de toilettes, à supposer qu'il y en eût un. Si, par les belles nuits d'été, ils avaient bu de la bière, ils ouvraient la fenêtre et urinaient le long des murs en bardeaux de la maison silencieuse, et de la buée remontait dans l'obscurité. Peut-être étaient-ils gênés de dormir avec une carabine chargée sous leurs lits. Les nuits de pleine lune, ils s'agenouillaient ou s'accroupissaient à la fenêtre pour guetter les bois d'un chevreuil qui, à travers les champs silencieux, s'aventurerait vers leur jardin assiégé. Appuyés sur le chambranle, les yeux plissés, le canon gris-bleu de leur carabine luisant dans l'obscurité, ils attendaient dans l'espoir que la tête ornée de bois se placerait dans la ligne de tir, à la lueur de *Lochran àigh nam bochd,* c'est-à-dire la lune, « la lampe du pauvre ».

S'ils avaient fait mouche, ils dévalaient l'escalier en boutonnant leurs pantalons et, à la cuisine, s'emparaient de leurs longs couteaux. Dans le champ, ils tranchaient la gorge de la bête dont les membres battaient toujours, afin d'éviter que le sang ne gâche la précieuse viande. Ils travaillaient rapidement et efficacement, éviscéraient la bête, l'écorchaient et la débitaient en quartiers, leurs couteaux allant et venant dans les cavités, sectionnant les boyaux gris des intestins, détachant la masse rouge et frémissante du cœur. Plus tard, ils entassaient la viande dans des seaux et les descendaient dans le puits, qui faisait office de réfrigérateur primitif et d'où ils la tiraient au besoin, sans jamais perdre de vue qu'elle n'allait pas se garder bien longtemps.

En présence de ma sœur, mes frères étaient gênés par le coq gris argenté qui honorait énergiquement les poules de son harem, poussant leurs becs dans la poussière, que cela leur plaise ou non, semblait-il, et par le taureau qui, bavant et gémissant, montait la vache qui s'offrait à lui dans la cour.

À l'heure des repas, ils étaient gênés par les tasses sans anse et parce qu'il leur arrivait de manger debout, piquant les pommes de terre à moitié cuites dans l'eau bouillante avant de les peler avec le couteau qui servait à égorger les chevreuils ou à couper les fils de leur attirail de pêche. Gênés par les mouches et par la vaisselle qui attendait pendant trop longtemps d'être lavée.

Un jour, à midi, ma petite sœur avait demandé :

— Il n'y a donc pas de nappe, ici ? Où sont les serviettes de table ?

Je me souviens d'avoir vu les yeux du plus jeune de mes frères aînés se voiler, comme s'il se disait : « Si elle était là, maman saurait quoi faire. » Avec, peut-être, le sentiment d'être démuni face à un problème qui relevait du féminin. Peut-être aussi gardait-il de ma mère un souvenir qui nous était étranger, à ma sœur et à moi. Le souvenir de sa manie de l'ordre et de la propreté.

— Tu es la seule personne que je connaisse qui vienne fourrer son nez dans les oreilles des autres, avait-il ronchonné ce matin-là, tout juste avant qu'ils se mettent en marche sur la glace, alors qu'elle procédait à une ultime inspection.

Inspection qui se révélerait d'ailleurs plus ultime qu'on eût alors pu le penser, car jamais plus elle ne se pencherait sur les oreilles de quiconque.

Comme la rive au large de laquelle ils pêchaient était dépourvue de quai, mes frères devaient, à la fin de la journée, remorquer leur bateau sur les galets, au-delà de la limite de la marée haute. À l'aube, il fallait le repousser jusqu'à l'eau. Quand le bateau pouvait enfin flotter librement, sans que la proue crisse sur le fond rocailleux, ils avaient parfois de l'eau jusqu'aux genoux, voire jusqu'à la taille. Après avoir donné une dernière poussée, ils se hissaient à bord par la poupe ou par les côtés, si le bateau avait commencé à virer, puis ils agrippaient les rames et souquaient ou poussaient sur le fond pour s'éloigner et faire démarrer le moteur en toute sécurité. Ils en vinrent à aménager une sorte de rampe constituée de billes recouvertes de créosote qu'ils enduisirent de graisse, ce qui facilita considérablement les manœuvres au départ et à l'arrivée. Sur le rivage, près de la rampe, ils conservaient un licou, un harnais, un palonnier et une chaîne. À leur départ, au petit matin, ils prenaient une boîte remplie d'avoine, munie d'un couvercle étanche, qu'ils rangeaient à la proue du bateau.

Lorsque, à leur retour, ils approchaient du rivage, le plus vieux de mes frères, Calum, s'avançait. Après avoir placé deux doigts de sa main droite dans sa bouche, il émettait deux sifflements perçants. Et la jument Christy, qui paissait souvent à près de deux kilomètres avec les autres chevaux, levait la tête, secouait la crinière et galopait en direction du rivage en faisant voler de petits éclats de pierre et des touffes d'herbes sous ses sabots.

Quand le moteur était coupé et que le bateau glissait en silence vers la rive, en laissant derrière lui un V évasé, elle était là. Hennissant faiblement, elle secouait la tête et, dans l'eau qui venait battre le rivage, soulevait avec impatience les sabots de ses pattes de devant.

— Ah! Christy, disait-il. *M'eudail bheag.*

Puis il sautait par-dessus la proue et venait à sa rencontre, tenant l'avoine devant lui, à la façon du commerçant des temps anciens, faisant miroiter ses marchandises devant les curieux venus l'accueillir sur le rivage. Tandis qu'elle mangeait, il lui caressait le cou et chantonnait dans sa crinière, dans un mélange de gaélique et d'anglais — un peu comme s'il lui faisait la cour et qu'elle était l'objet de ses inclinations les plus fortes. Puis il lui mettait le licou, suivi du harnais, et il faisait passer la chaîne par l'anneau d'acier qu'il avait fixé à la proue du bateau. Répondant une fois de plus à son sifflement, elle bondissait et, dans une volée de pierres, tirait le bateau le long de la rampe recouverte de graisse, au-delà de la limite des eaux. Il lui retirait alors le harnais en la caressant de nouveau, tandis qu'elle frottait sa tête puissante contre la poitrine de l'homme. Enfin, elle allait retrouver les autres chevaux, et mes frères rentraient à la maison.

Je me souviens d'un jour où je les avais accompagnés sur l'eau et où tout était allé de travers. Il avait fait froid et il avait plu. Le moteur crachotait et toussotait parce que, croyait-on, il y avait de l'eau dans l'essence. Il avait fallu vérifier le carburateur et dégager les canalisations, tandis que le bateau ballottait au petit bonheur, à la merci des vagues. Les bouées étaient parties à la dérive, et les cordages s'étaient emmêlés, comme animés d'un esprit pervers. Le côté gauche du visage de Calum était enflé et l'élançait, à cause de la molaire cassée et infectée qui le faisait souffrir depuis des jours. C'était un samedi matin. Arrivé la veille, je les avais suppliés de me prendre avec eux sur le bateau, le lendemain. Ils ne m'attendaient pas. Ils étaient réticents à l'idée de m'emmener, en raison du mauvais temps, mais ils hésitaient aussi à me laisser seul à la maison. À la fin, ils avaient cédé. Ma tâche consistait à prendre l'avoine pour Christy. Au moment où le bateau se rapprochait de la rive, je me rendis compte que j'avais oublié. Le matin, il avait fallu faire vite. Avec toutes les avanies que nous avions connues, personne n'avait rien remarqué. Je ne dis rien. La journée avait été misérable, et j'avais hâte de regagner le confort du foyer de mes grands-parents, mon microscope, ma collection de timbres et la radio, sans parler de la possibilité de jouer aux échecs avec ma sœur. J'avais commis plus d'une erreur, semblait-il, mais je gardai le silence.

Comme le bateau s'approchait de la rive et que le moteur, qui avait fait des siennes toute la journée, était enfin éteint, Calum se dirigea vers la proue et poussa deux sifflements stridents. Nous ne voyions pas les chevaux. Ils devaient être quelque part sous les arbres, où ils avaient coutume de trouver refuge quand il pleuvait. Il siffla de nouveau et, cette fois, elle parut. Sa silhouette se découpait dans la pluie, loin au-delà de la pointe de *Calum Ruadh*. Elle vint à notre rencontre en galopant. À un moment, ses pattes de derrière glissèrent sur le sol détrempé, laissant sur le vert humide de l'herbe une trace brune, mais elle se rétablit aussitôt et courut vers nous à toute allure.

— Où est la foutue avoine? demanda mon frère en se préparant à aller à sa rencontre.

Soudainement, mon omission sautait aux yeux de tous.

— Jésus-Christ! jura-t-il. D'abord cette foutue journée, et maintenant nous voilà sans avoine.

Il me souleva par le devant de ma veste. Les pieds ballant au-dessus de l'eau, j'avais sous les yeux son visage furieux et enflé. Un instant, je craignis qu'il ne me lançât par-dessus bord.

— Lâche-le donc! s'écrièrent mes frères.

Au même moment, j'ajoutai:

— Ce n'est pas grave. Elle vient de toute façon.

— C'est grave! hurla-t-il en me secouant comme un pommier, si fort que mes dents s'entrechoquèrent. L'avoine fait partie du jeu. Elle compte sur nous.

Puis il me laissa plus ou moins choir au fond du bateau. Difficile de savoir si j'avais été relâché ou rejeté.

— Jésus-Christ! gémit-il en posant la main sur sa joue. Cette dent me tue.

Il se dirigea alors vers le coffre à outils dans lequel, toute la matinée, il avait farfouillé dans l'espoir de régler le moteur. Il s'arma des pinces souillées de graisse et empestant l'essence et se les fourra dans la bouche. Il leur imprima un mouvement de torsion en tirant de toutes ses forces. On entendit alors un crissement aigu, de ceux qu'on associe plus volontiers au raclement d'ongles sur un tableau noir, mais en beaucoup plus intense. Peut-être le bruit était-il né du frottement de l'acier sur la dent. Il est plus probable cependant qu'il fût causé par le grincement de la dent sur son os d'assise. À deux reprises, il donna un violent coup de tête tout en se penchant dans la direction opposée. Du sang et du pus jaillirent et dégoulinèrent le long de sa joue avant d'aller se perdre dans les poils de sa poitrine. Malgré la force de sa main, la dent branlante et ensanglantée tenait bon.

Pendant ce temps, le bateau dérivait en direction du rivage, où Christy nous attendait impatiemment, en secouant la tête sous la pluie et en hennissant, comme pour hâter notre arrivée. Nous dûmes nous ébrouer, comme si nous sortions d'une transe, pour prendre les rames et nous diriger vers la grève. Calum sauta par-dessus bord malgré l'absence d'avoine, et Christy, venue à sa rencontre, mordilla le creux de sa main tendue. C'était tout ce qu'il avait à offrir. Il lui caressa le cou en chantonnant comme d'habitude, cependant qu'il épongeait sa main ensanglantée sur la crinière humide et chatoyante de la jument. Puis il lui passa le harnais. Au lieu d'accrocher la chaîne à l'anneau comme il le faisait toujours, il réclama un bout de corde qu'il y attacha. À l'autre extrémité de la corde, il fixa un bout de fil léger mais résistant. Remontant dans le bateau, il l'attacha à sa dent.

— Tenez-moi, vous autres, ordonna-t-il à ses frères.

En entendant le sifflet, Christy cambra les épaules et se lança vers l'avant, sans savoir qu'elle était harnachée à un homme, et non à un bateau. Lorsque la jument mit tout son poids sur la chaîne, le corps de Calum fut projeté vers l'avant, mais ses frères, qui s'étaient arc-bouté des pieds et des épaules aux bords du bateau, tinrent bon. La dent infectée vola dans les airs au bout de sa ligne avant de retomber, tel un mollusque jaune et blanc, dans les eaux du rivage. Elle semblait bien inoffensive en proportion de la douleur qu'elle avait causée. Christy s'arrêta et jeta un coup d'œil par-dessus son épaule, comme elle le faisait lorsque la chaîne n'avait pas été bien attachée à l'anneau ou qu'une boucle du harnais s'était détachée ou brisée. Elle n'avait senti que peu de résistance, voire aucune.

— Merci, doux Jésus, dit mon frère.

Penché par-dessus bord, il prit des poignées d'eau de mer avec lesquelles il se gargarisa, rinçant, crachant et toussant.

— Je n'étais pas en colère contre toi, *'ille bhig ruaidh,* dit-il en se tournant vers moi. C'est ma dent qui me faisait mal.

Sa lèvre inférieure était coupée là où, tendu au maximum, le fil l'avait tranchée. Du sang d'un rouge clair, à nul autre pareil, s'échappait de la blessure.

12

Lundi matin, mon cabinet sera bondé, comme il l'était vendredi, de personnes qui souhaitent être belles. Certaines sont des enfants, et ce sont leurs parents qui ont pris rendez-vous. Certaines viennent me consulter à la suggestion de collègues qui pratiquent une forme plus élémentaire de dentisterie. D'autres encore parcourent des distances considérables pour venir me voir, dans l'espoir que je saurai leur donner ce qu'ils veulent et ce dont ils croient avoir besoin.

D'aucuns voudraient modifier les contours de leurs mâchoires afin de ressembler davantage à tel ou tel chanteur pop. Parfois, ils ont une photo de leur modèle. Timidement, ils l'extirpent de leur sac à main ou de la poche intérieure de leur veston chic.

— C'est inutile, dis-je à certains. Pensez-y bien. Vous risquez de le regretter.

Je les examine attentivement, comme le ferait le médecin qui déconseille la vasectomie à un jeune homme. Doucement, nous discutons de leurs attentes et des conséquences.

Parfois, nous parlons de façon plus prosaïque de la dent de sagesse incluse, des mésiodens ou des dents surnuméraires d'un enfant. Je leur remets des dépliants intitulés « Que peut-il arriver après l'ablation d'une dent incluse ? » ou « Petits conseils à suivre au lendemain d'une chirurgie buccale ». On y trouve des rubriques comme *La douleur, la déglutition et l'enflure,* ainsi que des conseils relatifs à la médication :

Pour réduire l'intensité de la douleur, vous devez prendre les médicaments prescrits. Suivez la posologie à la lettre. Si vous attendez qu'elle soit trop intense pour prendre les cachets prescrits, la douleur risque d'être difficile à maîtriser. Si elle devient insupportable, appelez immédiatement le cabinet.

Ou encore :

Ne vous rincez la bouche que le lendemain matin ; ne le faites que très légèrement. En vous rinçant la bouche trop tôt ou trop souvent, vous risquez de ralentir la coagulation du sang et même la cicatrisation. Utilisez de l'eau tiède salée afin d'éliminer les particules de nourriture logées dans la région opérée. (Faites dissoudre une demi-cuillère à café de sel dans un verre d'eau tiède.) En cas de doute, n'hésitez pas à appeler le cabinet.

Ou enfin (sous la rubrique *Complications possibles*) :

Il arrive parfois que le trou laissé par l'ablation d'une molaire subsiste pendant un certain temps. Il devrait graduellement se remplir de tissu osseux et autre. Pendant la guérison, il est possible que des esquilles percent le tissu et soient source d'inconfort ou de douleur inattendue. Le phénomène devrait cependant se résorber peu à peu. En cas de doute, n'hésitez pas à appeler le cabinet.

Ici, sous le soleil de septembre, tandis que je vais à contrecœur acheter l'alcool dont mon frère aîné a peut-être besoin, je foule aux pieds des pages de journaux soulevées par des rafales. Parfois, elles s'ouvrent et flottent à la manière d'un toit de pagode, révélant leur langue d'origine. Les passants se bousculent et jouent des coudes, pressés d'arriver à destination. Des pigeons se dandinent et battent des ailes. Ils s'envolent parfois en même temps que les pages de journaux. Ils promènent partout leurs yeux brillants et semblent ne jamais s'étonner de rien. L'un d'eux atterrit près de moi, mais de guingois. Je remarque qu'il a une boule rose et chiffonnée à la place du pied droit. On dirait presque un bouton. Il marche sur le trottoir, du pas d'un infirme. Lorsqu'il s'envole avec le vent, le défaut ne se voit plus. Il semble battre des ailes et voler comme les autres. Il plane au-dessus de la masse grise des immeubles, décrit un cercle et revient.

13

Avec le temps, mes frères s'absentèrent de plus en plus souvent de leur maison et de leur terre. Ils avaient la bougeotte, comme tous les jeunes gens, sans doute. Indirectement, nous étions mis au courant de bagarres auxquelles ils avaient participé. Ils parcouraient, disait-on, de longues distances sur les routes sinueuses de la nuit pour assister à une soirée dansante, jouer au hockey ou simplement « humer l'air du temps » à quinze, trente, cinquante ou soixante-dix kilomètres. Quelquefois, dans la lointaine obscurité, des membres du *clann Chalum Ruaidh* s'étaient serré les coudes pour sortir Calum et mes autres frères, toujours impétueux, d'un mauvais pas ; à l'occasion, ils étaient eux-mêmes venus en aide à de vagues cousins et aux causes qui leur tenaient à cœur. Dans leurs voitures de fortune toutes rapiécées, ils étaient fréquemment interpellés par des agents de la Gendarmerie royale du Canada pour avoir roulé sans phares, sans feux arrière, sans silencieux, sans immatriculation en règle, en état d'ébriété ou avec des plaques périmées.

Ces informations de troisième ou de quatrième main étaient rapportées à mes grands-parents par des vieux qui, assis à la table de la cuisine, sirotaient du thé ou peut-être une des bouteilles de bière que grand-papa offrait avec prodigalité.

— J'espère qu'il ne leur arrivera rien de grave, disait grand-maman, en regardant par la fenêtre l'océan qui avait avalé « les enfants », qui étaient en même temps les parents des jeunes gens en question. Si seulement ils étaient venus vivre avec nous… Le problème, c'est qu'ils étaient trop vieux pour être des enfants et, malgré tout, trop jeunes pour être des hommes.

— Ils sont encore jeunes, disait grand-papa d'un air entendu en se levant. J'ai été jeune, moi aussi. Tu te souviens ?

— C'est vrai, concédait ma grand-mère. Nous avons tous été jeunes. Mais ce n'est pas la même chose.

Parfois, le soir, en rentrant de chez mon autre grand-père (j'avais pris l'habitude d'aller le voir pour qu'il me donne sa version de l'histoire des Highlands et consolide ma maîtrise des échecs), je tombais sur mes frères qui parcouraient les rues dans l'une ou l'autre de leurs bagnoles cabossées, rouillées et rapiécées. Dans mon souvenir, c'est toujours l'hiver, même si je sais qu'il n'en est rien. Et pourtant je les revois le plus souvent dans des rues étouffées par la neige, glissant presque sans bruit, malgré le réglage imparfait du moteur, dans la neige qui fuyait sous les pneus lisses. Les flocons jaunes et dorés tombaient à l'oblique à la lueur des phares.

Ils s'arrêtaient quelquefois pour me parler, baissant la vitre sans couper le moteur. Les flocons fondaient sur le capot chaud, tandis que les essuie-glaces allaient et venaient en couinant, décrivant un arc d'une netteté imparfaite. Retenu par du fil de fer, le pot d'échappement, grondant et crachotant, faisait fondre la neige en dessous. Elle prenait l'aspect du charbon avant de disparaître ; un cercle dentelé se creusait, sans cesse grandissant. Ils pêchaient parfois des bouteilles de bière sous la banquette, les décapsulaient avec leurs dents et, par la vitre baissée, crachaient le bouchon dans la neige. Ils s'informaient de ma santé, prenaient des nouvelles de moi et de ma sœur, qui était aussi la leur, et, de temps en temps, m'offraient de l'argent, même s'ils savaient que je n'en avais pas besoin. Puis ils repartaient vers des aventures bien différentes des miennes, me semblait-il. À l'époque, en effet, je jouais au hockey dans une ligue « organisée » et je me passionnais pour ma collection de timbres, la musique « moderne » diffusée à la radio, les échecs et le microscope que mon autre grand-père m'avait offert à Noël.

Vers la fin de l'été, grand-papa trouvait parfois, au matin, une pièce de viande d'un chevreuil fraîchement abattu et des gallons d'alcool blanc de contrebande, posés sur le plancher de la véranda, derrière la porte qu'on laissait toujours entrouverte. À propos de l'alcool, ma grand-mère se montrait encore plus dubitative que d'habitude :

— Dieu seul sait ce qu'ils ont mis là-dedans, disait-elle.

— S'il n'était pas bon, ils ne me l'apporteraient pas.

Ainsi raisonnait grand-papa.

— J'espère qu'ils ne fabriquent pas l'alcool eux-mêmes, avait dit mon autre grand-père. Ça n'a toujours créé que des ennuis.

Puis il ajoutait en frémissant à la vue de grand-papa qui sifflait son verre d'un coup :

— Comment peux-tu avaler cette horreur ? Quand j'étais jeune, j'ai assisté à une soirée dansante du samedi soir, à l'école du village. Derrière l'immeuble où nous étions sortis pour uriner, quelqu'un m'a tendu une cruche. Il faisait noir. En avalant une deuxième fois, j'ai senti quelque chose descendre dans ma gorge. Puis c'était comme s'il y avait des pattes contre mes lèvres et ma langue. La bouteille était pleine de gros hannetons morts — du genre de ceux qui viennent se cogner à la moustiquaire en été. J'en ai craché un, mais l'autre, je l'avais déjà avalé. Je me suis mis à vomir. Je me tenais les jambes écartées, comme un cheval qui pisse, pour éviter de vomir sur mes chaussures neuves et sur le pantalon que j'avais repassé en début de soirée. On avait dû tirer l'alcool de l'alambic dans le noir, sans se rendre compte que des hannetons étaient tombés dedans. J'ai eu ma leçon.

— Bah ! dit grand-papa, ils avaient bien macéré. Il ne faut pas s'en faire pour si peu.

À Toronto, cet après-midi, je songe aux hommes si différents qui sont devenus mes grands-pères, tout en étant bien d'autres choses. Je songe à la façon dont grand-papa se serait, avec l'enthousiasme d'un jeune garçon, acquitté de la mission qui m'attend. Les bras chargés de vin et de bière, il aurait prestement remonté l'escalier sale et emprunté le couloir éclairé par l'ampoule de quarante watts, indifférent aux gémissements poussés derrière les portes closes et à l'odeur de vomi et d'urine. Il aurait gagné la chambre en comptant bien chanter des chansons en gaélique, faire des blagues et raconter des histoires un tantinet scabreuses, en tapant des mains sur ses énormes genoux, confiant dans le remède qu'il administrait.

Mon autre grand-père, lui, aurait marché d'un pas encore plus lent que le mien, à supposer qu'il se fût même mis en route. Dégoûté, les lèvres pincées, il aurait cherché d'autres solutions, se serait demandé comment tout arranger, réparer, équilibrer, comme il le faisait quand, le front plissé, il préparait la déclaration de revenus de grand-papa, tout occupé qu'il était à dégager un sens à partir des bribes d'information gribouillées sur des bouts de papier et des documents chiffonnés censés tenir lieu de reçus et de témoignages du passé.

Après avoir mis la dernière main à la déclaration, un printemps — et proprement apposé sa signature, barré avec soin tous les « t » et refermé la bouteille d'encre —, il s'était préparé à répondre à la question que grand-papa lui posait invariablement :

— J'ai droit à un remboursement ?

Puis il avait passé le formulaire en revue avec moi, m'avait montré qu'il était facile à remplir, pour peu que les renseignements fussent exacts. Peu de temps après avoir franchi la porte, grand-papa avait perdu tout intérêt pour le projet, préférant se consoler avec le whisky qu'il avait sous la main et voir dans toute cette affaire un mystère qui ne valait pas d'être percé à jour. Il ne sortit de sa torpeur que le temps de poser la question fatidique. Après avoir appris qu'il avait bel et bien droit à un remboursement, modeste il est vrai, il avait asséné une bonne claque sur l'épaule de mon grand-père en clamant :

— J'espère toujours en toi, Clan Donald.

C'est ce qu'aurait déclaré Robert the Bruce aux MacDonald à l'occasion de la bataille de Bannockburn en 1314.

— C'est à l'automne 1689 que les MacDonald sont rentrés de la bataille de Killiecrankie, ajouta grand-père, effectuant un bond de près de trois siècles et demi d'histoire. Ils étaient partis en mai. Entre-temps, des enfants étaient nés et des proches étaient morts. L'orge et l'avoine avaient mûri, et ils arrivaient trop tard pour la récolte.

— Mais ils étaient victorieux, rétorqua grand-papa qui, rasséréné par la promesse de son remboursement d'impôt, s'était rassis et resservi.

— Oui, ils avaient triomphé, avait concédé mon grand-père. Ils avaient triomphé à l'ancienne. Mais ils avaient aussi beaucoup perdu. Ils avaient perdu le jeune homme fascinant qui les avait menés au combat et qui les avait inspirés en leur donnant foi dans leur cause. Ils l'avaient ramené du champ de bataille entortillé dans des plaids souillés de sang, puis l'avaient enseveli au cimetière. Peut-être était-ce le commencement de la fin, car plus jamais rien ne fut pareil — même s'ils continuèrent de se battre pour un homme qui ne leur disait rien qui vaille, après que leurs compagnons d'armes furent rentrés chez eux.

— Ils étaient loyaux en diable, dit grand-papa sur un ton appréciateur.

— Oui, loyaux envers une cause qui s'enlisait chaque jour davantage et qui, au bout du compte, devait leur coûter bien cher, répondit pensivement grand-père. Ils ont tenté de maintenir leur position. Mais ils ont perdu beaucoup d'hommes, ajouta-t-il. D'abord à Killiecrankie, puis à Dunkeld, après la grande bataille.

— Ils étaient braves en diable, affirma grand-papa avec enthousiasme.

— Oui, concéda grand-père, mais je crois qu'ils avaient peur aussi.

— Jamais! s'écria grand-papa en se levant à demi, un peu pompette, comme s'il entendait défendre l'honneur des MacDonald du monde entier. Jamais MacDonald n'a connu la peur.

— Je les vois parfois, dit grand-père en contemplant la table, comme si la vision avait surgi de la déclaration de revenus de grand-papa. Je les vois parfois passer par la région sauvage de Rannoch

Moor sous le splendide soleil d'automne. Je les imagine qui rentrent avec leurs chevaux, leurs bannières et leurs plaids fièrement jetés sur l'épaule. Avec leurs épées, leurs sabres et leurs boucliers de peau ornés de motifs en laiton. Reprenant en chœur les refrains de leurs chants entraînants, le soleil se réfléchissant sur leurs armes polies, leurs cheveux noirs et roux.

— Grandiose! dit grand-papa en se tapant le genou, comme s'il regardait son émission de télévision favorite ou encore un film.

— D'autres fois, dit grand-père en souriant, comme pour s'excuser de gâcher la belle image que grand-papa s'était faite, je les imagine en train de penser aux morts qu'ils ont laissés derrière. Aux centaines de corps qui jonchaient la passe de Killiecrankie, malgré la victoire, et à ceux qui parsemaient les rues de Dunkeld. À ceux qui avaient cherché refuge dans des maisons et qui avaient brûlé vifs lorsque les maisons avaient été incendiées. Je les vois ramenant leurs blessés à dos de cheval ou sur des plaids transformés en brancards. Sous l'effort, les jointures des porteurs blanchissent. Je vois les uni-jambistes qui clopinent, les bras sur les épaules de camarades, ten-tant d'effectuer à cloche-pied le long trajet qu'ils ont accompli au printemps en marchant ou en courant. Tentant de regagner Glen-garry, Glencoe, Moidart ou le bled d'où ils sont venus. Je vois les hommes qui, à la place des mains, n'ont plus que des moignons san-guinolents, ceux dont l'entrejambe saigne — ruinés de ce point de vue-là, ajouta-t-il doucement sans quitter grand-papa du regard. Ceux qui, s'ils devaient revenir, ne repartiraient plus jamais. Et ceux qui ne sont pas rentrés, même s'ils avaient survécu au champ de bataille, achevés par la longue marche en montagne qui les ramenait à la maison. On les avait enterrés sous des cairns de pierres à même le sol rocailleux ou marécageux, selon l'endroit où ils étaient tom-bés. Ils n'étaient rentrés à temps ni pour eux-mêmes ni pour leurs proches.

— Comme ton propre père, avait gentiment dit grand-papa, qui cherchait désormais à établir des liens.

— Quand je me les représente ainsi, reprit mon grand-père après une seconde d'hésitation, je me fais une tout autre idée de leurs pensées alors qu'ils rentrent comme leurs pères ou comme eux-mêmes l'avaient fait quelque quarante ans auparavant. En 1645, leurs pères ou eux-mêmes étaient revenus par les montagnes, après s'être battus pour la cause des royalistes. Menés par Montrose et le poète Iain Lom, ils franchirent les hauts cirques à la fin janvier et au début février. Léchant l'avoine dans leurs paumes et rongeant crue la viande des cerfs d'hiver, par crainte d'être trahis par le feu. Quand je me les représente, les jambes nues dans la tourmente, la glace et le verglas accrochés au noir et au roux de leurs cheveux, je les entends se dire : « J'espère qu'au moins cela aura servi à quelque chose. » Et les voilà, quarante ans plus tard, à ressasser les même pensées ambiguës à propos de Killiecrankie.

« Quand je me les représente ainsi, poursuivit doucement grand-père, d'un air presque gêné, car il lui arrivait rarement de tant parler, le soleil d'automne ne brille pas sur Rannoch Moor. Au contraire, il pleut. Leurs pieds chaussés de brodequins glissent dans la boue. Ils sont fatigués et affamés. La pluie dégouline le long de leur cou, tombe en rigoles de leurs cheveux, de leurs cils et de leur nez. Ils maudissent le sol instable. Quand elles deviennent trop lourdes, ils jettent leurs armes dans les bruyères.

— Tiens, c'est l'heure de rentrer, dit grand-papa en se levant, apparemment un peu gêné par la tournure grave qu'avait prise la conversation. Avant, je me sers un petit verre pour la route.

— Je t'en prie, répondit grand-père en souriant. Soyez prudents. *Beannachd leibh.*

Par les rues obscurcies du printemps, grand-papa et moi marchions côte à côte ; à l'occasion, son corps venait buter contre le mien. Dans un lieu isolé, il s'arrêta pour uriner. Par-dessus son épaule, il me dit :

— C'est la première image que je préfère, pas toi ? Celle des MacDonald qui rentrent sous le soleil.

Incapable de répondre, j'émis un son qui ne m'engageait à rien, en espérant qu'il le percevrait dans le sifflement fumant de ses eaux. Dans les étangs près de la mer, les grenouilles chantaient, occupées à se faire la cour ; dans l'île, le phare dont mes parents avaient autrefois eu la charge lançait sa mise en garde avec une régularité de métronome ; au loin, sur la côte, nous apercevions les lumières des maisons du *clann Chalum Ruaidh*, parmi lesquelles ressortaient celles de mes frères.

À la maison, grand-papa déclara :

— J'ai bien droit à un remboursement, après tout.

De nouveau enthousiaste, il avait fait l'annonce comme si c'était lui qui avait rempli le formulaire.

— Que Dieu bénisse cet homme, dit ma grand-mère. Quand je pense à tout ce qu'il a fait pour nous.

— Je le lui ai dit, affirma grand-papa. J'espère toujours en toi, Clan Donald.

— C'est bien vrai, renchérit ma grand-mère. C'est un homme bon et solitaire, qui a perdu son père, sa femme et enfin sa fille unique. Il ne lui reste que ses petits-enfants, dit-elle en jetant un coup d'œil à ma sœur qui, à la table de la cuisine, faisait ses devoirs. J'aimerais qu'ils soient plus proches de lui.

— Oh ! ils sont bien assez proches, se récria grand-papa. Ils sont jeunes, et il est sérieux. Il n'y a pas deux personnes semblables. Mais ce n'est pas uniquement une question d'âge. Il est à peine plus vieux que nous, mais il est différent de toi et de moi. Je parie que tu préfères être mariée avec moi qu'avec lui, ajouta-t-il, une lueur malicieuse dans le regard.

— Bien sûr que oui, répliqua grand-maman, comme si elle avait déjà tout dit. Je n'ai jamais souhaité être mariée à quelqu'un d'autre. Tu sais bien ce que je veux dire. Notre maison est toujours bondée. Tu as tes amis, ta bière et tes chansons, et tu te paies du bon temps, tout en restant gentil et attentionné.

— Quelquefois, il me fait penser à Robert Stanfield, dit grand-papa, comme pour résumer la soirée. Ce n'est pas le genre d'homme qu'on invite à une soirée pour danser, chanter et faire des imitations, mais c'est malgré tout quelqu'un de bien. Tiens, je vais m'offrir une bière, moi, en l'honneur de mon remboursement d'impôt.

14

Il y a deux ans, par un après-midi ensoleillé d'été, je causais avec ma sœur dans sa maison moderne, juchée sur l'une des corniches les plus chic de Calgary, ville nouvelle et porteuse d'espoir. Dans le luxe discret de son séjour, nous tenions à la main nos lourds verres de cristal, remplis d'un liquide ambré, ou nous les posions précautionneusement sur des dessous de verre en cuir gaufré. Les salles de bains, équipées de chasses silencieuses, étaient dissimulées dans des alcôves en angle. Le tumulte des eaux enfin vaincu.

Avec son mari, un ingénieur spécialisé dans le pétrole, du nom de Pankovich, elle était allée visiter la ville pétrolière d'Aberdeen, m'apprit-elle. Un jour qu'il était parti sur la mer du Nord, elle avait loué une voiture et traversé l'Écosse de part en part, dans le sens de la largeur. Sur cette bande de terre comparativement étroite, mais aux distances trompeuses, elle avait contourné les monts Cairngorm et franchi le col de Killiecrankie. Se dirigeant vers le sud, à cause des routes, même si son ultime destination était le nord, elle avait longé Rannoch Moor. Elle avait songé à un poème de T. S. Eliot sur la lande qui débute par ces mots : « Là, les corbeaux crèvent de faim. » Puis elle avait fait son entrée dans Glencoe immobile, à l'endroit même où, au matin du 13 février 1692, les MacDonald avaient été massacrés dans leur sommeil par les troupes gouvernementales qu'ils nourrissaient et hébergeaient depuis deux semaines. Leur meneur, le géant Mac Ian, s'était tiré du lit pour aller répondre à la porte qu'on martelait. Il était cinq heures du matin et une tempête faisait rage. En bon hôte, il avait offert un verre de whisky. Tandis qu'il tournait le dos pour remonter son pantalon, il avait reçu un coup de feu derrière la tête. Il avait été projeté en travers de sa femme, sur le lit encore chaud. Ses cheveux naguère rouge feu, qui avaient commencé à pâlir avec l'âge, avaient soudainement pris la couleur rouge encore plus vive de son sang. Les soldats s'étaient jetés sur sa femme, dont ils avaient arraché les bagues à grands coups de dents.

— Il n'y a pratiquement plus rien, me dit ma sœur, sinon la rivière et les montagnes, les pierres et leur mémoire.

Vers le nord, elle avait gagné le lieu-dit Fort William, *an Gearasdan,* aménagé à l'origine pour maîtriser ceux que le docteur Johnson avait qualifiés de « clans de sauvages et de barbares vagabonds » — sans pour autant refuser leur hospitalité. Puis, à quelques kilomètres vers l'ouest, elle s'était rendue jusqu'au cimetière haut perché de *Cille Choraill,* où elle s'était recueillie près de la croix celtique d'Iain Lom, *bard na ceappach,* poète féroce des hauts cirques et de la longue marche dans les neiges d'hiver.

— La croix fait face aux montagnes qu'il aimait tant, dit-elle. C'est de cette façon — et à cet endroit — qu'il voulait être enterré. Je suppose qu'il n'a jamais douté, ajouta-t-elle. Ni de la loyauté ni des êtres et des choses qu'il aimait et détestait vraiment. Il n'a jamais douté de la valeur de ses poèmes ni de celle du sang sur ses mains. Jamais il n'a balancé à propos de ce qui lui tenait à cœur.

— Non, répondis-je. Je suppose que non. C'est ce qu'on dit, en tout cas.

— Tu te rappelles quand grand-papa buvait son whisky et se mettait à pleurer à l'évocation de la chienne qui était retournée dans l'île en passant sur la glace? Il l'avait laissée partir parce qu'elle lui fendait le cœur. Puis elle avait été abattue par un homme qui n'était pas au courant.

— Oui. Tuée par un homme qui l'a prise par les pattes de derrière et jetée dans la mer.

— J'y pense très souvent. C'est comme si elle avait été animée par ce que, à l'église, on appelle une « foi inébranlable », tu sais ? Elle les avait attendus, attendus, pensant qu'ils allaient revenir, longtemps après que les autres eurent abandonné tout espoir. Pensant qu'ils allaient revenir et qu'elle devait les attendre.

— J'espère toujours en toi, Clan Donald, dis-je, regrettant presque aussitôt mes paroles.

— Ne te moque pas, je t'en prie, dit-elle.

— Je ne me moque pas. Je pensais seulement à une autre anecdote.

— Moi, je pense à elle, si fidèle qu'elle est morte pour eux et pour l'île. Tentant de défendre leur bien jusqu'à leur retour. Elle était convaincue que l'île était à eux. À nos parents et à elle.

— Oui, dis-je, trahi par mes propres souvenirs. « Pauvre *cú* », disait grand-papa. Elle descendait de la chienne venue d'Écosse, celle qui avait nagé à la suite du bateau, dans les années 1700, et qui se serait noyée si ses maîtres ne l'avaient pas aimée comme elle les aimait. Elle leur avait tout donné.

— Oui, répondit ma sœur. C'était dans la nature de ces chiens de trop aimer et de trop vouloir. Allons bon, dit-elle, en portant les mains à ses cheveux. Me voici, à l'âge adulte, toute retournée par ce qu'une chienne a un jour décidé.

— Non, fis-je, en prenant sa main sur la table comme, enfants, nous avions l'habitude de le faire. C'est beaucoup plus. Tu sais bien que c'est beaucoup plus.

Dans la maison moderne de Calgary, nous nous tenions par la main comme, autrefois, nous le faisions le dimanche après-midi après avoir parcouru d'un doigt rêveur le visage de nos parents disparus, qui, de l'album ouvert sur la table, levaient les yeux vers nous.

— Savais-tu, dit-elle après un moment, que Glencoe signifie Glen *Cú*, le *glen* du chien, d'après les chiens mythologiques qui allaient en liberté dans ces parages ?

— Oui. C'est tout à fait sensé, quand on y pense, même si je n'étais pas au courant de la dimension mythologique. Je me souviens d'avoir entendu dire que le mot signifiait le *glen* des pleurs.

— C'était Macaulay, dit-elle, l'historien. C'est lui qui a inventé cette explication après coup. Les habitants lui avaient donné l'autre nom bien des années avant d'avoir des motifs de chagrin.

— C'est lui qui a écrit « Horatio au pont » ? demandai-je, cherchant à me souvenir des poèmes appris par cœur à l'époque de la lointaine école secondaire.

— Oui, répondit-elle. C'est le même. Il était de ceux qui traitent l'histoire à la pièce, ne retiennent que ce qui fait leur affaire et embellissent le reste.

Elle s'interrompit.

— À la réflexion, je suppose qu'un sens peut être véridique, et l'autre, exact.

Le soleil de l'Alberta entrait par la fenêtre, infusant de particules de lumière le liquide ambré et les lourds verres de cristal. Prenant nos verres, nous les fîmes tourner dans le sens des aiguilles d'une montre. La porte s'ouvrit et les enfants, rentrés de l'école, firent irruption dans la pièce.

— Il y a quelque chose à manger ? demandèrent-ils. Nous avons faim.

La lumière se réfléchissait sur le noir et le roux de leurs cheveux.

15

Dans les canyons creusés par les rues de Toronto, j'entends les voix des protestataires, les chants et les slogans qu'ils scandent, et les voix tout aussi véhémentes des contre-manifestants. « À bas les missiles ! » « Se défendre est légitime. » « Non au nucléaire ! » « Le Canada vaut bien qu'on le défende. » Au-dessus de la mêlée, le soleil, haut dans le ciel, darde ses rayons chauds et dorés.

Par un tel après-midi ensoleillé de septembre, il y a très longtemps, me semble-t-il, je rendis un jour visite à mes frères. C'était un dimanche, un de ces jours immobiles et chauds sans un souffle de vent. L'océan était si paisible qu'on eût dit une marine. Nous nous levions de table quand mon frère aîné, à la fenêtre, s'écria d'un ton excité :

— Regardez ! Les épaulards, les baleines pilotes !

De l'océan bleu et placide, les épaulards luisants bondissaient sous les rayons du soleil. À tour de rôle, leurs dos noirs et arqués brisaient la surface étale de l'eau, qui éclatait comme du verre, faisant jaillir des geysers blancs, transformant l'eau bleue immobile en jets et en fontaines d'un blanc vaporeux — un peu comme si on avait affaire à un nouvel élément. Il y en avait peut-être une vingtaine au total, même s'il était difficile de les compter. Ils apparaissaient et disparaissaient, tantôt ici, tantôt là, dans les eaux qui ceinturaient la pointe de *Calum Ruadh*. Oubliant tout le reste, nous parcourûmes à la hâte le kilomètre qui nous séparait du rivage. À l'extrême limite de la pointe, nous criions pour les encourager et nous les applaudissions, tandis qu'ils jaillissaient, batifolaient, viraient et se retournaient, si proches et pourtant si lointains dans leur joie exubérante.

Quelquefois, racontèrent mes frères, des épaulards les suivaient dans leur bateau, friands d'applaudissements et de chansons. S'ils disparaissaient sous la surface, mes frères battaient des mains à l'unisson, comme dans une compétition sportive, et bientôt ils refaisaient surface, parfois si près du bateau qu'ils menaçaient de le renverser, attirés par le bruit et la bonhomie qu'ils percevaient chez mes frères. Ils bondissaient, puis disparaissaient de nouveau, mais mes frères savaient qu'ils n'étaient jamais bien loin et que, à la manière d'enfants jouant à cache-cache, ils espéraient les faire sursauter et les surprendre par leur proximité imprévue. Lorsqu'ils restaient invisibles, mes frères leur chantaient des chansons en anglais ou en gaélique et faisaient des paris sur les paroles qui allaient les ramener soudain à la surface, géants gracieux cabriolant autour du bateau secoué par la houle.

Ce dimanche-là, nous n'étions pas en bateau. C'est donc de l'extrême limite de nos terres qui s'avançaient dans la mer que nous chantions et les encouragions par nos cris. Pendant près de deux heures, nous restâmes là à hurler, à saluer, à chanter et à applaudir, tandis qu'ils nous répondaient magnifiquement. Ils venaient parfois très près de la rive, comme pour tenter de saisir nos propos ou pour se montrer sous un jour encore plus favorable. Ils jaillissaient en faisant des éclaboussures, et nous chantions et applaudissions. Puis, le soleil baissa, et nous nous lassâmes du jeu avant eux, eût-on dit. Tandis que nous nous éloignions de la rive, nous nous retournâmes à quelques reprises en criant ou en faisant des signes de la main, comme pour d'ultimes adieux.

Plus tard, ce soir-là, je descendis sur la grève pour ramener à la maison les vaches laitières de mes frères. C'est alors que je vis une des baleines pilotes échouée sur les rochers, près de la rampe aménagée par mes frères pour leur embarcation. À mon approche, une multitude de corbeaux et d'oiseaux prédateurs plus petits s'envolèrent, et ce n'est qu'après avoir effectué quelques pas de plus que je compris : la mer leur avait apporté un festin.

La marée était basse, et le corps colossal de la baleine gisait sur les galets, tandis que l'eau, élément de sa grâce, clapotait à quelques mètres derrière elle. Déjà, les oiseaux lui avaient picoré les yeux et s'étaient attaqués à son anus et à ses organes reproducteurs. Une déchirure irrégulière de près de deux mètres courait de sa gorge à son abdomen, en passant par son estomac, et une partie de ses organes internes s'était répandue sur les galets. Déjà, l'effet du soleil encore chaud se faisait sentir. Elle allait sentir très mauvais. Hors de l'eau, elle n'était plus noire et luisante, mais plutôt brun terne, dans la puanteur naissante de la mort.

Je remontai pour prévenir mes frères, et ensemble nous revînmes la contempler. Nous décidâmes qu'elle n'avait pas compris que la marée descendait et que, dans la bonne humeur de l'après-midi, elle s'était trop approchée du rivage. Après un de ses plongeons ondulants, elle avait trouvé non pas l'eau profonde qu'elle attendait, mais bien plutôt des récifs submergés et dentelés qui lui avaient ouvert le bas-ventre. Éviscérée, elle n'avait pu regagner le large. C'est nous qui, à la façon de sirènes mâles, l'avions entraînée dans la mort, même si, à l'époque, nous ne le formulâmes pas ainsi. Mes frères, qui ne perdaient jamais le nord, craignaient que sa présence et son odeur ne les empêchent d'utiliser leur embarcation. Ils avaient peur qu'elle ne fût trop grosse pour être remorquée au large, quand bien même ils réussiraient à l'accrocher avec des grappins et à la tirer en forçant le bateau à plein régime. L'après-midi avait pris une tournure inattendue.

Cette nuit-là, une forte tempête vint de la mer. Dans nos lits, nous entendîmes le vent et les première gouttes de pluie battre contre les fenêtres. Mes frères se levèrent, en proie à une vive agitation. Ils redoutaient que le bateau fût emporté par les vagues montantes. Armés de lampes-tempête et de lampes de poche, nous courûmes jusqu'à la grève, non sans avoir requis au passage les services de l'infatigable Christy. Hautes, les vagues battaient rageusement, et nous avions du mal à rester debout sur les rochers détrempés et luisants. Dans le ciel, aucun signe de la « lampe du pauvre ». Même Christy était effrayée : l'écume lui montait jusqu'aux genoux, et ses sabots glissaient sur les galets invisibles. Calum agrippa à deux mains les côtés de sa bride, et nous l'entendîmes chanter en gaélique à son oreille, fort et distinctement, afin de la calmer, comme un père l'eût fait pour un enfant effrayé. La voix de Calum s'imposa par-dessus le tonnerre des vagues, et Christy lui emboîta le pas, nous à sa suite, de l'eau jusqu'aux genoux. Nous parvînmes à fixer la chaîne à l'anneau et à maintenir le bateau en équilibre, tandis que Christy remontait vers la pointe de *Calum Ruadh*. Elle donnait un dernier coup de reins lorsqu'une vague gigantesque vint donner contre la poupe, imprimant au bateau une formidable secousse, cependant que la jument poursuivait péniblement son ascension. La vague, qui aurait fracassé l'embarcation si elle avait été amarrée, la libéra. En effet, elle semblait désormais en lieu sûr. Épuisés, nous nous laissâmes aller sur le dos dans la mousse et les vignes de canneberge trempées, à peu près certains que le bateau était assez haut pour passer la nuit sans être emporté par la mer. Dans l'obscurité et l'excitation du moment, nous avions oublié la baleine.

Au matin, le gros de la tempête était passé. Si l'océan restait bourru, sa saute d'humeur semblait terminée. Nous descendîmes sur la grève. Le bateau, resté à sec, ne se portait pas plus mal, malgré les événements de la nuit. Il ne restait aucune trace de la baleine, et nous fûmes tous soulagés, convaincus que les fortes vagues l'avaient emportée vers le large. Puis, dans un amoncellement de rochers luisants, nous trouvâmes ses organes internes, pris au piège sous les pierres que les vagues avaient fait rouler. Malgré tout, ils redescendaient vers la mer. Les intestins gris se torsadaient en gargouillant, à côté du foie, de l'estomac et du cœur gigantesque.

À des centaines de mètres dans les terres, nous trouvâmes le cadavre, dissimulé sous un monticule d'algues brunes et emmêlées, garnies de petits éclats de rochers et de bouts de bois d'épave. La mer

16

Dans le sud de l'Ontario, les travailleurs saisonniers se penchent et tendent les bras dans leur cercle de soleil, calculant sans bruit les gains et les pertes de la journée et de la saison. Les cueilleurs du dimanche s'apprêtent à rentrer ; plus au sud, mes enfants, dans leur salle de jeux insonorisée, à la lumière tamisée, jouent à leurs jeux vidéo assourdissants. Les patients qui, lundi, s'engouffreront dans ma salle d'attente, vaquent eux aussi à leurs activités habituelles du week-end. Il est possible que les enfants essaient de ne pas penser à lundi ; de ce fait, ils y pensent peut-être un peu trop. Les adultes, toujours avides de beauté, se résignent au prix à payer. J'ai pour mission de « parfaire l'œuvre de Dieu », aurait dit grand-maman. Dans l'opulence de cette région de l'Amérique du Nord, mes patients et moi avons bien tiré notre épingle du jeu.

Quand, à Halifax, je m'initiais aux rudiments de la dentisterie, mon professeur m'invita un soir à boire une bière à la taverne située sous le grand hôtel.

— Dans ce domaine, vous pourrez gagner beaucoup d'argent, mais pas dans les Maritimes, affirma-t-il. Ici, on ne se soucie pas assez de ses dents. Plus de soixante pour cent des patients attendent pour aller chez le dentiste qu'il soit déjà trop tard. De toute façon, la plupart des hommes sont mûrs pour un dentier avant d'avoir vingt ans. Ils préfèrent se faire arracher les dents que de les faire traiter. On dirait qu'ils y tiennent mordicus. Il n'y a qu'au Québec et dans les populations autochtones que les statistiques soient aussi affligeantes. Sans oublier Terre-Neuve. Je me demande toujours si je dois inclure Terre-Neuve dans les Maritimes.

Il n'était pas né au bord de l'Atlantique, mais il vivait à Halifax depuis un certain nombre d'années, parce que l'université, la ville et ses habitants lui plaisaient.

J'étais trop jeune pour savoir quoi répondre. Je buvais comme du petit lait les paroles du grand homme aux dents parfaites. J'étais nerveux en sa présence et je n'avais pas assez d'argent pour payer ma part. De toute façon, je ne souhaitais pas boire. J'avais peur que la bière ne m'engourdisse, alors que je devais préparer mes examens. Je savais que j'avais une chance de remporter les diverses récompenses, bourses et médailles qui ne manqueraient pas de me propulser sur la voie qu'il indiquait.

Je passai au Coca, et il ne s'en formalisa pas. Dans mon verre, je faisais tourner les glaçons, qui fondaient sous l'effet de mes mains chaudes et moites. Jamais je n'avais rencontré quelqu'un comme lui, et je me demandais ce qu'il attendait de moi. Je craignais de commettre une gaffe qui porterait un coup fatal à notre relation, qui ne tenait qu'à un fil. Plus je buvais de Coca et lui de bière, plus je m'agitais. Je sentais la caféine gonfler mes veines et j'imaginais mes pupilles se dilater. Il avait la bouche de plus en plus pâteuse. Parfois, sa main atterrissait à côté du verre qu'il cherchait à empoigner. À quelques reprises, il le renversa, provoquant sur la table de petites inondations, que nous feignions tous deux de ne pas remarquer, tout en nous déplaçant discrètement pour éviter d'être trempés. Au fur et à mesure que nous buvions, l'abîme qui nous séparait se creusait. Comme si l'un de nous était resté sur le rivage tandis que l'autre s'éloignait dans un navire en partance pour la haute mer. À cause de la différence de nos situations, nous n'arrivions plus à nous comprendre.

Pourtant, son intérêt pour la profession et pour moi paraissait sincère. Peut-être aussi était-il très seul, à sa façon.

— D'où m'avez-vous dit que vous veniez? me demanda-t-il en se pliant à la taille, de telle façon que son nez touchait presque les verres sur la table. On eût dit l'un de ces oiseaux qui piquent du bec et se relèvent qu'on voit dans la vitrine des boutiques de farces et attrapes.

— Hmm, dis-je, surpris par la simplicité et par la complexité de la question. Je viens du Cap-Breton.

— Je n'y ai jamais mis les pieds. C'est un tort?

— Pardon?

— De ne jamais être allé au Cap-Breton. Est-ce un tort que je devrais réparer?

— Je ne sais pas, répondis-je en me creusant la tête dans l'espoir de trouver une réponse qui convienne.

— Vous venez d'une famille de dentistes? Votre père est dentiste? demanda-t-il, en se balançant toujours à partir de la taille avec une régularité de métronome.

— Non, dis-je. Il n'y a jamais eu de dentiste dans la famille.

— Tiens, c'est curieux. La plupart des candidats sont issus d'une famille de dentistes. Il faut bien commencer quelque part, je suppose. Écoutez-moi bien, dit-il en se penchant et me saisissant par l'épaule d'une main moite, il ne suffit pas d'arracher les foutues dents. Il faut les embellir.

À la remise des diplômes, au printemps, le soleil était au rendez-vous. Les arbres étaient en feuilles et les fleurs en boutons quand, au milieu de tout le cirque habituel, nous défilâmes pour recevoir nos prix et récompenses. Deux jours plus tôt, j'étais rentré à la maison pour revenir avec la voiture que le père d'Alexander MacDonald le Roux avait gentiment mise à notre disposition pour l'occasion. Grand-papa, grand-maman et mon autre grand-père étaient du voyage, en plus des parents d'Alexander MacDonald le Roux.

L'après-midi précédant la cérémonie, une fois chacun bien installé dans sa chambre, grand-père me demanda:

— Indique-moi la bibliothèque. J'ai des recherches à faire.

— Il y a de bonnes tavernes dans les parages? s'informa grand-papa.

Pour leur part, grand-maman et les autres se mirent en quête de cadeaux à l'intention de ceux qu'ils avaient quittés à peine quelques heures plus tôt. Au même moment, ma sœur recevait son diplôme dans la lointaine province de l'Alberta, si lointaine, en fait, que personne n'avait pu s'y rendre — à la place, nous avions expédié des télégrammes identiques. Les membres du *clann Chalum Ruaidh* qui avaient suivi mes frères, y compris Alexander MacDonald le Roux, vivaient près d'Elliot Lake, en Ontario, depuis un peu moins d'un mois. Là, ils creusaient des puits et aménageaient des galeries pour le compte de la société Renco Development — qui, maintenant que les prix et les marchés rendaient l'exploitation de nouveau rentable, redécouvrait l'uranium décelé quelque dix années auparavant. Leurs télégrammes, rédigés dans un mélange de gaélique et d'anglais, nous parvinrent aussi, accompagnés d'un chèque de cinq cents dollars.

Avant leur départ pour Elliot Lake et à leur retour du Pérou, pays aux frontières incertaines, ils avaient fait un bref séjour à la maison. En route pour l'Ontario, ils s'étaient arrêtés à Halifax pour passer l'après-midi avec moi. Dans les montagnes du Pérou, où ils avaient creusé des puits, l'air se raréfiait tant et si bien qu'ils avaient souffert du *soroche,* le mal d'altitude. Puis ils s'étaient accoutumés aux hauteurs. Le Pérou était d'une beauté sans pareille, mais ses habitants étaient pauvres, et les luttes politiques, intenses. C'était l'année qui avait précédé le coup d'État militaire, et on les avait mis en garde contre toute participation. Ils devaient se mêler de leurs oignons et faire leur travail. Si, sur les routes de montagne tortueuses ou dans les villages à une seule rue que, pour se rendre au travail, ils traversaient à vive allure dans l'obscurité matinale, ils frappaient un animal ou même une personne, ils devaient, les avait-on informés, passer outre, faute de quoi ils risquaient d'être taillés en pièces. Ils devaient plutôt se diriger vers le prochain village et aviser les autorités locales ou celles de Cerro de Pasco. Le Pérou était déjà un pays de *desaparecidos,* de disparus, et nombreux étaient ceux qui vivaient dans leur pays comme en exil. L'hymne national du pays, m'apprirent mes frères, était *Somos libres, seámoslo siempre*. Nous sommes libres. Qu'il en soit toujours ainsi.

Le jour de la cérémonie, je l'ai dit, fut ensoleillé et doré, comme de telles journées devraient toujours l'être.

— Bravo, dit grand-papa.

Coiffé de mon mortier et vêtu de ma toge, je tenais à la main mes récompenses et diplômes divers, de même que l'offre d'une bourse de recherche d'été, tandis que grand-maman prenait des photos.

— Bravo, *'ille bhig ruaidh*, répéta grand-papa. Jamais plus tu n'auras besoin de travailler.

Ce qu'il voulait dire, c'est que je ne passerais pas ma vie à tenir mon bout de la scie à bûches ni à pousser le bateau, de l'eau glacée jusqu'à la taille, près de la pointe de *Calum Ruadh*.

— Quand je pense qu'il n'y a que trente-deux dents, ajouta-t-il. Imagine ce que ce serait si tu devais faire rouler tout un hôpital.

Pendant le trajet de retour, qui avait pris tout l'après-midi brûlant et une partie de la soirée, nous fûmes tous absorbés par la tournure différente qu'avaient prise nos vies, par le passé proche et lointain.

— C'est vrai, avait déclaré grand-père après une heure de route environ. Je l'ai lu à la bibliothèque de Halifax.

— Quoi? demanda grand-papa.

— Wolfe et les Highlanders, à Québec, sur les plaines d'Abraham. Il les utilisait tout simplement contre les Français. Il se méfiait d'eux. Les Français auraient probablement fait son bonheur en les massacrant jusqu'au dernier. Il avait l'intention de les exploiter à ses propres fins, aussi longtemps qu'ils dureraient.

— Ne m'as-tu pas dit un jour que c'était un MacDonald qui parlait français qui leur avait permis de passer devant les sentinelles? objecta grand-papa. Qu'il avait été le premier à gravir la falaise avec les autres Highlanders, qu'ils s'étaient hissés en s'agrippant à des racines d'arbres tordus? N'est-ce pas ce que tu m'as déjà dit?

— Justement, répondit grand-père. *Les premiers à gravir la falaise.* Wolfe était toujours dans le bateau. Penses-y un peu.

— S'ils étaient les premiers, c'est parce qu'ils étaient les meilleurs, affirma grand-papa, catégorique. Dans mon esprit, ce sont eux qui nous ont donné le Canada. Ils avaient appris à Culloden.

— À Culloden, ils étaient de l'autre bord, répondit grand-père, à deux doigts de l'exaspération. MacDonald s'est battu contre Wolfe. Puis il est parti pour Paris. C'est là qu'il a appris le français. Puis on lui a accordé son pardon afin qu'il puisse se battre pour le compte de l'armée britannique. Il s'était battu contre Wolfe à Culloden, puis il s'est battu pour lui à Québec. Dans les circonstances, on comprend la méfiance de Wolfe. Il avait la mémoire longue, comme les autres. Quoi qu'il en soit, MacDonald est mort en se battant pour l'armée britannique, et non contre elle. Il est désagréable de penser qu'on puisse donner le meilleur de soi — et même sa vie — quand on cherche à vous tromper.

— Nul ne sait ce que ces hommes avaient en tête, dit grand-papa, philosophe.

— C'est vrai, concéda grand-père, mais certains d'entre eux ont laissé des témoignages écrits. Wolfe parlait des Highlanders comme de ses ennemis secrets. Dans une lettre adressée à son ami, le capitaine Rickson, il évoque la possibilité de les recruter dans son armée et écrit, cynique : « S'ils meurent, leur perte ne causera qu'un bien petit fracas. »

— À propos de guerre, dit grand-maman, qui avait gardé le silence pendant toute la conversation, j'ai reçu une lettre de ma sœur qui vit à San Francisco. Elle est arrivée le matin de notre départ. Dans l'énervement, j'avais oublié.

Tirant une lettre de son sac à main, elle se mit à lire :

Chère Catherine, cher Alexander,
Nous avons bien reçu votre lettre qui, comme toujours, nous a fait grand plaisir. Nous avons été heureux d'apprendre que vous vous portez tous bien et que vous attendez avec impatience de partir pour Halifax, où Alexander (*gille beag ruadh*, comme vous dites toujours)

recevra son diplôme. Nous avons aussi été très heureux d'apprendre que sa sœur Catherine aura droit au même honneur en Alberta. Dommage que vous ne puissiez y assister, mais, comme chacun sait, on ne peut être à deux endroits en même temps. Vous devez être très fiers d'eux.

Je suis certaine que vous avez été également heureux de voir les autres garçons à leur retour du Pérou. Dommage qu'ils n'aient pu faire escale à San Francisco pour nous rendre visite, mais nous sommes conscients des difficultés liées aux billets d'avion, à l'immigration et à tout le reste. Ce n'est peut-être que partie remise. J'espère que tout se passe bien pour eux en Ontario. Parlant de l'Ontario, notre petit-fils, Alexander, vient tout juste de recevoir son avis de conscription, ce qui signifie qu'on va l'envoyer au Viêtnam. Il ne veut pas y aller, et nous ne voulons pas non plus qu'il y aille. Nous étions favorables à la guerre sous le président Kennedy, qui était si gentil, mais aujourd'hui les choses ont changé. Calum dit ne pas avoir confiance en Lyndon Johnson. D'après lui, on ne nous dit pas toute la vérité. Là-bas (au Viêtnam), les gens ne veulent que garder leur pays. Quoi qu'il en soit, une grande confusion entoure désormais la guerre, et les manifestations se multiplient, comme vous l'avez probablement appris par les journaux et la télévision. De nombreux jeunes partent pour le Canada.

Si vous aviez l'obligeance de nous donner l'adresse de vos garçons en Ontario et de leur écrire, peut-être pourraient-ils lui venir en aide. « Le sang est plus épais que l'eau », dit-on. La famille avant tout. Vous savez que nous ferions la même chose pour vous.

À défaut de rajeunir, nous nous portons tous deux très bien. Je dois m'interrompre pour aller préparer du thé. Dommage que vous ne puissiez venir nous retrouver. Calum fait dire que, si vous étiez là, nous boirions autre chose que du thé. Il va profiter de sa retraite pour brasser sa propre bière dans la cave. Comme quoi les habitudes ont la vie dure.

Avec tout notre amour, *Beannachd leibh.*

Vos frère et sœur aimants,

Calum et Sarah.

— Écris-leur pour leur dire que c'est d'accord, déclara grand-papa sans une seconde d'hésitation. Les garçons voudront bien. Ils vont l'aider là-bas, en Ontario. C'est le *gille beag ruadh* qui va les prévenir, ajouta-t-il en me tapotant l'épaule. Nous t'avons donné la meilleure vie que nous avons pu. Du jour où tu es venu chez nous pour passer la nuit, quand tu avais trois ans, jusqu'à aujourd'hui.

— Oui, renchérit grand-maman. Je vais leur écrire dès notre retour. Toi, tu peux écrire à tes frères en Ontario. Ils sont aussi nos petits-enfants, mais tu es notre seul et unique *gille beag ruadh*.

Quand, sur le chemin du retour, nous traversâmes le comté de Pictou, le soleil brillait toujours très haut dans le ciel. Près des limites du comté, mon oncle me toucha l'épaule en pointant par la fenêtre.

— Nous sommes à Barney's River, dit-il. En 1938, ton père et moi avons travaillé ici, dans la forêt. Au camp, il y avait d'autres membres du *clann Chalum Ruaidh*. Ils nous firent savoir qu'il y avait de l'embauche. Seulement, il fallait apporter nos haches parce que celles du camp étaient mal affûtées. C'était en décembre. À notre descente du train, à la gare de Barney's River, il faisait nuit. La neige était profonde, et je me rappelle encore le froid de canard qu'il faisait.

« Le camp se trouvait à environ vingt kilomètres d'ici, ajouta-t-il en gesticulant en direction des collines qui s'éloignaient, et nous nous sommes mis en marche, en espérant suivre le bon sentier. Il faisait si froid qu'on entendait parfois les arbres exploser sous l'effet du gel. Ils se fendaient par le milieu avec un bruit semblable à un coup de feu. La blancheur de la neige et la pleine lune nous permettaient d'y voir clair. De temps à autre, nous chantions pour nous tenir compagnie et régler notre pas sur les chansons, comme dans une marche militaire. Puis, du haut d'une colline, nous avons aperçu le camp. Je me souviens qu'il y avait des orignaux dans la cour. Ils étaient en quête de brindilles de foin près des portes de la grange où on gardait les chevaux. À notre arrivée, ils nous ont regardés sans bouger. Ils avaient plus faim que peur. Nous avons ouvert les portes de la grange, et nous leur avons jeté du foin dans la neige, puis nous sommes nous-mêmes allés dormir dans le foin. Il y faisait bon, grâce à la chaleur des chevaux. Même pendant notre sommeil, nous entendions leurs mouvements, le martèlement de leurs sabots quand ils se retournaient dans leur stalle, et le frottement de leur cou contre les mangeoires.

« Dès le lendemain, nous avons commencé à travailler, et nous sommes restés jusqu'au début de la pêche, à la fin mars. Nous commencions sous les étoiles et finissions sous les étoiles — du matin au soir, nous coupions du bois pour un dollar par jour.

Il marqua une pause en souriant brièvement.

— Avant de rentrer au Cap-Breton, nous avons pris le train pour Truro, notre paie en poche. Les rues étaient toujours recouvertes de neige. À l'époque, il n'y avait pas de débits d'alcool publics. Nous avons donc acheté une bouteille. Comme nous ne savions pas où la boire, nous nous sommes engagés dans une rue transversale, où il y avait une maison avec un escalier extérieur. Nous sommes allés sous l'escalier pour boire. Nous venions tout juste de porter la bouteille à nos lèvres quand une femme, sortie sur le balcon, à l'étage, nous a aperçus sous elle. « Foutez-moi le camp ou j'appelle la police ! » « *Pog mo thon* », a répondu ton père, certain qu'elle ne comprenait pas le gaélique. « Mes pauvres chéris, venez souper avec nous. » Elle-même membre du *clann Chalum Ruaidh,* elle avait été à la fois surprise et ravie d'entendre parler gaélique à Truro — sans se formaliser de la teneur des propos qui lui avaient été servis. À son arrivée, le mari a été charmant, et nous sommes restés à manger et à dormir. Après le camp, la blancheur et la propreté des draps avaient quelque chose de stupéfiant. Pendant des années, nous leur avons envoyé une carte de vœux à Noël. Puis, une année, la carte est revenue. Ils avaient déménagé, je suppose. Ton père disait toujours : « Ce n'est pas si souvent qu'on peut dire à quelqu'un : "Va te faire foutre" et obtenir en échange un repas somptueux et des draps propres. »

« Une autre fois, nous étions dans un camp infesté de rats. Avant d'aller au lit, nous émiettions deux ou trois miches de pain sur le plancher pour éviter que les bêtes viennent nous grignoter pendant notre sommeil.

« Tu sais, dit-il en s'interrompant soudain et en posant les mains sur mon épaule, pendant que je conduisais, ton père m'a beaucoup manqué et il me manque encore. Je l'ai connu plus long-temps que toi, et grand-papa et grand-maman l'ont connu sous un autre jour. C'est la même tristesse, dit-il, mais sous des emballages différents.

— Bah ! dit grand-maman, sachons nous contenter de ce que nous avons. Il s'en trouve qui n'ont jamais vu leurs parents. Il y a des hommes qui ont des enfants sans le savoir.

— Je ne m'en suis jamais remis, dit grand-père, tout douce-ment. Jamais je ne saurai si mon père a senti qu'il avait donné la vie. Je ne sais pas. Je pense que les choses auraient été différentes.

— Que pouvait-il faire ? demanda grand-papa. Il était jeune, et il est mort sans y être pour rien. Tout est allé de travers. S'il n'avait pas prévu ta conception, il n'avait pas non plus prévu sa mort — à moins qu'il ne l'ait vue venir, mais alors il était trop tard.

— Quand j'étais petit, dit grand-père, les autres enfants me taquinaient. Un jour, j'ai posé une question à ma mère. Je ne me rap-pelle plus laquelle, et il est probable que je n'en comprenais pas non plus le sens à l'époque. Quelque chose de vague à propos de ma nais-sance et de ma différence. Elle m'a giflé si fort que j'ai franchi la moi-tié de la pièce en vol plané. « Ne me pose plus jamais de telles ques-tions ! Tu ne crois pas que tu me donnes déjà assez de soucis ? » La conversation — si j'ose dire — a pris fin sur ces mots. Ma mère s'était aigrie, et c'est peut-être compréhensible. Elle n'a pas eu la vie facile.

— Non, c'est bien vrai, dit ma grand-mère. Elle a fait de son mieux, dans les circonstances.

— C'est possible. J'aurais aimé avoir une photo de lui, dit grand-père, une image que j'aurais pu garder en mémoire. J'ai beau avoir l'âge d'être arrière-grand-père, je suis toujours à sa recherche. Quand je me rase, le matin — même aujourd'hui à Halifax —, je regarde dans le miroir et j'essaie de le voir dans mon visage, mes sourcils, l'angle de ma mâchoire, mes pommettes — mais nous nous ressemblons tous un peu, dans la famille. La seule fois de ma vie où j'ai été soûl, je l'ai vu dans le miroir. Je suis allé au lavabo pour m'asperger le visage d'eau, et il était là. Il avait des cheveux et une moustache roussâtres. Il était plus jeune que je ne l'étais moi-même, à l'époque. Ça m'a fait tout drôle de voir mon père plus jeune que moi. Je me suis retourné le plus vivement que j'ai pu, mais je n'ai réussi qu'à glisser sur le plancher mouillé et à me cogner la tête en tombant. Lorsque je me suis relevé, encore sonné, il était parti. J'étais tellement retourné que je n'ai plus jamais touché une goutte d'alcool. Depuis, je porte la moustache.

Il marqua une pause en se caressant la moustache.

— Une autre fois, c'était le lendemain de la mort de ma femme, il est venu me trouver là où je dormais, mais ce n'était probablement qu'un rêve. Il est venu près de mon lit. Il portait une longue combinaison en laine, comme les Stanfields, de celles qu'on voyait dans les camps de bûcherons. Il s'est penché et m'a touché l'épaule. « Occupe-toi bien de la petite, et vous serez moins seuls. »

Le soleil frappait toujours sur le toit, mais la chaleur était tombée. Nous gardâmes le silence pendant un moment, tandis que la voiture avalait les kilomètres. Puis nous amorçâmes l'ascension de la colline de Havre Boucher, et les panneaux commencèrent à annoncer la proximité du Cap-Breton. Avant la montée et les panneaux, nous avions cependant aperçu, devant nous et sur notre gauche, la silhouette bleue et verte du Cap-Breton au-dessus de l'eau.

— Trêve d'histoires tristes, trancha grand-papa. Chantons.

Et nous nous mîmes tous à chanter :

Chi mi bhuam, fada bhuam,
Chi mi bhuam, ri muir lain;
Chi mi Ceap Breatuinn mo luaidh
Fada bhuam thar an t-sail.

D'aussi loin que nous les apercevions le long de la côte, nous scandions le nom des villages. Peut-être cherchions-nous à transformer une complainte en un hymne à la joie et au bonheur de rentrer chez soi.

Quand, à l'amorce d'un nouveau couplet, nos voix chancelaient ou hésitaient, nous nous tournions vers grand-père qui, sans douter un instant, nous entraînait à sa suite. C'était, comme à l'occasion de l'épisode du violon, une surprise toujours renouvelée — découvrir que, contre toute attente, il chantait à merveille.

— Tu ne te trompes jamais, lui dit grand-maman, une fois la chanson terminée.

— J'essaie, répondit-il. Je fais de mon mieux.

Nous franchîmes le détroit de Canso par la jetée. Lorsque les roues avant touchèrent le Cap-Breton, grand-papa s'écria :

— Dieu merci, nous voilà de retour chez nous. Plus rien de mal ne peut nous arriver.

Nous avions encore une heure de route à faire le long de la côte, peut-être plus, mais il était clair que grand-papa se considérait comme de retour dans le « pays de Dieu » ou, comme il le disait, « notre pays ». De la poche intérieure de son veston, il tira une bouteille de whisky, sans doute achetée à Halifax. Baissant la vitre déjà à demi descendue, il jeta le bouchon le plus loin qu'il put dans les herbes qui vacillaient en bordure de la route, non sans s'être au préalable exercé à la façon d'un lanceur de base-ball.

— Nous allons devoir tout boire, déclara-t-il en soulevant la bouteille au-dessus de sa tête d'un air triomphant. Quand j'étais jeune, poursuivit-il avec enthousiasme, emporté par la bonne humeur, et que nous rentrions au printemps après avoir passé l'hiver en forêt, je bandais en mettant les pieds au Cap-Breton. Oui, monsieur, je me mettais au garde-à-vous dans mon pantalon. Impossible de faire autrement. À l'époque, les braguettes se fermaient à l'aide de boutons. C'était avant les fermetures éclair.

— Chut, tais-toi, dit grand-maman en lui donnant un coup de coude dans les côtes, comme s'il était allé trop loin, même pour elle.

— D'accord, dit-il. Chantons. Quelqu'un veut boire un coup ?

— Oui, chantons, convint grand-père. Ça lui clouera le bec.

Tandis que je conduisais la voiture de mon oncle sur la route sinueuse qui longe la côte, en direction du couchant, nous chantâmes. Nous chantâmes « *Failill-o Agus Ho Ro Eile* », « *Mo Nighean Dubh* », « *O Chruinneag* », « *An T'altan Dubh* », « *Mo Run Geal Dileas* » et « *O Siud An Taobh A Ghabhainn* ». Nous chantâmes toutes les vieilles chansons, celles qu'autrefois on chantait en chœur pour alléger la tâche à accomplir.

Cependant que, dans notre pays, nous roulions devant les maisons, grand-papa nous montrait du doigt des membres de sa famille, qui étaient assis sur le pas de leur porte, flânaient dans leur cour ou profitaient du début de la soirée pour s'adonner à de menus travaux ; parfois, il les apostrophait par la vitre.

— Voilà *Aonghas Ruadh*, disait-il. Et voilà *Mairi*. Là, c'est *Gilleasbuig*. Et là encore, *Domhnull Ruadh*. Klaxonne.

Je klaxonnais, et les personnes ainsi interpellées, reconnaissant la voiture et ses occupants, le long de la mer, nous saluaient de la main. Grand-papa brandissait parfois la bouteille de whisky par la fenêtre, comme pour montrer qu'il s'amusait ferme.

— Arrête de faire l'imbécile, disait grand-père, qui, de toute évidence, aurait souhaité se trouver ailleurs. Tu vas tous nous faire arrêter.

Nous poursuivîmes notre route en saluant et en chantant. Le soleil se réverbérait sur la voiture de mon oncle et arrachait des reflets à nos cheveux, nuançant la mer étale et faisant ressortir l'île au large de laquelle mes parents et mon frère s'étaient noyés, il y avait, semblait-il, une éternité.

17

Arrivés à la maison, nous déposâmes d'abord grand-père.

— Entre une minute, me dit-il. J'ai quelque chose pour toi.

De son placard, il tira deux paquets emballés avec soin.

— Ouvre-les.

Dans le premier, je trouvai un jeu d'échecs fait à la main, qui avait dû lui prendre un temps fou : les volutes et les courbes, délicates et complexes, donnaient l'impression de faire corps avec le bois poli. Dans l'autre, il y avait une plaque en bois sculpté sur laquelle figuraient les armoiries et la devise des MacDonald. « J'espère toujours en toi », proclamaient en relief les caractères méticuleusement filetés.

— J'ai fait les mêmes pour ta sœur, dit-il timidement. Je les ai expédiés en Alberta il y a deux semaines. Je voulais être certain qu'elle les aurait à temps.

— Merci, dis-je. Merci beaucoup.

Je m'efforçais d'imaginer la peine que ces objets avaient dû lui coûter — les détails minutieusement arrêtés par son esprit et ses mains, sans oublier les outils bien effilés que ma sœur et moi, enfants, laissions traîner sous la pluie.

— Merci, répétai-je. Merci beaucoup.

Les gens que nous saluions à notre approche ne levaient désormais la main qu'à demi, eût-on dit, et nous regardaient avec trop d'intensité. Dans la cour, de nombreuses personnes s'étaient réunies près de la porte, et la cheminée fumait. Quelqu'un qui connaissait la maison était entré par la fenêtre de derrière, avait fait du feu et ouvert la porte de l'intérieur.

Nous apprîmes que, cet après-midi-là, Alexander MacDonald le Roux était mort. La benne à minerai lui était tombée dessus, au fond du puits, et il était mort sur le coup. Mes frères avaient téléphoné. Ils rentraient avec le corps.

C'était si soudain et si inattendu que la situation nous semblait sans issue. Rien à saisir, rien à quoi s'agripper. C'était si complexe — tandis que je me mettais en quête de la denture parfaite, une mort soudaine attendait Alexander MacDonald le Roux au fond d'un trou, à Elliot Lake. Pendant que je conduisais la voiture de ses parents et que nous chantions, il mourait au loin, aux abords du Bouclier canadien. Je me souvins de la dispute que nous avions eue, enfants, et de la façon dont je m'étais moqué de lui parce qu'il buvait son thé dans une soucoupe. Je sentais sur mon cou ses mains calleuses, petites mais déterminées, juste avant que grand-papa ne nous sépare. Dire qu'à l'époque nous croyions savoir qui, parmi nous, étaient les chanceux.

— La journée a été rude, dit grand-maman, en prenant la mère d'Alexander MacDonald le Roux dans ses bras.

Pour la première fois, grand-maman, la fatigue de la longue et chaude journée de voyage imprimée sur le visage, me parut vieille.

— La journée a été rude, répéta-t-elle, mais nous allons devoir nous tenir debout. Il faudra être courageux. Pas question de fondre comme neige au soleil.

— Je lui ai acheté une chemise à Halifax, dit tout doucement ma tante. Faite avec le plaid des MacDonald. J'allais la lui emballer ce soir.

— Malheur, dit grand-papa qui, sous l'effet de la nouvelle, dessoûlait à vue d'œil. Malheur, répéta-t-il. Malheur de malheur.

18

La dépouille d'Alexander MacDonald le Roux fit le trajet de l'aéroport de Sudbury à celui de Sydney dans un sac en plastique du genre de ceux que les compagnies aériennes réservent au transport des morts. Les membres du *clann Chalum Ruaidh* qui avaient été à ses côtés l'accompagnèrent dans son ultime voyage, et son père me demanda d'aller attendre l'avion. Je m'y rendis seul afin de faire le plus de place possible dans la voiture pour les arrivants.

Le trajet d'un peu moins de deux cents kilomètres me sembla étrange et solitaire. Sur la route tortueuse, je gravissais et redescendais les montagnes au volant de la voiture qui, à l'occasion du voyage à Halifax, pour la remise des diplômes, avait été bondée. Je percevais toujours, en arrière-plan, l'odeur du whisky renversé par grand-papa, et la radio jouait de façon erratique, la musique allant et venant au gré des élévations et des dépressions, des montagnes et des vallées, sans compter, de loin en loin, la présence intimidante des rochers qui, en hauteur, font saillie. J'entendis les prévisions météorologiques et des morceaux de musique écossaise interprétés au violon. On annonça aussi la mort d'Alexander

MacDonald le Roux et des détails concernant ses funérailles. C'était le début de l'après-midi.

À Sydney, les membres du *clann Chalum Ruaidh*, mon frère Calum à leur tête, descendirent de l'avion. La plupart d'entre eux étaient déjà dans un état d'ébriété avancé. Nombreux à être en colère, ils s'exprimaient dans un mélange d'anglais et de gaélique. La direction de la Renco Development, pour qui le temps était de l'argent, répugnait à l'idée de laisser partir tant d'hommes pour assister aux funérailles.

— Il s'agit seulement d'un homme, avaient dit les cadres. Vous êtes tous en mesure de travailler. Le travail se poursuit.

Le travail, cependant, ne s'était pas poursuivi, car ils avaient tous remis leur démission. Ils étaient sortis des baraquements, des galeries et du puits, et certains avaient jeté leur matériel dans les buissons, non loin du chevalement, les clés à molette restées accrochées aux ceintures de mineurs résonant sur la pierre du Bouclier canadien. Quelques-uns étaient allés réclamer leur paie avant de partir ; d'autres ne s'étaient pas donné cette peine.

Regroupés autour du carrousel à bagages, ils dispensaient des bribes d'information.

— C'était un accident, déclarèrent certains.

D'autres n'en étaient pas si sûrs. Le conducteur du treuil avait mal interprété les signaux et fait descendre la benne à toute vitesse alors qu'il aurait dû la remonter. Alexander MacDonald le Roux, pensant que la benne montait, avait sauté dans le puisard pour le nettoyer. Pris au piège, il n'avait probablement pas vu la benne s'abattre sur lui en sifflant. On ne pouvait en être certain. Chacun avait son idée. Une chose était sûre, en tout cas : la tête d'Alexander MacDonald le Roux resterait à jamais séparée de son corps. Les deux ne seraient réunis que dans l'éventualité d'une future résurrection. Sans savoir pourquoi, je songeai à Mac Ian, meneur des MacDonald de Glencoe, s'abattant sur son lit le 13 février 1692. Projeté vers l'avant et vers le bas par le coup de feu invisible et inattendu qu'il avait reçu derrière la tête. Le roux de ses cheveux à jamais rehaussé par son sang écarlate.

Sur le carrousel, les valises se mirent en branle. Après une série de virages, elles aboutissaient devant leurs propriétaires, qui se penchaient pour les récupérer.

Comme je n'avais qu'une voiture et qu'ils étaient nombreux, des membres du *clann Chalum Ruaidh* louèrent d'autres autos et nous nous mîmes en route derrière mon frère aîné, en proie à un chagrin mêlé de confusion et d'épuisement. Je ne sais s'il était trop fatigué, trop triste, trop en colère, trop soûl ou trop pressé d'arriver à la maison, ou s'il était sous l'emprise de tous ces facteurs, mais, quoi qu'il en soit, Calum conduisait beaucoup trop vite. Presque immédiatement, sa voiture de location se détacha des nôtres. Lorsque le pont de l'île aux Phoques et les eaux du Bras d'Or furent en vue, il avait déjà gravi la montagne de Kelly, de l'autre côté. Il ne tarda pas à disparaître.

Plus tard, au-delà du sommet, nous aperçûmes, sur une portion de route aride et désolée, les gyrophares allumés d'une voiture de la GRC. Elle s'était rangée sur l'accotement. Arrivés à sa hauteur, nous constatâmes qu'elle était vide, même si une des portières était ouverte. Quelque quinze ou vingt kilomètres plus loin, la route se redressa un tant soit peu, et nous entrevîmes au loin la voiture de mon frère. Du sommet d'une colline, une quinzaine de kilomètres plus loin, nous vîmes d'autres gyrophares et ce qui donnait l'impression d'être un barrage de police, érigé à la hâte, à quelques kilomètres. Devant nous, la voiture de mon frère filait sur la route tortueuse. Elle réfléchit un instant les rayons du soleil avant de disparaître dans la vallée. Nous escomptions la voir entreprendre son ascension vers les gyrophares, mais elle ne reparut pas. Lorsque, à notre tour, nous arrivâmes au creux de la vallée, nous n'en vîmes aucun signe. Sur un tronçon plat et isolé, nous aperçûmes cependant une route de gravier qui virait à gauche et semblait disparaître presque immédiatement sous les arbres qui faisaient saillie à la base de la montagne. De notre point de vue antérieur, cette route était invisible, tout comme elle l'était du barrage établi plus haut, au-delà du tournant. La poussière n'était pas encore retombée, et on voyait les pierres que le passage récent d'une voiture avait retournées. Nous continuâmes notre chemin. Au barrage, les policiers nous firent signe de passer.

Chez mes grands-parents, la cour et l'allée débordaient de voitures appartenant pour la plupart à des membres du *clann Chalum Ruaidh,* venus offrir leurs condoléances et accueillir les vivants qui avaient accompagné le mort. Environ une demi-heure plus tard, la voiture de location manquante fit son apparition, maculée de poussière et de boue, souvenirs des routes et des ruisseaux de montagne. Le deuxième de mes frères était au volant. Calum dormait sur la banquette avant, la main droite fermée en poing, les jointures meurtries et enflées.

Apparemment, leur voiture avait été interceptée. Mon frère était descendu et s'était dirigé vers la voiture de police. L'agent était descendu à son tour et ils s'étaient rencontrés à mi-chemin. Personne n'avait saisi les détails de la conversation, mais le ton était monté. Mon frère s'était retourné pour regagner sa voiture. L'agent l'avait alors frappé avec un objet — une matraque ou une lampe de poche — et il avait piqué du nez. Cependant, il avait repris pied. Faisant volte-face, il avait frappé l'agent en plein visage. Ce dernier était passé par-dessus le remblai avant de rouler dans le fossé.

Calum dormait toujours sur la banquette avant, et on craignit un instant qu'il ne fût blessé grièvement. Des caillots et des croûtes de sang noirci et séché maculaient ses cheveux et tapissaient sa nuque. Nous tentâmes de le réveiller, avant de le porter ou plus exactement de le traîner jusqu'à la cuisine de grand-maman. Refusant d'un geste le whisky que proposait grand-papa, elle tenta de ranimer Calum avec des tasses de thé fumant. Sur sa lèvre inférieure, la fine cicatrice vira progressivement au blanc et au mauve.

Plus tard, le même après-midi, trois voitures de la GRC étaient arrivées à la maison de mes grands-parents, gyrophares allumés. Les agents avaient reconnu la plaque minéralogique ou obtenu nos coordonnées par l'agence de location ou l'autre service de police. À l'évidence, nous n'étions pas difficiles à retrouver.

Mon frère, qui avait commencé à reprendre des forces, repoussa sa chaise, les yeux brillants de colère.

— Toi, monte vite te coucher, lui ordonna grand-papa.

Il avait parlé avec une autorité qui ne lui était pas coutumière, et je me souvins de la fois où il nous avait séparés, Alexander MacDonald le Roux et moi, et tenus fermement à distance, tandis que nos petits pieds battaient furieusement l'air. Stupéfait, Calum se tourna vers lui, et je compris que rares étaient ceux qui, au cours des dernières années, lui avaient donné des ordres. Depuis la mort de mes parents peut-être, il n'avait plus été l'enfant qui se soumet à l'autorité d'autrui, avec ressentiment, certes, mais non sans un complexe sentiment de soulagement et de gratitude. Ses pas retentirent dans l'escalier, et on l'entendit tomber lourdement sur le lit.

— Allez, on sort tous.

Nous devions être trente ou quarante, debout sur la pelouse devant la maison de mes grands-parents. Nous observions les trois voitures de police avec leurs gyrophares allumés et les six agents nerveux qui se tenaient debout à côté. Les chiens des *Calum Ruadh*, les oreilles aux aguets, déambulaient parmi la foule, sentant peut-être qu'un événement marquant se préparait.

— Nous sommes là pour MacDonald, déclara l'agent responsable.

Des éclats de rire se firent entendre.

— Ici! Non, ici! cria-t-on çà et là.

Les agents n'étaient pas du coin. Peut-être n'avaient-ils pas compris que nous portions presque tous le nom de MacDonald. Personne ne bougeait. On n'entendait que le bruissement des pieds. Les feux rouges des gyrophares tournaient sous le soleil de l'après-midi. Même les chiens se montraient circonspects.

Puis on entendit la porte se refermer avec fracas. Grand-maman sortit en s'essuyant les mains à son tablier.

— C'est ridicule, dit-elle en s'avançant parmi l'attroupement, qui s'ouvrit comme l'eau sous la proue du navire.

— Notre famille est en deuil, dit-elle à l'agent. Nous vous serions reconnaissants de bien vouloir nous laisser pleurer en paix.

Pendant qu'elle parlait, l'agent avait retiré son chapeau. Puis, il recula de quelques pas et réunit ses hommes autour de lui. Après un

120

bref conciliabule, il salua grand-maman. Les agents remontèrent dans leurs voitures et s'en furent, non sans avoir au préalable éteint leurs gyrophares. Nous étions tous soulagés, mais, pendant quelques secondes, nous demeurâmes figés sur place. Puis les chiens s'ébrouèrent, et nous regagnâmes le monde animé.

La veillée funèbre d'Alexander MacDonald le Roux débuta le lendemain à midi. L'entrepreneur de pompes funèbres fit passer son corps du sac en plastique au cercueil en chêne monté sur des tréteaux. Comme ceux qui l'avaient connu et aimé n'auraient plus reconnu Alexander MacDonald le Roux, le cercueil était fermé. On avait posé dessus une photo de lui, prise à la fin de ses études secondaires. Ses cheveux roux étaient peignés avec soin. De ses yeux noirs, il regardait droit vers l'appareil photo, d'un air confiant. Il avait une fleur à la boutonnière. À côté de la photo, on voyait un petit éclat du rocher de *Calum Ruadh*; autour du cercueil, on avait disposé des fougères et des joncs cueillis sur la terre de l'aïeul. Il était encore trop tôt pour les roses d'été, les lupins roses et bleus, les boutons d'or jaunes ou les iris pourpres aux cœurs tachés de blanc. Trop tôt aussi pour les délicats liserons roses qui, sur leurs vrilles, poussent au milieu des rochers de la grève. Serrés les uns contre les autres, ils vivent à même le roc, semblant tirer leur subsistance d'une source invisible. Si on les arrache, ils se fanent rapidement.

Le troisième jour, juste avant que le cortège funèbre ne s'ébranle, arriva une lettre d'Alexander MacDonald le Roux. Il l'avait postée le matin de sa mort, avant d'entreprendre son ultime quart de travail. La lettre ne renfermait pas beaucoup d'informations, seulement quelques observations de portée générale pour dire que tout allait bien. Elle contenait aussi un chèque de deux cent quarante-cinq dollars. Ses parents avaient éclaté en larmes au même moment, comme si c'était la goutte qui avait fait déborder le vase. Puis ils s'étaient étreints et ressaisis, avant de partir pour s'acquitter de ce qu'ils tenaient pour leurs responsabilités immédiates.

Le jour où nous nous étions disputés, enfants, son père était venu, je m'en souvins, pour emprunter de l'argent à grand-papa et à grand-maman. Je me souvins aussi d'avoir trouvé injuste que le monde compte des enfants avec un père et d'autres sans. Cela lui était apparu comme injuste à lui aussi. Des pères qui venaient en aide à des fils et des fils qui venaient en aide à des pères, suivant les mystères du temps et des circonstances.

Jusqu'à l'église blanche, le cortège funèbre s'étendait sur près de deux kilomètres, et des voitures de la GRC, gyrophares allumés, bloquaient les voies d'accès à notre passage. Nous regardions droit devant, et les agents firent de même, dans la plus parfaite indifférence.

L'église était remplie à craquer. Dehors, certains se tenaient debout sur le parvis. Le joueur de cornemuse, le violoniste et les chanteurs, fidèles au poste, attendaient leur tour.

Mon autre grand-père, sur qui on pouvait toujours compter pour maîtriser ses émotions, s'avança au lutrin pour la première lecture. Il était tiré à quatre épingles, la chaîne de sa montre en or décrivant un demi-cercle sur sa veste. Ses chaussures, polies à l'extrême, réfléchissaient la lumière. Il avait taillé sa moustache rousse, et ses ongles étaient d'une propreté exemplaire.

En faisant tourner les pages de la Bible, il déclama :

— Lecture de l'épître de Paul aux Romains : « Aucun de nous en effet ne vit pour soi-même et aucun ne meurt pour soi-même. »

Puis, il s'interrompit et, semblant se raviser, revint à l'Ancien Testament. Il reprit :

— Lecture du Livre de la Sagesse de Salomon : « Mais le juste, même s'il meurt prématurément, sera en repos, car la vieillesse honorable n'est pas celle que donnent de longs jours, elle ne se mesure pas au nombre des années ; c'est cheveux blancs pour les hommes que l'intelligence… »

Je l'avais déjà entendu lire. Chaque fois, il choisissait les textes avec soin, selon les circonstances. Un jour, enfant, je l'avais entendu lire un extrait de l'Apocalypse. C'était une description de l'avènement de la Nouvelle Jérusalem ainsi que des préparatifs et des miracles qui y présidaient. Par-dessus toutes les autres, une phrase s'était gravée dans ma mémoire : « La mer a donné les morts qu'elle avait. »

Une fois que mon grand-père eut terminé de lire, la cérémonie se déroula selon nos coutumes. Le violoniste joua « *Niel Gow's Lament* » et « *Mo Dhachaidh* » (« Mon pays »). À l'extérieur de l'église, le joueur de cornemuse exécuta « *Dark Island* », puis le corps d'Alexander MacDonald le Roux fut descendu dans la fosse par ceux-là mêmes avec qui il avait travaillé sous terre.

19

Après les funérailles, nous sommes retournés chez mes grands-parents. L'après-midi même, nous avons reçu un coup de téléphone en provenance de Toronto. C'était un appel pour mon frère Calum, de la part de la Renco Development, du directeur de l'exploitation en fait, celui qui avait dépêché une équipe au Pérou. Lorsqu'il se mit à parler, Calum réclama le silence en levant la main, et la rumeur des conversations s'éteignit. L'homme parlait à tue-tête, comme si le seul volume de sa voix était en mesure de transcender la distance d'un immense demi-continent, et toutes les personnes présentes l'entendaient distinctement.

— Écoutez-moi, dit-il. Je regrette ce qui s'est passé dans le nord. Je regrette le décès et la pagaille qui a suivi. C'est un véritable gâchis. Là-haut, la direction ne vous connaît pas comme je vous connais. On aurait simplement dû vous laisser aller aux funérailles. Si, à l'avenir, quelque chose du genre devait se produire, téléphonez-moi directement. Téléphonez-moi tout de suite. Je comprends. Vous êtes avec nous depuis longtemps.

Il y eut un silence.

— Vous êtes là? demanda l'homme.

— Oui, répondit mon frère. Je suis là.

— Très bien, dit l'homme. Nous voulons que vous reveniez. Moi, je veux que vous reveniez. Il n'y a aucun problème. Dites-moi seulement que vous allez revenir.

— Je ne sais pas, dit mon frère en parcourant la pièce du regard.

Il avait l'air très fatigué. Sur sa lèvre, la cicatrice ressortait à la façon d'un fil blanc. Il bougeait la tête avec difficulté et la tenait penchée, à cause des douleurs à son cou.

— Je ne sais pas, dit-il. Je crois que nous allons rester ici un moment.

— Écoutez-moi bien, insista le directeur. Nous allons majorer votre prime du tiers. Vous avez ma garantie personnelle. Est-ce que je n'ai pas toujours tenu parole?

— Ce n'est pas une question d'argent, dit Calum.

— Est-ce que je n'ai pas toujours tenu parole? répéta l'homme. Dites, est-ce que je n'ai pas toujours tenu parole?

— Si, répondit mon frère.

— Dans ce cas, donnez-moi la vôtre. Dites-moi seulement que vous allez revenir avec le même nombre d'hommes. Donnez-moi une date. La fin de la semaine? Le début de la semaine prochaine? Nous allons envoyer des voitures vous chercher à Sudbury. Donnez-moi votre parole, et je saurai que je peux compter sur vous.

Pendant que le directeur parlait, mon frère sonda les yeux des hommes présents. Le combiné à la main, il leva les sourcils en guise d'interrogation. Au même moment, il donna l'impression de hocher imperceptiblement la tête.

Il parcourait la pièce des yeux, et les hommes, un à un, faisaient un léger signe de la tête.

— Vous êtes là? demanda de nouveau le directeur.

— Je suis là, répondit mon frère.

— Donnez-moi votre parole.

— C'est d'accord. Nous venons.

— Parfait, dit le directeur, soulagé. Je savais que je pouvais compter sur vous. Vous viendrez avec le même nombre d'hommes?

Mon frère se tourna vers moi. À mon tour, je regardai mes grands-parents, puis les parents d'Alexander MacDonald le Roux. Je fis un léger signe de tête.

— Oui, dit mon frère dans le combiné. Nous allons venir avec le même nombre d'hommes. Comptez sur nous.

Plus tard, mon frère prit trois miches de pain et deux boîtes de morceaux de sucre. Il descendit sur la grève, en contrebas de la pointe de *Calum Ruadh*. Au-delà de la maison qu'il avait habitée et que le temps et les intempéries avaient plongée encore plus avant dans la décrépitude. Sur la plage où la baleine pilote s'était échouée, et où quelques-uns des billots recouverts de créosote formant la rampe qu'il avait aménagée subsistaient toujours. C'était, je l'ai dit, l'époque de la remise des diplômes. La splendeur de l'été n'était pas encore à son comble, et l'herbe, sans donner dans la luxuriance, était fraîche et verte. Chaussé des souliers coûteux qu'il avait portés pour les funérailles, il contempla les arbres au-delà de la pointe de *Calum Ruadh*, debout sur les restes de la rampe et les rochers. Il faisait chaud. Au loin, on n'apercevait que la silhouette des chevaux, qui s'étaient mis sous les arbres, à l'abri des mouches. Quand il plaça les doigts dans sa bouche et émit deux sifflements perçants, la réponse fut immédiate. Il y eut une commotion sous les arbres, et on la vit se diriger vers la rive au galop, de petits cailloux et des mottes de terre volant sous ses sabots impatients.

— Ah ! te voilà, Christy. *M'eudail bheag*, dit-il, tandis qu'elle poussait sa tête contre la poitrine de Calum.

Elle avait du gris autour des yeux et des naseaux, et son œil gauche se voilait d'une pellicule légère. Tout l'après-midi, il resta allongé sur l'herbe tiède. Il lui tendait des bouchées de pain et des morceaux de sucre, tandis qu'elle reniflait son visage et son cou foulé, ses immenses sabots soigneusement posés de part et d'autre du corps de l'homme. Certains des chevaux plus jeunes, qui avaient été ses poulains, observaient le comportement de leur mère avec quelque chose qui ressemblait à de la stupeur. Il lui chanta des chansons en gaélique, comme il l'avait fait, peut-être, le soir de la grande tempête, celui où il avait eu besoin de sa force et elle de sa foi et de sa confiance apaisante. Ils passèrent la journée sur l'herbe, perdus dans un échange sans fin.

Avant notre départ, ma tante me remit le présent qu'elle avait acheté pour son fils.

— Tiens, elle est à toi. Et surtout, porte-la, dit-elle en me tendant la chemise. Ne la laisse pas dans la boîte. Tu promets?

— Oui, répondis-je. C'est promis. Merci beaucoup.

20

Nous arrivâmes en toute fin d'après-midi à Sudbury, où, comme convenu, des voitures de la Renco Development nous attendaient. Roulant vers l'ouest sur la route 17, nous laissâmes derrière nous Whitefish et McKerrow, puis la route d'Espanola. Nous passâmes aussi par Webbwood, Massey, Spanish et Serpent River. Quelque dix années auparavant, mes frères s'étaient faits mineurs aux premiers jours du boom né de la course à l'uranium. Le boom avait produit un excès de minerai, et bon nombre de chevalements avaient été abandonnés. Forts de la promesse d'un contrat de vingt-cinq mille tonnes en dix ans pour les Japonais, les exploitants étaient maintenant de retour et redécouvraient ce qu'ils avaient déjà trouvé. On fonçait, pour reprendre les mots de l'homme de la Renco Development, « toutes voiles dehors ».

Lorsque nous quittâmes la route 17, la longue journée de printemps tirait à sa fin. La chaussée changea : à l'asphalte qui donnait l'impression d'avoir été posé à la hâte succéda le gravier, recouvert d'une solution destinée à rabattre la poussière. Cette solution, dont on respirait les effluves par les vitres baissées, sentait tantôt le pétrole, tantôt le sel. Plus tard encore, on avait renoncé à enduire la route du produit. Il n'y avait plus que l'odeur de la poussière et le crépitement des gravillons que les pneus faisaient voler sur les voitures. À l'occasion, le dessous des voitures donnait contre une pierre faisant saillie au beau milieu de la route où s'accrochaient bruyamment carters et silencieux. De part et d'autre de la route improvisée, on apercevait les arbres que les bulldozers avaient simplement déracinés et poussés de côté, leurs longues racines jaunes et blanches mises à nu, d'où des touffes de mousse et de tourbe pendouillaient toujours. On eût dit des dents cariées arrachées au petit bonheur. Des voitures réduites à l'état de ferraille avaient été abandonnées au bord de la route. Au sortir d'un tournant, les yeux d'un orignal gigantesque, debout devant une Buick en ruine, pointèrent dans la lueur des phares. Surgis de l'obscurité, ils luisaient comme des charbons ardents. Les phares morts et la calandre chromée de la Buick jetèrent des éclats vifs mais éphémères. L'orignal, qui ne broncha pas, donnait l'impression de monter la garde près de ce qui, à l'évidence, avait été une voiture puissante et coûteuse.

À notre arrivée au camp, situé non loin du chevalement, on nous remit des couvertures et des draps avant de nous assigner une chambre temporaire. Les chambres étaient en fait des sortes de huttes en contreplaqué érigées à la va-vite. Dans chacune, il y avait quatre couchettes réparties sur deux ensembles de lits superposés. Nous tirâmes à pile ou face pour déterminer qui occuperait les couchettes du bas. Au matin, nous avait-on dit, on allait peut-être réattribuer les places. Certaines chambres contenaient deux couchettes au lieu de quatre, mais elles étaient toutes occupées. Il faudrait peut-être patienter un peu.

Le surveillant de la mine arriva, serra la main de mon frère et lui asséna cordialement une claque sur l'épaule. Apparemment, c'était lui qui était aux commandes au moment de la mort d'Alexander MacDonald le Roux, celui-là même qui aurait déclaré : « Il s'agit seulement d'un homme. Le travail se poursuit. » Tout en parlant à mon frère, il nous comptait du regard.

Les feux du chevalement brillaient dans la nuit, et nous entendions le bruit du treuil, les câbles sifflants et même les signaux, au fur et à mesure que la gigantesque benne à minerai s'enfonçait dans le puits noir ou en remontait, dans un roulement de tonnerre. Les Canadiens français se chargeaient du quart de nuit; nous allions nous mettre au travail le lendemain matin. Maintenant que la Renco Development pouvait compter sur un effectif complet, on discuta de la solution la plus efficace : deux quarts de douze heures ou trois quarts de huit heures. Si la première hypothèse était retenue, une équipe débuterait à sept heures, l'autre à dix-neuf heures. On nous autoriserait à faire des substitutions, et c'était à nous qu'il incomberait, pour l'essentiel, de décider de nos heures. Tout dépendrait de la qualité de la roche.

Tôt le lendemain matin, mes frères et les autres membres du *clann Chalum Ruaidh* entreprirent de réunir leur matériel. Certaines des ceintures et des clés à molette jetées dans les buissons avaient été récupérées par des hommes qui s'étaient dit que leurs propriétaires allaient peut-être revenir. Du matériel avait été porté par d'autres hommes. Des pièces avaient été retournées; d'autres non. On ne doit jamais compter retrouver ce qu'on a jeté, je suppose. Le deuxième de mes frères, après avoir reconnu sa ceinture à la taille d'un autre mineur, montra ses initiales, qu'il avait gravées à l'intérieur à l'aide d'un clou. L'homme déclara qu'il avait acheté la ceinture à un Canadien français; pour s'en séparer, il exigeait le double. Il accepta en revanche de la prêter à mon frère pour la journée : son quart avait pris fin, tandis que celui de mon frère débutait. Et c'est ainsi que commença l'été.

21

En surface, on n'était pas en reste avec l'activité frénétique qui se déroulait sous les chevalements de la région. On aménageait des routes, et des équipes d'ouvriers lacéraient et tailladaient la forêt, dynamitant la roche dans l'intention d'y asseoir les fondations de nouveaux bâtiments. Des camions chargés de billots et des bétonnières allaient et venaient. Des coups de marteau, la plainte et le cri perçant d'une multitude de scies, lesquelles, à l'instar des moteurs de voiture, avaient toutes leur propre chant, accompagnaient l'incessant bourdonnement du matériel d'excavation. Des sifflets stridents trouaient l'air pour annoncer les explosions imminentes et inviter les travailleurs à se mettre à couvert.

Les opérations financières s'effectuaient à la banque, une remorque de fortune. Des voitures blindées apportaient l'argent de la paie et repartaient avec du liquide. De nombreuses équipes affectées à la construction et au béton se composaient de Portugais et d'Italiens ; quelques-unes étaient allemandes. La quasi-totalité des hommes d'un petit village du sud de l'Irlande était là ; de notre coin du monde, il y avait aussi des Terre-Neuviens, toujours joyeux. Au début, nous mangions tous dans un réfectoire commun. Lorsque retentissait le sifflet de midi, les hommes, toutes affaires cessantes, lançaient leur casque dans les airs et se mettaient à courir pour être aux premiers rangs de la file grouillante, franchissant d'un bond les obstacles qui se mettaient en travers de leur chemin. Dans le réfectoire, les membres de chaque groupe ethnique s'asseyaient entre eux et parlaient leur langue en se penchant d'un air concentré, au milieu des mains gesticulantes. Parce que nous travaillions sous terre, ceux d'entre nous qui se trouvaient en surface ce jour-là ne réagissaient pas avec autant d'exubérance au sifflet de midi : ils avaient à leur disposition plus de temps que les travailleurs astreints à la discipline du midi à treize heures. Nous allions manger un peu plus tard ou un peu plus tôt, avant la cohue déclenchée par le sifflet. Armés de nos plateaux, nous allions toujours nous asseoir au même endroit, comme le font les étudiants, même dans les classes où les places ne sont pas officiellement assignées. En route vers nos places de prédilection, nous passions près des différents groupes, tandis que, autour de nous, se faisaient entendre les voix issues des nations, petites mais si différentes, de l'Europe. À notre passage, on tentait parfois, à voix basse, de nous identifier.

— Ce sont des Highlanders du Cap-Breton. Ils se tiennent entre eux.

Pourquoi, dans ces circonstances, avions-nous de plus en plus tendance à parler gaélique ? Mêlés à d'autres groupes, nous sentions peut-être la nécessité de vivre plus intensément en parlant ce que nous tenions pour notre véritable langue. Parfois, nous discutions avec les Irlandais, avec qui nous comparions des locutions ou des expressions. En Irlande, disaient-ils, on déployait des efforts concertés pour tenter de préserver le gaélique ou l'« irlandais ».

— C'était la langue du jardin d'Éden, disaient-ils. C'est dans cette langue que Dieu s'adressait aux anges.

À condition de parler lentement et avec application, nous nous comprenions raisonnablement bien.

— Pourquoi pas ? dit l'un d'eux. Après tout, nous représentons des branches différentes du même arbre.

Avec l'allongement des journées d'été, le rythme de travail

devint encore plus désespérément intense. Une fois les puits creusés à la profondeur voulue, on aménageait des galeries conduisant au minerai. Les membres du *clann Chalum Ruaidh* s'appuyaient sur les perforatrices, le martèlement des trépans humides et pivotants transformant la pierre en une eau grise qui suintait des trous. On eût dit des ruisseaux perpétuels de sperme aqueux, de ciment liquide. Derrière les perforatrices et les hommes serpentaient les boyaux d'air jaunes. Si la pierre était « dure », il arrivait parfois que l'« arrondi » du puits ne progresse que d'un peu plus de deux mètres durant un quart de travail ; si, au contraire, elle était « molle », on utilisait souvent, pour forer les puits les plus profonds, des têtes d'acier de quatre mètres. Une fois les trous forés, on les bourrait de dynamite en enfonçant les bâtons, fins mais dangereux, au moyen de perches de bois. On raccordait les bâtons entre eux à l'aide du délicat fil de connexion. Il était important que le centre du front de taille explose d'abord, et que les explosions ultérieures soient orientées vers le milieu qu'on avait déjà évidé. La dynamite insérée au fond du front de taille, dans les trous d'« élévation », devait soulever le roc en direction du centre creux, tandis que celle qui avait été placée dans les trous au sommet du front de taille bénéficiait de la force de gravité. L'art du dynamiteur consistait à déterminer non seulement le nombre de trous nécessaires, mais aussi leur profondeur, de même qu'à calculer le degré de résistance du roc à la charge. Si l'explosion n'était pas nette et que la pierre n'était pas soufflée également à la profondeur voulue, le travail de ce jour était pour l'essentiel perdu, et il fallait tout reprendre depuis le début. Seulement, la tâche était alors rendue plus difficile par le front de taille inégal, par les amas de gravats et par le danger que représentaient les amorces toujours intactes et les bâtons de dynamite qui n'avaient pas explosé, enseveli sous les débris.

Par les galeries et les tunnels que nous avions creusés au préalable, nous évacuions le front de taille parcouru de fils en direction de la recette, en déroulant derrière nous le cordeau détonant. Après avoir enfoncé la manette du détonateur, nous écoutions les charges exploser l'une après l'autre, en les comptant sur nos doigts, le bruit donnant une idée de l'efficacité de chacune. Nous redoutions les « éruptions ». C'est ce qui se produisait quand la dynamite, au lieu de faire éclater le roc autour d'elle, était expulsée du trou où elle avait été enfoncée. Dans de tels cas, la charge éclatait au lieu d'exploser. Du coup, nous jurions, hochions la tête ou enfoncions le poing dans la paume de l'autre main en nous demandant ce qui était allé de travers. Au moment de l'explosion de la dernière charge, l'odeur âcre de poudre produite par la première fondait sur nous, accompagnée d'un nuage jaune sulfureux. Souvent, nous sonnions la cage, et le conducteur du treuil nous hissait à la surface, où nous respirions un bon coup.

C'est toujours avec surprise que nous accueillions la surface et les changements d'heure ou de température. Parfois, il était quatre heures du matin, et l'aube naissante empiétait sur la nuit. Au fur et à mesure que le ciel rougissait, avec la promesse du soleil, les étoiles s'éteignaient comme des chandelles doucement mouchées. Parfois, une lune blanche luisait au-dessus de nos têtes, et mes frères disaient :

— *Chointe, lochran aigh nam bochd.* Regardez, la lampe du pauvre.

Et parfois, à la vue de la lune nouvelle, Calum saluait ou faisait une révérence à la mode d'autrefois en répétant les vers que lui avaient enseignés les anciens *Calum Ruadh* du pays :

Au nom du Père,
Au nom du Fils,
Au nom de l'Esprit saint,
Sainte Trinité de miséricorde.

Gloire à jamais à toi qui nous éclaires,
Ô lune si blanche en cette nuit.
Puisses-tu briller toujours.
Ô toi, glorieuse lampe du pauvre.

Quelquefois, il reprenait les vers en anglais ou passait à la version originale en gaélique :

Gloir dhuit féin gu bràth,
A ghealch gheal, a nochd;
Is tu féin gu bràth
Lochran àigh nam bochd.

Dans le pays du *clann Chalum Ruaidh*, la lune gouvernait le temps, l'ensemencement des pommes de terre, l'abattage des animaux et peut-être aussi la conception et la naissance des enfants.

— La lune est sur le point de changer, disait grand-maman à ses filles et à ses brus lorsque, enceintes, elles attendaient avec impatience leur délivrance. Après le souper, nous irons faire une promenade. Avec l'aide de Dieu, le bébé naîtra ce soir.

Au moment même où je formule ces réflexions, les eaux, sensibles au pouvoir de la lune, font pression sur la pointe de *Calum Ruadh*. Pendant que le soleil poursuit sa course, les marées montent et descendent, poussent et tirent, conjurent leur force paisible mais implacable sous la férule de la lune.

Parfois, à notre sortie du puits, le soleil brillait de tous ses feux. Nous éteignions nos lampes, presque gênés, et enroulions les fils de caoutchouc autour de notre cou, en clignant des yeux pour nous acclimater au soleil féroce. Nous retirions notre casque et notre manteau de toile cirée, que nous jetions par terre. Par-dessus nos vêtements habituels, nous portions une combinaison de caoutchouc à bavette, dont nous détachions les bretelles. Pliée sur elle-même à la taille, elle nous descendait jusqu'aux genoux. Nous ôtions nos gants de caoutchouc, dont nous retournions parfois les doigts pour les faire sécher. Sinon, nous nous contentions de les égoutter en les secouant. Les gants dégageaient une forte odeur de transpiration humaine — on eût dit des chaussettes portées trop longtemps. En dépit de la dureté de nos mains calleuses, nos doigts étaient toujours roses et plissés, à cause de la chaleur et de l'humidité des gants. On eût dit les doigts de quelqu'un d'autre, d'une femme qui aurait passé trop de temps à laver la vaisselle ou d'un enfant resté trop longtemps dans la baignoire. Exposés à la lumière du jour, ils retrouvaient leur couleur et leur texture normales. La boue grise accrochée à nos bottes de caoutchouc à nervures d'acier séchait au soleil, prenait l'aspect d'une fine poussière grise.

D'autres fois, il pleuvait, et c'était encore une surprise. Ou le vent soufflait, et les arbres qui n'avaient pas encore été abattus gémissaient et soupiraient, leurs branches se frottant les unes contre les autres.

Sous terre, le temps était toujours le même. Le soleil ne brillait jamais, et on ne pouvait compter sur la lueur de la lune. Il n'y avait pas de vent, si on excepte le léger bruissement de l'air qu'on faisait descendre de force au fond du puits pour nous garder en vie. Il ne pleuvait pas non plus, même si le ruissellement et le tintement de l'eau étaient partout. Hormis l'eau, on n'entendait aucun bruit naturel, sinon celui de nos voix. Il n'y avait que le bourdonnement des compresseurs et des génératrices, le son de l'acier qui martèle et broie le roc. Dans ce contexte, on perdait facilement la notion du temps et de l'espace : c'était la vie souterraine qui dictait pour nous la vie en surface.

Un été, me raconta mon frère aîné, les membres du *clann Chalum Ruaidh* étaient partis travailler à Keno Hill, au Yukon. Entre deux quarts de travail, ils se réveillaient à quatre heures du matin, les rayons du soleil plombant par les carreaux de la baraque. Parfois, ils punaisaient leurs chemises à la fenêtre dans l'espoir de mieux dormir. À leur réveil, cependant, ils consultaient leur montre, sans savoir d'abord s'il était quatre heures du matin ou de l'après-midi. Ils restaient allongés pendant un moment, cherchant à se souvenir de ce qu'ils avaient fait avant de se mettre au lit et de ce qu'on attendait d'eux au cours de la journée ou de la nuit suivante. Quelquefois, ils allaient décrocher les chemises ; la position du soleil les renseignait ou confirmait leurs hypothèses. Ils ressemblaient au grand voyageur qui se réveille dans le décor inconnu et pourtant familier d'une autre chambre d'hôtel. « Où suis-je ? » se demande-t-il un instant en parcourant des yeux les draperies beiges, fermées, le poste de télévision brun vissé sur place et la carte couleur crème annonçant le service aux chambres. « Ouf, dira-t-il l'instant d'après, c'est bon. Je suis à Toronto, à Cleveland ou à Biloxi, au Mississippi. »

Notre quart de travail terminé, nous nous dirigions avec lassitude vers les douches, le « séchoir ». Nous remettions nos lampes à un vieil homme aux doigts coupés qui souffrait en outre de silicose. Comme il ne pouvait plus travailler sous terre, il avait pour mission de recharger les piles, de façon que les lampes soient prêtes pour le quart suivant. Nous ôtions nos combinaisons de caoutchouc, nos bottes à embouts d'acier et nos chaussettes de laine trempées de sueur. Venaient ensuite nos chemises de flanelle et nos pantalons. Certains d'entre nous portaient des maillots de corps et des caleçons gris, usés jusqu'à la corde. Mes frères, cependant, préconisaient les longues combinaisons de laine. Ces sous-vêtements, prétendaient-ils, prévenaient les irritations et absorbaient autant les eaux souterraines qui leur tombaient dessus que la transpiration. Parfois, ils essoraient les vêtements dans leurs mains. L'eau giclait et formait des flaques grises qui allaient grandissant autour de leurs pieds roses et plissés. Nous allions ensuite nous laver longuement sous les jets d'eau brûlante de la douche commune. Nous nous raclions la gorge, crachions des boules de flegme, grises de silice, et nous frictionnions à l'aide du fort savon jaune aux propriétés antiseptiques.

Tout en nous employant à faire disparaître l'âcre odeur soufrée de la poudre, nous constations avec étonnement les transformations que notre corps avait subies au cours des huit ou douze dernières heures. Il y avait toujours des bosses et des enflures nouvelles, des coupures et des contusions toutes fraîches. Sur notre nuque, nous remarquions parfois de petites lésions provoquées par des éclats de pierre. Après avoir frotté notre cou, nous trouvions dans nos mains, mêlées à l'eau savonneuse qui ruisselait entre nos doigts, de fins filets de sang. Sous l'effet du savon fort qui s'infiltrait dans les blessures invisibles, nous éprouvions des picotements. À l'occasion, de minuscules particules de poussière pénétraient par nos pores, qui s'ouvraient en raison de la chaleur et de l'humidité de la mine, et provoquaient de légères infections, sources à leur tour d'éruptions cutanées qui n'étaient pas sans rappeler les furoncles d'eau salée que mes frères se faisaient aux poignets, à l'époque où ils pêchaient au large de la pointe de *Calum Ruadh*. Le plus souvent, les éruptions se manifestaient sous les bras ou dans la région de l'aine. Dans l'intimité de notre chambre, nous percions un trou à l'aide d'une aiguille, afin d'expurger le poison qui causait des élancements. Avant l'opération, nous chauffions la pointe de l'aiguille à la flamme d'un briquet pour contenir l'infection.

Une fois douchés, nous regagnions les bancs et les paniers dans lesquels nous avions placé nos vêtements. Sur le sol de ciment gris, nous laissions l'empreinte de nos pieds qui, un bref instant, affichaient leurs caractéristiques uniques avant de s'évaporer sous l'effet de la chaleur. Nous récupérions nos vêtements de ville dans les paniers à treillis métallique, même si dehors — nous le savions bien — il n'y avait pas de ville. À l'aide de poulies, nous hissions nos vêtements de travail jusqu'au toit de la bâtisse, où ils séchaient en tournant jusqu'au quart suivant. Nous peignions nos cheveux noirs ou roux, puis, armés de notre gamelle vide, sortions dans l'obscurité ou dans la lumière. S'il faisait jour, une nuée de mouches noires se formait autour de nous : elles se logeaient dans nos narines, nos oreilles, le coin de nos yeux. C'est aux roux qu'elles réservaient les pires supplices. Même les non-fumeurs allumaient parfois une cigarette dans l'espoir d'éloigner les moustiques.

Nous vivions dans des quartiers particuliers mis à notre disposition par la Renco Development. Par rapport à l'état général du camp, ils étaient relativement luxueux. Bon nombre d'ouvriers vivaient dans de grandes baraques, à raison de vingt ou trente hommes dormant sur des lits trop rapprochés. Les occupants, qui craignaient de laisser leur portefeuille sur place pendant qu'ils étaient au travail, se plaignaient d'être victimes de larcins : crème à raser, lames de rasoir ou banales chaussettes. Nombreux étaient ceux qui accrochaient un calendrier à la tête de leur lit. Après chaque quart, ils biffaient la date du jour qui venait de s'écouler. Certains encerclaient ou encadraient une date précise, sous laquelle on lisait souvent un mot ou une expression signifiant « Enfin libre ! », « Jour du départ » ou « Dernier jour », en anglais ou dans une langue européenne. Quand, le cas échéant, ils parvenaient à ladite date, ils poussaient des cris de joie et jetaient leur casque dans les buissons. Armés d'une bonbonne de peinture, certains d'entre eux traçaient des obscénités sur la pierre du Bouclier canadien — dirigeant leurs remarques vers les sociétés qui exploitent les travailleurs, les contremaîtres copieusement détestés ou les cuistots mal aimés.

Arrivés à la date encerclée ou encadrée, ils partaient, leurs gains en poche, pour la vie dont ils avaient rêvé. À Toronto, au Portugal ou dans le sud de l'Italie. Pour se marier, s'inscrire à des cours, fonder une entreprise ou acheter une voiture. Certains n'allaient pas plus loin qu'Espanola, Spanish ou Sudbury. Quelques jours ou quelques semaines plus tard, ils étaient de retour, blêmes et déprimés, après avoir perdu leur argent au poker, s'être fait arnaquer par des proxénètes fourbes, avoir été dévalisés dans des toilettes pour hommes ou avoir investi dans des voitures coûteuses, mais à la vie courte, qu'ils avaient démolies et abandonnées dans un état tel qu'elles étaient irrécupérables. Ils rentraient dans l'espoir de ne pas être associés aux obscénités, qui semblaient témoigner d'une autre époque. Dans l'espoir d'obtenir une nouvelle chance et de recommencer à compter les jours. Ils formulaient des vœux, prenaient des résolutions secrètes.

Les membres du *clann Chalum Ruaidh* avaient un mode de fonctionnement différent. À titre de mineurs spécialisés dans l'aménagement de galeries, nous travaillions pour la Renco Development selon les termes de contrats de courte durée. Même si on nous versait un salaire horaire, ce sont les diverses dispositions relatives aux primes qui, sur le plan financier, nous intéressaient. Nous étions payés selon la profondeur atteinte et la rapidité avec laquelle nous progressions vers le minerai d'uranium de couleur noire qui nous attendait, la société et nous, derrière les murailles de pierre et au-delà. Au fond, nous nous apparentions à ces équipes sportives qui, pour aller plus loin et plus haut, sont motivées par des ententes spéciales et des primes au rendement. Nous travaillions principalement pour nous-mêmes en faisant, seuls et ensemble, le bilan de nos victoires et de nos défaites, conscients, au fond de nous, de la contribution de chacun.

Quand nous ne travaillions pas, nous écoutions les disques de violon du Cap-Breton qui ne quittaient jamais mes frères. Parfois, ils jouaient eux-mêmes de leur crincrin décati. D'autres fois encore, nous fredonnions ou chantions des chansons en gaélique. Quand nous parlions, souvent en gaélique, c'était presque toujours pour évoquer le passé et la terre lointaine d'où nous venions. Si l'avenir était incertain, pour nous, cela n'avait rien à voir avec l'endroit où nous nous trouvions. Les effets de la mort d'Alexander MacDonald le Roux se faisaient toujours sentir parmi nous. Son départ mettait en lumière le danger auquel nous étions exposés et la précarité de notre situation. Déjà, on faisait miroiter la promesse de la ville nouvelle qui allait naître, de l'emplacement des maisons, des patinoires et des écoles. En même temps, nous nous demandions où iraient les membres de notre branche du *clann Chalum Ruaidh,* une fois les puits creusés et le minerai accessible. Un jour, la société, à ses frais, mit mon frère Calum à bord d'un avion en partance pour la Colombie-Britannique. Il y avait, à Squamish, un front de taille à faire exploser. La société lui versa plus de mille cinq cents dollars pour une déflagration de quelques secondes à peine. La mission était cependant si délicate et si potentiellement coûteuse qu'on en était venu à la conclusion que lui seul pouvait l'orchestrer. Quand, l'automne venu, sonnerait pour moi l'heure de retourner à l'école de médecine dentaire, peut-être iraient-ils à Squamish. Peut-être aussi en Amérique du Sud ou encore en Afrique du Sud. D'un air vague, ils vérifiaient la date d'expiration de leur passeport. Peut-être aussi rentreraient-ils à la maison.

Quelquefois, ceux d'entre nous qui étaient libres pendant la journée ou au début de la soirée s'asseyaient sur des bancs, devant la baraque. Nous jouions aux fers, sans grande conviction, ou discutions avec les Irlandais ou les Terre-Neuviens. Parmi eux, il y avait de nombreux hommes plus vieux, mariés et pères de famille. Le jour de la paie, ils faisaient la queue devant la petite banque de fortune pour acheter des mandats ou des traites bancaires internationales à l'intention de leurs proches, pourtant si loin. On les surprenait parfois, assis sur un banc, à se frotter machinalement l'entrejambe.

— En Irlande, disait l'Irlandais aux cheveux roux, j'ai une famille, mais pas d'argent. Ici, j'ai de l'argent plein les poches, mais pas de famille.

À l'unisson, nous levions les sourcils pour montrer que nous comprenions.

Par les fenêtres entrouvertes de leurs baraquements, nous entendions parfois les Canadiens français chanter et jouer de la musique. Bon nombre de leurs gigues et de leurs *reels* ressemblaient aux nôtres, mais en plus rapides. Nous les entendions battre du pied sur les planchers de contreplaqué ou se taper dans les mains ou sur les cuisses, sans jamais manquer une mesure. Parfois, nous les entendions s'accompagner aux cuillères, le cliquètement des ustensiles chipés au réfectoire changeant de texture selon qu'ils donnaient contre la main, la cuisse, le genou, le coude ou l'épaule, au rythme des *Souliers rouges*, de *Tadoussac* ou du *Reel Saint-Jean*. Nous n'entrions jamais chez eux, tout comme ils n'entraient jamais chez nous. C'eût été comme pénétrer dans le vestiaire de l'équipe adverse.

En Afrique du Sud, disaient mes frères, les Zoulous chantaient sans arrêt. Des chants mythiques, des chants tribaux, des chants pour donner du cœur à l'ouvrage avec des refrains sans paroles, composés de sons et de syllabes rythmiques. À l'époque de la migration vers les mines, on les voyait venir de leurs terres natales par convois chantants. C'était de jeunes hommes forts et arrogants qui chantaient des chansons à propos de la longueur de leur pénis et des femmes qu'ils entendaient engrosser dans un avenir lointain et incertain. Ils se condamnaient à l'enfer des mines souterraines pour l'argent et le défi, les rixes et les bagarres à coups de couteau qui ponctuent la vie des chantiers.

22

Au-delà des portes du camp et des guérites des gardes, c'était un autre monde. N'étaient admises à l'intérieur du camp que les personnes en mesure de produire une carte d'identité ou un numéro de matricule indiquant le nom de l'employeur. Les gardes accueillaient un flux incessant de visiteurs aux suppliques et aux requêtes diverses. Certains, en quête de travail, avaient emprunté la route difficile et raboteuse sur la foi de simples rumeurs. D'autres avaient fait de l'auto-stop. On voyait sur leur chemise la tache de sueur délimitée par le sac à dos qui reposait maintenant à leurs pieds. D'autres encore étaient à la recherche de parents réels ou imaginaires : frères, cousins, petits amis, pères, dont les versements de pension alimentaire accusaient du retard. D'aucuns étaient venus dans l'espoir de recouvrer une dette. D'autres dans celui d'obtenir un repas gratuit. « Non, répétaient inlassablement les gardes. Vous ne pouvez pas entrer sans numéro de matricule. » « Non, je n'ai pas la liste des employés. » « Non, je ne sais pas si on embauche. Allez vous inscrire au centre de placement de Sudbury. » « Non, je ne connais pas de grand type aux cheveux noirs à qui il manque un doigt et qui a une cicatrice sur la joue. » « Non, ce nom ne me dit rien. » « Non, vous ne pouvez pas entrer pour vous rendre compte. » « Non, ce n'est pas la peine de laisser un message. Je ne pourrai pas le transmettre. » « Non, je vous l'ai déjà dit hier. » « Non, je ne vous laisserai pas entrer, même en échange de vingt dollars. »

À l'extérieur du camp, les bulldozers avaient aménagé un stationnement de fortune à même la forêt. Parmi les rochers retournés et les souches déracinées, on voyait les voitures des rares travailleurs qui jugeaient utile d'être motorisés et celles des visiteurs au sort incertain. À la lisière du stationnement, on apercevait, posées çà et là le long de la route, d'autres voitures démolies et abandonnées, que les bulldozers avaient simplement poussées de côté. Dans la plupart des cas, les anciens propriétaires avaient arraché les plaques d'immatriculation pour éviter d'être reconnus, et bon nombre de véhicules faisaient désormais office d'abris temporaires ou encore de lieux de négoce primitifs. Surgis des voitures abandonnées ou de celles des visiteurs, des hommes proposaient biens et services. Des colporteurs vendaient les chemises de chantier et les gants moins cher que le magasin de la compagnie. On voyait des hommes armés de plateaux chargés de montres et de bagues; d'autres vendaient des photos pornos ou des gadgets de sex-shop. On voyait aussi des contrebandiers nerveux et méfiants qui, au double du prix habituel, proposaient des caisses de bière tiède et des bouteilles de vin ou d'alcool produites d'entre les souches. Ils regardaient sans cesse pardessus leur épaule. Dans quelques-unes des voitures, on apercevait de jeunes Indiennes des réserves avoisinantes, venues dans l'espoir de gagner de l'argent ou, peut-être, de trouver un peu d'aventure et d'émotion. Sous le soleil, elles s'asseyaient sur le capot des voitures, une couverture déployée sous elles pour absorber la chaleur du métal. La tête de côté, elles peignaient et brossaient leurs longs cheveux noirs en se mirant dans un rétroviseur tordu, un pare-brise craquelé ou parti en éclats. En faisant la moue, elles s'appliquaient du rouge à lèvres de la couleur du sang; avec un air de concentration féroce, elles laquaient et polissaient leurs longs ongles écarlates et pointus. Elles s'offraient mutuellement des bâtonnets de gomme à mâcher et des cigarettes chiffonnées ou buvaient du vin tiède dans des gobelets en papier opaque. Elles cherchaient les stations de radio qui diffusaient de la musique country, tournant l'appareil portatif dans un sens et dans l'autre pour éliminer la friture provoquée par les pierres du Bouclier canadien.

À la nuit tombée, on entendait des gémissements et des plaintes, parfois aussi des bribes de conversation chuchotée. Il arrivait que le bruissement des ressorts de banquettes souillées étouffe le bruit des voix.

Un matin, Calum et moi sortîmes faire une promenade à l'extérieur du camp. Nous venions tout juste de terminer notre quart de travail et de manger. Nous étions fatigués, mais le soleil, qu'on eût dit en fusion, brillait dans le ciel ; la journée s'annonçait chaude et nos corps rompus allaient avoir du mal à trouver le repos. Nous décidâmes donc de ne pas nous coucher tout de suite. Nos pas foulant les petits cailloux gris de la route de gravier immobile, nous franchîmes la porte du camp en direction du stationnement. C'est alors que, dans la chaleur grandissante, nous entendîmes le chant du violon, suspendu dans l'air, comme pour nous attirer. Nous nous regardâmes. L'air de « *MacNab's Hornpipe* », classique des soirées de danse carrée du Cap-Breton, émanait de l'une des voitures abandonnées, un coupé Crown Victoria de couleur bleu foncé, autrefois très élégant. La calandre était trouée et le capot en partie retroussé, à la manière d'un toit de maison incliné. La voiture reposait sur ses roues en acier ; quelqu'un s'était donné la peine d'enlever les pneus et aussi, apparemment, de défoncer le coffre. Le verre du pare-brise et des vitres était pour l'essentiel cassé. Les pointes effilées qui restaient faisaient penser, même au plus fort de l'été, aux premiers éclats de glace qui, l'automne, se forment aux bords des étangs.

Par la vitre fracassée, nous aperçûmes, du côté du passager, la silhouette d'un petit homme penché vers l'avant. En jouant, il se trémoussait de tout son corps, et son pied droit battait la mesure sur le tapis, l'archet volant sur les quatre cordes tendues. Bien qu'il fût encore tôt, des gouttes de sueur commençaient à perler à sa lèvre supérieure et à son front. Levant les yeux par la vitre fracassée, il sourit.

— *Cousin agam fhein*, fit-il dans un mélange d'anglais et de gaélique, en regardant avec insistance ma chemise, mais pas mes yeux.

Il portait une casquette de base-ball rouge sale sur laquelle on lisait, au-dessus de l'image d'un poisson gigantesque sautant pour attraper un appât, les mots « *Last Stop Hotel* ». Il était, dit-il, un Cri de la baie James. Son grand-père ou son arrière-grand-père, il ne savait plus lequel, venu d'Écosse, avait écumé les routes du Nord à l'époque où le commerce des pelleteries régnait en maître.

— C'était son violon, dit-il, en nous tendant l'instrument, qui avait connu des jours meilleurs.

Il s'appelait James MacDonald et il avait reconnu le tartan de la chemise d'Alexander MacDonald le Roux, que je portais ce jour-là. L'expression anglo-gaélique qu'il avait utilisée signifiait « mon cousin à moi ».

— Comment s'appelle l'air que tu jouais? demanda mon frère en faisant tourner l'instrument dans ses mains.

— « *Crossing the Minch* », fit-il en désignant le violon. C'est le titre dont j'ai hérité avec le violon.

— Viens avec nous, dit mon frère. Nous t'invitons à manger un morceau.

À la porte du camp, Calum déclara :

— *Cousin agam fhein.*

Il fit un geste en direction de James MacDonald.

— Il est des nôtres, ajouta-t-il devant l'incompréhension du garde.

Mon frère et le garde se dévisagèrent un moment, puis ce dernier, dont le quart de travail prenait bientôt fin et qui, de ce fait, ne tenait pas à être mêlé à un affrontement, nous fit signe de passer.

Nous emmenâmes James MacDonald dans notre baraque. Quelqu'un alla à la cuisine chercher un panier de victuailles : une montagne de bacon et de pain grillé, des œufs durs emballés dans des serviettes en papier, des crêpes et un thermos de café. Il était affamé et avala, eût-on dit, l'équivalent du tiers de son poids — qui n'avait rien d'exagéré, il est vrai — en un seul repas. Puis, son violon à la main, il sortit s'asseoir sur un banc.

Il était, comme Calum l'avait décrété, un « violoneux remarquable », et mes frères, qui étaient allés prendre leur instrument, jouèrent avec lui à tour de rôle. D'une baraque sortit alors le chef des Canadiens français, le gros Fern Picard, avec quelques-uns de ses hommes. Ils nous observèrent un moment de loin, puis rentrèrent prendre leurs violons et leurs cuillères. Deux d'entre eux tenaient un harmonica, un autre, un accordéon à boutons. Ils s'assirent près de nous sur un banc, ce qu'ils n'avaient jamais fait auparavant, et se mirent à jouer. Quelques instants plus tard, l'un d'eux se leva et alla arracher deux feuilles de contreplaqué des murs de sa baraque, qu'il posa ensuite près des bancs inondés de soleil.

— Pour *la bastringue*, dit-il. *La danse d'étapes**.

Il glissa une feuille de contreplaqué sous les pieds des musiciens canadiens-français, qui levèrent les jambes sans se mettre debout ni cesser de jouer. Leurs pieds s'abattirent sur le bois dans une harmonie parfaite. Les pointes de leurs chaussures frappaient le contreplaqué à l'unisson, et l'écho du cuir contre le bois fit corps avec la musique. Le rythme saccadé des percussions se mêlait au cliquètement des cuillères, amplifiait le son des instruments en le répercutant.

— *Le gigueur**, dit l'homme qui avait apporté le contreplaqué, en faisant un signe au violoneux le plus proche.

L'homme sourit et inclina délicatement la tête sur la gauche, sans lever le menton, pressé contre la base incurvée de son instrument. Ses doigts et ses pieds s'envolèrent, et il se mit à se balancer au rythme de la musique. Seule sa taille demeurait immobile. Je remarquai qu'il portait la ceinture d'un de mes frères.

Le soleil, de plus en plus chaud, montait dans le ciel, mais personne ne semblait avoir le sommeil en tête. C'était comme si nous avions raté l'occasion de dormir, comme on rate un train, et que, dans l'état actuel des choses, il n'y eût pas de remède possible.

---

* Les expressions marquées d'un astérisque sont en français dans le texte.

La musique montait et descendait, les chaussures à semelles de cuir battant contre le bois résonant. À l'occasion, un violoneux annonçait le titre d'un morceau et les autres, hochant la tête en signe de reconnaissance, se joignaient à lui pour interpréter « *The Crooked Stovepipe* », « *Deeside* », « *Saint Anne's Reel* », « *The Farmer's Daughter* » ou « Brandy canadien ». Dans d'autres cas, les titres s'étaient perdus, ou encore les musiciens ne les avaient jamais connus. Après quelques mesures, cependant, ils reconnaissaient l'air.

— Ah ! oui, faisaient les violoneux en opinant du bonnet pour marquer qu'ils étaient en pays de connaissance. Aha. *Mais oui**.

Puis ils se mêlaient au tissu de la musique. Petit à petit, les titres et les langues s'estompèrent, et la musique demeura pour l'essentiel anonyme. On se contentait de préciser qu'il s'agissait d'« *une bastringue** », d'une « matelote traditionnelle », d'« *une gigue** », d'un « *reel* de noces », d'« *un reel sans nom** ».

— Quelquefois, dit James MacDonald après un air connu de tous, mais dont le titre restait un mystère, c'est comme si un homme vivant très loin avait un fils à qui il n'a pas donné de nom.

Il marqua une pause.

— Mais le fils est là malgré tout, ajouta-t-il, gêné d'avoir tant parlé.

La musique se poursuivit, et le tempo s'endiabla. Quelqu'un tira la deuxième feuille de contreplaqué au milieu du carré poussiéreux délimité par les pieds des musiciens et tenta de la poser à plat sur le sol pour en faire une plate-forme pour la gigue. C'était difficile à cause des pierres qui faisaient saillie sur le sol pauvre. Pour aménager une surface plane, on plaça des cailloux sous le bois à des points stratégiques. Les danseurs s'exécutèrent à tour de rôle ; parfois, deux d'entre eux se partageaient le rectangle de bois vacillant. Certains dansaient « à l'ancienne », le torse bien droit, les bras raides sur les côtés. D'autres bougeaient tout le corps.

— Il nous faut de la bière, décréta quelqu'un.

On plaça près de la plate-forme un chapeau qui fut bientôt rempli d'argent. On mit une pierre dessus pour éviter que les billets ne s'envolent, même s'il n'y avait pas un souffle de vent. Plus tard, l'argent et le chapeau disparurent pour être remplacés, peu de temps après, par des caisses de bière tiède achetées aux contrebandiers nerveux qui tenaient boutique dans le stationnement et qu'on était parvenu, Dieu sait comment, à passer sous le nez des gardiens.

Certains faisaient sauter les bouchons à l'aide d'un décapsuleur accroché à un porte-clés ou de la lame de leur canif. D'autres encore utilisaient leurs dents et recrachaient les capsules sur les roches poussiéreuses. La sueur perlait au front des musiciens et des danseurs. Des cercles sombres apparaissaient sous leurs bras.

— Où est-ce que vous vous croyez, vous autres? demanda le surveillant, surgi à l'improviste entre deux baraques.

Les musiciens s'interrompirent, les pieds s'immobilisèrent. En l'absence de musique, le silence paraissait encore plus profond.

— D'où sors-tu, toi? demanda-t-il en venant se planter devant James MacDonald, qui, détournant les yeux, entreprit de ranger son violon. Comment es-tu entré ici? reprit-il avec plus de force, imposant face au petit homme toujours assis.

James MacDonald souleva les épaules de l'air de qui ne veut pas se mouiller et, pour compléter le tableau, tourna vers le haut la paume de ses mains.

— Il est des nôtres, dit mon frère en se détachant du petit noyau d'hommes qui s'était formé sur le côté.

— *Cousin agam fhein*, fit un des membres de l'assemblée.

Des rires nerveux se firent entendre.

Le surveillant se tourna brusquement en direction de la voix. Cet homme, qui ne parlait ni le gaélique, ni le français, ni le cri, n'aimait pas qu'on utilise en sa présence des mots qu'il ne comprenait pas.

— Faites-le sortir d'ici, trancha-t-il en faisant de nouveau face à mon frère et en désignant James MacDonald du pied. Ils se dévisagèrent pendant un moment interminable.

— Pendant que vous y êtes, jetez-moi cette bière. Vous savez bien qu'il est interdit de boire dans le camp. Je compte sur vous tous ce soir.

Sur ces mots, il s'en fut.

148

Les musiciens rassemblèrent leurs instruments. Quelqu'un jeta une bouteille dans les buissons. Nous l'entendîmes exploser au loin contre un rocher. L'homme qui avait apporté le contreplaqué transporta une caisse de bière dans sa baraque sans toucher aux planches. James MacDonald marmonna par-devers lui quelques mots en langue crie et sourit d'un air résigné, comme si la situation lui était familière.

— Qu'il aille au diable, lui dit mon frère. Rien ne t'oblige à partir. Reste aussi longtemps que tu veux.

Ce soir-là, au travail, nous avions les oreilles toujours pleines de musique. Pendant la première heure, nous fûmes calmes et un peu étourdis en raison de la bière que nous avions bue, sans compter que nous n'avions ni mangé ni dormi. L'air semblait plus irrespirable qu'à l'accoutumée, et la puanteur de la poudre, plus marquée. Plus tard, les assauts des trépans d'acier contre le roc provoquèrent en nous une nausée légère et, dans nos têtes, un martèlement semblable au leur. Nos sous-vêtements étaient trempés de sueur. Dans nos gamelles, nous cherchâmes des oranges pour atténuer les effets de la déshydratation.

À notre retour en surface, le lendemain matin, la musique paraissait très éloignée. Sous la douche, les jets d'eau cinglaient notre peau, nos poils aplatis obliquant tous du même côté. Lorsque, très loin de là, le vent venu de la mer balayait la pointe de *Calum Ruadh*, les herbes s'aplatissaient, agrippées à leurs racines, dans l'eau et dans le vent, et se relevaient avec les accalmies. Au sortir de la douche, nous comprîmes qu'il avait plu à verse pendant la nuit. Près de la baraque, nous constatâmes l'état des deux feuilles de contreplaqué laissées là la veille. Souillées et couvertes de boue, elles donnaient déjà l'impression de gauchir sous la pression de l'eau. Les Canadiens français se saisirent de l'une d'elles, nous de l'autre, et nous les jetâmes dans les buissons, derrière nos baraquements.

Sur le lit de Calum, James MacDonald dormait tout habillé. La casquette sur laquelle on lisait « *Last Stop Hotel* » gisait sur le plancher à côté de lui. Mon frère se laissa choir sur le lit d'un de mes cousins, dont le quart avait débuté au moment où le nôtre prenait fin.

James MacDonald passa deux jours avec nous. Comme il était sans le sou, il demanda du travail. Mon frère le prit avec nous pour deux quarts et le paya comptant à la fin de chacun. Nous lui avions tous prêté une ou deux pièces d'équipement pour le travail souterrain, mais il était difficile de trouver des vêtements ou des bottes convenant à son petit gabarit. Mortellement effrayé par le monde souterrain, il ne s'habitua ni aux espaces confinés, ni à la pénombre, ni à la puanteur de la poudre, ni aux assauts du bruit. Les tâches même les plus légères étaient au-dessus de ses forces. Les machines salissantes et les bruits forts et inattendus le faisaient sursauter, et il cherchait refuge contre les parois. Pendant une de ses rondes, le surveillant l'aperçut mais ne dit rien. À l'époque, nous réalisions des progrès considérables, et nous étions en avance sur le calendrier. À notre réveil, un après-midi, nous constatâmes que James MacDonald et son violon avaient disparu.

— Il n'était pas fait pour ce travail, concéda mon frère. Il vaut mieux qu'il reste en surface.

Deux semaines plus tard, on nous annonça que quelqu'un nous réclamait à la porte du camp. Nous y trouvâmes une des jeunes Indiennes, qui nous mena jusqu'à la carcasse du coupé Crown Victoria, naguère élégant. Sur la banquette, il y avait une pièce de viande d'orignal soigneusement emballée dans de la mousseline à fromage imbibée de sang. On y avait épinglé une page arrachée à un calendrier, sur laquelle on lisait : « Merci. » Un seul mot, griffonné au crayon, avec l'image d'un violon et l'esquisse d'un poisson qui saute pour attraper un appât.

23

Un jour, me dit ma sœur à Calgary, elle s'était trouvée dans la ville pétrolière d'Aberdeen avec son mari, l'ingénieur du nom de Pankovich. Ils avaient mangé divinement dans l'un des grands hôtels de la ville, en compagnie de cadres de l'industrie et de leurs épouses, venus de Houston et de Denver. Ayant trop mangé et trop bu, ils parodièrent en chancelant des danses écossaises. En montant à sa chambre, un peu plus tard, ma sœur avait croisé une jeune femme — c'était peut-être une femme de chambre, elle ne pouvait en être certaine — qui l'avait effleurée et s'était excusée en murmurant quelques mots en gaélique. Lorsque les mots avaient enfin trouvé un sens dans son esprit, elle s'était retournée, mais trop tard : la femme avait disparu.

Plus tard, curieusement, ma sœur avait été tirée du sommeil. Il y avait à côté du lit la forme d'une femme debout. Elle s'assit, et la forme se déplaça vers le pied du lit, comme pour l'inviter à la suivre. Elle enfonça le coude dans les reins de son mari sans parvenir à le réveiller. La pièce était plongée dans la pénombre. Pourtant, parce que c'était l'été et que la ville d'Aberdeen est très au nord, il faisait beaucoup plus clair qu'on eût pu s'y attendre. Elle regarda de plus près, plissant les yeux. La forme se dirigea vers la porte, puis sembla disparaître. Ma sœur se leva lentement et se rendit à son tour à la porte. Elle tourna précautionneusement la poignée, mais le verrou était mis. Elle ouvrit, jeta un coup d'œil sur le palier. Un peu plus loin, un homme en kilt dormait sur le sol, sa clé à la main. Elle rentra dans sa chambre, tira les rideaux et regarda par la fenêtre. Il faisait assez clair mais la rue était déserte. On n'entendait que le bruit des mouettes suspendues dans l'air. Elle retourna sur le palier. L'homme avait disparu. Il était quatre heures du matin.

Lorsque son mari s'éveilla, elle lui demanda s'il se rappelait la femme qui les avait frôlés dans l'escalier. Il ne se souvenait de rien. Il allait visiter des plates-formes pétrolières dans la mer du Nord. Il serait absent pendant deux jours.

Du coin de l'œil, au déjeuner, elle chercha l'homme en kilt et la jeune femme, mais ne vit ni l'un ni l'autre.

— Pourquoi ne louerais-tu pas une voiture ? lui demanda son mari. Tu pourrais faire un tour, aller où tu veux.

À son arrivée dans ce qu'on appelait, elle le savait, les « confins sauvages » de Moidart, le jour tombait. Elle s'était engagée dans ce que le savant de passage avait baptisé les « contrées farouches ». Passé les rhododendrons et les fougères, elle s'était mise en quête du château de Tirim, qui avait été détruit conformément à la prophétie, et avait traversé à gué pour aller admirer ses vestiges. Elle avait bien failli ne jamais regagner sa voiture à cause de la marée montante. Elle avait dû retirer ses chaussures, qu'elle gardait à la main. Sa jupe était trempée, dégoulinante. De retour au volant, elle avait parcouru précautionneusement les petits chemins sinueux, évitant les moutons, se rangeant sur le côté à l'approche des rares véhicules qu'elle croisait. Elle gagna un autre endroit près de la mer. Là, elle marcha sur les rochers, admirant au passage les algues et un couple de phoques qui faisait des éclaboussures. Elle écouta le cri des mouettes, aperçut la silhouette d'une vieille femme qui venait vers elle, un sac à la main. Plus tard, elle avait appris que le sac contenait des bigorneaux, que la femme avait recueillis à marée basse.

Puis, dit-elle, elle s'était trouvée face à la femme. Elles s'étaient regardées droit dans les yeux.

— Toi, tu es d'ici, dit la femme.

— Non, répondit ma sœur. Je viens du Canada.

— Je veux bien, dit la femme, mais en réalité tu es d'ici. Tu as seulement été absente pendant longtemps.

Avec la femme, elle marcha jusqu'à la maison de pierre basse. Trois chiens brun et blanc vinrent à leur rencontre. Ils couraient à ras du sol, les oreilles plaquées contre la tête.

— Ils ne vont pas t'embêter, dit la femme. Ils te reconnaîtront à ton odeur.

Les chiens lui léchèrent la main en remuant fébrilement la queue.

— Cette femme vient du Canada, dit le guide de ma sœur à un vieil homme assis sur une chaise de bois, à l'intérieur. En réalité, elle est d'ici. Elle a seulement été absente pendant longtemps.

Bien qu'on fût en été, l'intérieur de la maison était frais et humide.

— J'ai l'impression d'être dans une cave comme nous en avons chez nous, dit ma sœur.

— Ah bon ? répliqua l'homme.

Ma sœur ne savait pas s'il l'avait comprise. Il portait une chemise en tartan tachée, recouverte d'un pull noir, et une casquette de drap. Il avait les yeux chassieux. Elle se dit qu'il était dur d'oreille et peut-être un peu dérangé.

— *Co tha seo ?* demanda-t-il en la regardant de plus près.

— *Clann Chalum Ruaidh*, répondit-elle.

— Ah bon ! fit-il sans la lâcher des yeux.

— Surtout, ne bouge pas, dit la femme.

Elle sortit, les laissant seuls.

— Tu es venue de loin ? demanda-t-il.

— Du Canada, répondit-elle, toujours incertaine de son degré de compréhension.

— Ah bon ! fit-il. Le pays des arbres. Ils sont nombreux à être partis sur des bateaux. Certains pour l'Amérique, d'autres pour l'Australie, le pays derrière le soleil. Aujourd'hui, ils sont presque tous partis, dit-il en regardant par la fenêtre. Les plus chanceux, ajouta-t-il enfin comme pour lui-même, ce sont ceux qui sont allés au Canada. Dis-moi, demanda-t-il en l'étudiant de nouveau de près, est-ce vrai que, au Canada, les maisons sont en bois?

— Oui, répondit-elle. Certaines le sont.

— Ah bon? fit-il. Mais il doit y faire froid, non? Elles ne pourrissent pas, ces maisons?

— Non. Enfin, je ne sais pas. À la longue, certaines d'entre elles pourrissent, je suppose.

— Comme c'est bizarre, fit-il. Je me suis souvent interrogé à ce sujet. Des maisons en bois…

Il y eut un silence.

— Le prince est venu ici, tu sais, dit-il brusquement.

— Le prince?

— Mais oui, le prince. Bonnie Prince Charlie. Ici même. Il est venu de France, à l'été 1745, se battre pour la Couronne écossaise. Nous avions toujours été proches de la France, ajouta-t-il rêveusement, en regardant une fois de plus par la fenêtre. La vieille alliance.

— Oui, dit ma sœur. On m'en a parlé.

— Il avait seulement vingt-cinq ans, fit le vieil homme, qui, à son récit, s'animait soudain. Bien qu'il fût notre prince, il avait grandi en France et s'exprimait surtout en français, alors que nous parlions le gaélique. Près de mille hommes sont partis d'ici à sa suite. À Glenfinnan, MacDonald bénit la *Bratach Ban,* la bannière blanche et écarlate. La plupart partirent en bateau, mais certains allèrent à pied.

« Nous aurions pu gagner, ajouta-t-il avec animation, si seulement les bateaux étaient venus de France. Nous aurions pu gagner si le reste du pays s'était joint à nous. L'enjeu — notre pays, notre peuple et notre manière de vivre — valait qu'on risquât sa vie pour lui.

Il s'échauffait. À un moment, il se plia à la taille en direction de ma sœur et serra ses genoux de ses grosses mains dont les jointures avaient viré au blanc.

— Le prince avait les cheveux roux, fit-il soudain en changeant d'idée et en baissant la voix pour adopter le ton du conspirateur. On raconte qu'il aimait beaucoup les jeunes filles. Certains d'entre nous, chuchota-il, descendent peut-être du prince.

La porte s'ouvrit et la femme entra, accompagnée par un groupe de personnes d'âges différents.

— Certains d'entre eux, se souvenait ma sœur, avaient les cheveux roux. D'autres avaient les cheveux aussi noirs et même plus noirs que les miens. Et tous avaient les mêmes yeux. Je me serais crue dans la cuisine de grand-papa et de grand-maman.

Je me calai dans mon fauteuil pendant que ma sœur poursuivait son récit :

La vieille femme dit aux membres de l'assemblée :
— Voici celle dont je vous ai parlé.

Puis elle leur adressa la parole en gaélique, et ils hochèrent tous la tête. Je les imitai. Ce n'est qu'après un moment que je me rendis compte qu'elle avait parlé gaélique et que je l'avais comprise. Il me semblait avoir été loin de la langue pendant une éternité.

Au début, ils paraissaient intimidés. Puis une femme d'à peu près mon âge prit la parole :

— Tu es venue de loin, et ta jupe est encore mouillée.
— Oui, concédai-je.
— Ça ne fait rien. Tu es avec nous maintenant. Nous allons te procurer des vêtements secs. Il faut se méfier de l'eau.

Elle avait parlé en gaélique, et je fis de même. Je ne me souviens pas de ce que j'ai dit, ni des expressions et des mots que j'ai utilisés. Ils fusaient, comme les eaux d'une rivière souterraine profondément enfouie qui, soudain, jaillissaient. Puis ils se mirent tous à parler en même temps en se penchant vers moi, comme pour saisir, au moment même où les mots sortaient de leur bouche, un signal radio distant mais familier. Nous parlâmes sans arrêt pendant environ cinq minutes, peut-être plus, peut-être moins. Je ne sais pas. Je ne me souviens même pas de ce que nous avons dit. Les mots étaient eux-mêmes plus importants que le message qu'ils faisaient passer, tu comprends ? Puis nous nous mîmes tous à sangloter. Tous, assis ou debout, nous sanglotions, là, à Moidart.

— C'est comme si tu n'étais jamais partie, dit le vieil homme.

— Oui, reprirent les autres en chœur. Comme si tu n'étais jamais partie.

Soudain, nous étions de nouveau timides. Nous nous essuyions les yeux d'un air gêné. C'était comme le moment qui fait suite à l'amour passionné. Comme si nous avions été secoués par des transports violents et que, de façon soudaine et involontaire, nous nous apprêtions à sombrer dans un sommeil collectif.

— Tu veux du thé? demanda en se levant la femme que j'avais rencontrée sur la plage.

— Oui, dis-je. C'est gentil.

— Ou encore une goutte de whisky?

— Oui, dis-je. Je veux bien.

— Ne bouge pas, fit-elle. J'en profiterai pour t'apporter des vêtements secs.

Elle sortit.

— Ils ont toujours les cheveux roux? demanda la femme à son retour.

— Certains, oui.

— Ah bon! fit le vieil homme, toujours assis sur sa chaise.

— Et les jumeaux?

— Oui. Moi-même je suis jumelle.

— Ah bon! Tu as une sœur jumelle?

— Non, un frère. Il a les cheveux roux.

— Ah bon! firent-ils. Un *gille beag ruadh*?

— Oui, dis-je. Un *gille beag ruadh*. D'ailleurs, c'est ainsi qu'on l'appelait. Même que, au moment de commencer l'école, il croyait que c'était son vrai nom.

— Merci quand même, dis-je à ma sœur dans sa maison moderne de Calgary.

— Je t'en prie, répondit ma sœur. Ne sois pas bête. À l'époque, tu n'étais pas orthodontiste. Tu ne faisais pas encore payer des milliers de dollars pour un appareil. Tu n'étais encore qu'un petit garçon.

156

— Et la chienne ? demanda la femme. Les anciens parlaient toujours de la chienne. Je me souviens d'avoir entendu mes grands-parents dire que ceux des générations antérieures leur avaient parlé de la chienne. Elle avait sauté dans l'océan et s'était mise à nager à la suite de leur bateau, qui partait pour l'Amérique. Ceux qui étaient restés avaient gravi la plus haute colline pour leur dire adieu. Ils virent la tête de la chienne qui formait un V sur l'eau. Elle nageait, nageait à la suite du bateau qui s'éloignait, tant et si bien que sa tête ne fut bientôt plus qu'un point dans l'eau. Ils entendirent *Calum Ruadh* crier et jurer ; par-delà la mer étale, ils entendirent sa voix qui criait : « Rentre, pauvre folle. Rentre à la maison. Rentre. Tu vas te noyer. »

« Puis, je suppose qu'il a compris qu'elle n'allait pas rebrousser chemin. Qu'elle allait tenter de nager jusqu'en Amérique. Ou mourir sous l'effort. Sur la colline, ceux qui étaient restés — et qui agitaient leurs bonnets ou des vêtements de couleurs vives dans un ultime adieu — l'avaient entendu changer de ton. Ils avaient entendu sa voix se gonfler d'émotion quand il s'était mis à crier : « Allez, viens, petite chienne. Tu vas y arriver. Là, là ! Encore un effort. Tu vas y arriver. Allez, viens. Je t'attends. »

« Sur la colline, ils avaient vu le point que formait sa tête se redresser ; les encouragements de l'homme lui donnaient du courage. Le V s'était agrandi et avait pris de la vitesse sous la vigueur des efforts renouvelés de l'animal. Penché sur le côté, l'homme battait le flanc du bateau de la main pour l'encourager. Puis il la hissa hors de l'eau. C'est la dernière image que l'on garde de cette famille, conclut la femme. Après, les spectateurs se contentèrent de faire de grands signes depuis le sommet de la falaise, jusqu'à ce que le bateau lui-même ne fût plus qu'un point minuscule sur l'océan, pas plus gros que la tête de la chienne l'avait été.

— Oui, fit le vieil homme en hochant la tête en direction des chiens brun et blanc, qui gisaient comme des carpettes sous la table et les chaises de la maison de pierre. C'était dans la nature de ces chiens de trop aimer et de trop vouloir.

Ma sœur acquiesça et leur fit le récit suivant :

— Lorsqu'ils se sont noyés, mes parents avaient avec eux une de ces chiennes. Plus tard, elle est elle-même morte dans l'île. Morte d'avoir trop aimé et d'avoir trop voulu.

— Comment tes parents se sont-ils noyés? demandèrent-ils à l'unisson. Nous sommes désolés. Où était cette île?

— C'est vrai. J'avais oublié que vous n'étiez pas au courant, dit ma sœur. Confusément, j'ai l'impression de vous connaître depuis toujours et que vous savez tout de moi. Je vous raconterai plus tard.

— C'est bien que tu sentes les choses ainsi, dit la femme qui souriait en lui tendant un verre. Tu es chez toi, maintenant.

— Savais-tu, me demanda ma sœur dans sa maison moderne de Calgary, que, une fois à terre, *Calum Ruadh* avait, à Pictou, poignardé un homme?

— Non, dis-je. On ne m'en a jamais parlé. Je savais seulement qu'il était déprimé.

— Eh bien, c'est la vérité, dit-elle. C'est grand-père qui me l'a appris. Tu sais pourquoi il a poignardé l'homme?

— Non, répondis-je.

— Il avait donné un coup de pied à sa chienne, dit-elle doucement en me regardant droit dans les yeux.

Elle tambourinait sur sa table coûteuse.

— La chienne était grosse, et l'homme lui avait donné un coup de pied dans le ventre.

Nous sortîmes profiter de la vue offerte par la corniche sur laquelle la maison était bâtie. C'était la fin de l'après-midi. Au loin, nous apercevions, sur la Transcanadienne, les voitures qui, en provenance de Banff et de la frontière de la Colombie-Britannique, roulaient en direction de l'est. Les rayons du soleil, en se réfléchissant sur leurs toits métalliques, semblaient, par colonnes de lumière dorée, rebondir vers le ciel.

24

Aujourd'hui, à Toronto, le soleil brille très haut au-dessus du smog, tandis que les passants se bousculent et jouent des coudes, pressés de parvenir à destination. Certains portent un filet rempli de spécialités de leur pays d'origine. Derrière une vitrine, des canards laqués tournent lentement, à côté des porcelets éventrés suspendus la tête en bas par un crochet d'acier qu'on leur a passé à travers les pattes. Dans la mort, leurs dents, petites mais déterminées, demeurent résolument serrées; derrière leurs lèvres rétractées et muettes, on aperçoit leurs gencives roses et pourpres.

Dans le sud-ouest de l'Ontario, les cueilleurs défilent dans les champs plats et chauffés par le soleil ou se perdent parmi les arbres chargés de fruits. Les enfants des familles citadines sont de plus en plus fatigués, proches de la rébellion ouverte. Ils ont hâte de retrouver leur salle de jeux, leurs jeux vidéo et leurs boissons glacées, de reprendre leurs longues conversations téléphoniques avec des amis, qu'ils mettront à profit pour exprimer l'intensité de leur souffrance. Les parents, quant à eux, ont chaud et sont fatigués et irritables. L'attitude de leurs enfants les exaspère. Des cajoleries, ils passent aux menaces à peine voilées. Des pères en colère, la chemise trempée de sueur, les mains immenses et frémissantes aux côtés, traversent à pas de géant les rangées de feuilles vertes pour affronter les cueilleurs récalcitrants.

— Comment se fait-il que vous soyez trop paresseux pour cueillir les fruits que vous allez manger ? demandent certains. Au travail, sinon vous serez punis. Deux semaines dans vos chambres. Compris ?

Bientôt, les familles repartiront dans un silence boudeur, chacun contemplant d'un air maussade les champs, les vergers et les cueilleurs laissés derrière.

Les Jamaïcains, les mennonites du Mexique et les Canadiens français se déplacent avec dextérité et rapidité, sans effort apparent. Leurs doigts forts et assurés se ferment et s'ouvrent automatiquement, tandis que, des yeux, ils prévoient le prochain mouvement. Ils ne meurtrissent pas les fruits ni ne piétinent les branches et les vignes. Ils ne mourront pas non plus d'une crise cardiaque entre les rangées vertes et fleuries. Ils travailleront jusqu'au crépuscule avant de retourner dans leurs quartiers, presque tous réservés aux hommes. Bon nombre d'entre eux sont au Canada en vertu d'un permis de travail agricole. La saison terminée, ils devront entreprendre le long voyage qui les ramènera chez eux.

Certains ont en poche un contrat d'une durée de neuf mois. S'ils restent plus longtemps, ils auront droit aux programmes d'aide sociale et d'assurance santé du Canada. Personne, à part eux, ne tient à ce qu'ils deviennent admissibles à de tels programmes. S'ils sont en demande, il arrive qu'ils quittent le pays pendant quelques jours à peine pour entreprendre ensuite un nouveau contrat de neuf mois, jusqu'à ce qu'on n'ait plus besoin d'eux. Quelques-uns vivent ainsi depuis des décennies, tandis que leurs enfants habitent au-delà des continents et des océans. Ils se voient rarement et ne se parlent pas souvent non plus. Ni eux ni leurs enfants ne vont chez l'orthodontiste. Dans les cabanes qu'ils habitent à titre provisoire, on les voit parfois, à la tombée du jour, assis en sous-vêtements sur le bord de leur lit de fer. Des ventilateurs poussifs brassent l'air humide, cependant que ceux qui en sont capables lisent les lettres qu'ils ont reçues de chez eux. Les autres demandent à des amis de lire ou d'écrire à leur place. Quelquefois, ils restent étendus sur leur lit, les mains croisées derrière la tête, et contemplent le plafond d'aggloméré, ou encore ils écoutent de la musique enregistrée. Souvent, le rythme, le dialecte et la langue sont étrangers et échappent totalement à ceux qui passent sur les routes principales. Sur une caisse d'oranges ou une table de chevet balafrée, on voit des photographies. Lorsque, lundi matin, j'accueillerai mon premier patient, le sourire aux lèvres, les cabanes seront désertes et les hommes auront déjà passé quelques heures sous le soleil.

Sans dextérité ni rapidité particulières, je choisirai parmi les bouteilles d'alcool que j'ai sous les yeux. C'est peut-être sans importance. Ce qui compte, c'est que je vais revenir.

25

Dans la chaleur de l'été, nous accomplissions sous terre des progrès rapides. Tombés sur de la roche molle, que nos empans et notre poudre entamaient facilement, nous avions devancé le calendrier prévu. Nous avions rapidement repris le temps perdu à cause de la mort d'Alexander MacDonald le Roux, et la société Renco Development avait tout lieu d'être plus que satisfaite. On laissa entendre que nous gagnions peut-être trop, étant donné surtout la « roche molle » que nous avions rencontrée. Nous fîmes pour notre part valoir qu'une entente était une entente et que de la « roche dure » et des moments difficiles nous attendaient peut-être au détour, comme c'était toujours le cas pour ceux qui travaillaient dans les confins rocheux de la mine. Calum se chargea des négociations pour notre compte, et personne n'osa discuter avec lui ni se mettre dans ses jambes.

Après le départ de James MacDonald, notre musique sembla s'étioler dans la chaleur estivale. Les Canadiens français ne donnaient pas non plus l'impression d'avoir le cœur à la fête. Ils se retirèrent encore davantage dans l'intimité de leurs baraquements, et nous de même. De part et d'autre, nous nous regardions en chiens de faïence.

Parmi nous, certains demeuraient convaincus que le conducteur de treuil canadien-français qui était en service à ce moment-là n'avait pas mal interprété les signaux ; au contraire, c'était avec la certitude qu'Alexander MacDonald le Roux se trouvait au fond du puits qu'il avait fait descendre la benne à minerai à toute vitesse. Nous avions également entendu dire que Fern Picard, le lendemain de la mort d'Alexander MacDonald le Roux, avait proposé à la société de faire venir du Témiscamingue une équipe de parents à lui pour remplacer les membres du *clann Chalum Ruaidh*. De plus, lui et ses hommes avaient eu vent de l'offre qui nous avait été faite par téléphone et ils étaient mécontents à l'idée que nous gagnions plus qu'eux. Nous nous observions mutuellement, à l'affût du moindre affront ou du moindre avantage réel ou imaginaire, à la façon d'équipes de hockey rivales qui choisissent le moment opportun pour mettre en doute la conformité d'une lame de bâton ou d'une pièce d'équipement. Vigilants, nous attendions notre heure. Malgré tout, le travail avançait : nous partagions notre temps entre l'humidité fraîche et suintante de la mine et la chaleur accablante du camp infesté de mouches.

Parfois, je songeais à la vie que j'aurais eue si j'étais resté à Halifax et que j'avais accepté la bourse de recherche d'été. Il est vrai que la vie là-bas était fort différente. Il y avait le cinéma, la musique, la richesse des bibliothèques et des laboratoires. À l'occasion, je regrettais — ou je croyais regretter — les cinémas ou les restaurants où je n'avais pratiquement jamais mis les pieds, ou encore les conversations que nous avions, mes camarades de classe et moi, sur les sujets de l'heure. Il y avait une vie où, je le savais, les hommes entre eux ne se trouvaient pas soumis aux dures exigences d'un métier.

De temps en temps, mes pensées dérivaient vers la petite chambre que je louais dans une pension de Halifax. Je me représentais la logeuse entre deux âges assise sur sa chaise de bois, ses bas roulés jusque sous les genoux, étuvant dans sa propre chaleur et s'éventant avec les pages du journal. Soulagée et pourtant ennuyée par l'absence de ses pensionnaires, elle n'avait plus d'effets personnels dans lesquels fouiller en l'absence de leurs propriétaires ni de captifs à qui asséner les règles concernant la radio, les lumières, la fermeture des portes ou l'enlèvement de la neige. Je voyais mes superviseurs et mes collègues, dans leurs blouses blanches, arpenter en chaussures à semelles de crêpe les planchers polis de leur laboratoire climatisé, surveiller leurs plateaux d'échantillons, consulter leur microscope et surprendre parfois, dans la glace de la salle de bains — où se reflète la lumière des tubes phosphorescents — un éclat d'ennui.

J'éprouvais également un pincement de culpabilité à la pensée du décès d'Alexander MacDonald le Roux, même si je n'étais pas certain que cette culpabilité fût fondée. Les circonstances et le moment de sa mort suscitaient en moi un vague malaise. Si, après ses études secondaires, il était allé à la mine, c'était, me disais-je, parce qu'il n'était pas doué pour les études. Cependant, je savais qu'il avait cherché à venir en aide aux siens, hantés malgré eux par les échos d'une pauvreté qui, dans cette région, de génération en génération, soupirait et murmurait à leur porte, entêtée et invisible comme le vent. Je compris qu'Alexander MacDonald le Roux avait payé une partie de la voiture qui avait servi à me ramener à la maison après la splendide remise des diplômes, et qu'il était désormais trop tard pour le remercier ou le dédommager. Je m'étais souvent rejoué la scène où il avait dit que j'avais de la chance que mes parents soient morts et où j'avais senti les callosités de ses mains, petites mais déterminées et dures au travail, soudées à demeure, avais-je l'impression, aux poils qui se dressaient sur ma nuque. Son toucher, me semblait-il, serait avec moi à jamais. En même temps, je me disais que sa mort avait laissé une empreinte bien plus indélébile sur d'autres et que j'aurais intérêt à me prendre moins au sérieux.

26

Entre deux quarts de travail, mes frères évoquaient volontiers le paysage qui les avait vus grandir et devenir des hommes. Très loin, à l'orée du Bouclier canadien, ils dépeignaient des saisons et des époques dont ils étaient séparés par de grands pans de géographie physique et mentale. Ils gardaient de vifs souvenirs de leur vie dans l'île : les volées de mouettes qui s'élevaient au-dessus des falaises et la colonie de phoques qui avait élu domicile à l'extrémité nord. Si, en été, on nageait, disaient-ils, on devait se méfier des mâles, les vieux comme les jeunes. Ils attaquaient parfois, convaincus qu'on envahissait leur territoire ou qu'on s'intéressait aux femelles de leur harem, qui, sur les rochers, se doraient au soleil. Tous trois évoquaient souvent l'eau douce qui fusait miraculeusement d'entre les rochers, à deux pas de l'océan.

— Tu te souviens du puits, *'ille bhig ruaidh*? demandaient-ils.

— Non, répondais-je. Je ne sais que ce qu'on m'en a raconté.

Le puits, qu'alimentait une source souterraine, donnait une eau particulièrement douce. Les humains comme les animaux le fréquentaient, et les visiteurs du continent, qui voyaient en cette eau un tonique ou une boisson aux propriétés extraordinaires, en rapportaient des bouteilles dans leurs bagages.

— Grand-papa en emportait toujours avec lui, disaient mes frères. Il prétendait qu'elle stimulait le désir et guérissait l'arthrite.

Il disait, je m'en souviens, l'«arthurite». Quand, par gros temps, la mer se soulevait, et même parfois à marée haute, le puits était submergé. Sous l'écume frémissante, il devenait invisible, et ceux qui devinaient les caprices de la mer s'empressaient de puiser de l'eau douce, qu'ils mettaient à l'abri dans des barils ou des tonneaux de bois fixés aux rochers, au-delà de la limite des marées. Au plus fort de la tourmente, on eût dit que le puits était une chimère. Même après le repli de la houle, l'eau était salée, imbuvable. Puis, après quelques heures, elle se «purifiait», comme on disait.

— Nous observions les animaux, racontaient mes frères. Ils tournaient autour du puits. Dès qu'ils se mettaient à boire, nous savions que l'eau était de nouveau bonne. Pendant longtemps, on a craint qu'une tempête particulièrement violente détruise le puits ou détourne la veine d'eau, mais ce n'est jamais arrivé. Quand le beau temps revenait, le puits était encore là. Il n'avait jamais cessé d'être là, même au moment où il paraissait vaincu.

— Un jour, en mars, raconta le deuxième de mes frères, grand-papa s'était engagé sur la glace avec un traîneau chargé de foin. Nous étions sur le point d'en manquer et nous n'avions aucun moyen de ferrer nos chevaux pour qu'ils puissent marcher sur la glace. Il a emprunté une paire de chevaux, leur a fait mettre des fers munis de crampons et a traversé. Sur sa cargaison, il avait disposé des cordes avec une pierre attachée à chaque bout, pour empêcher le foin de s'envoler. La chienne brune l'accompagnait. C'était la mère ou la grand-mère de celle qu'a tuée l'homme venu de Pictou.

«Pour se prémunir contre le froid, comme il le disait si bien, il avait pris avec lui deux ou trois bouteilles de rhum. Nous les voyions approcher de l'île, d'abord la chienne qui courait devant, puis les chevaux qui tiraient le traîneau. Les chevaux étaient bruns, avec une étoile blanche sur le front. C'était la mère ou la grand-mère de Christy avec un de ses poulains. Papa avait dit, je m'en souviens :

« Regardez comme ils soulèvent et posent les sabots au même moment. Ils ont le même rythme. Si vous achetiez un autre cheval et que vous le coupliez avec l'un d'eux, ils ne pourraient pas tirer de la même façon. On dirait des danseurs ou des chanteurs issus d'une même famille, toujours parfaitement accordés dans le rythme. Avec une harmonie qui leur est propre. »

« Les chevaux avançaient, poursuivit mon frère, confiants dans les crampons affilés qui les empêchaient de perdre pied. En dépit du froid, ils transpiraient à cause de la lourde charge, et l'écume blanche sous leur licou faisait ressortir la blancheur neigeuse de leur pelage, sur lequel la sueur se figeait à mesure. Contre la blancheur de la glace, le givre se superposait au givre.

« À leur approche, nous avons entendu grand-papa qui chantait pour lui-même des chansons en gaélique. Nous savions qu'il était légèrement ivre parce qu'il mélangeait certains couplets, en en répétant d'autres qu'il venait tout juste de terminer. Nous sommes descendus le guider sur la terre ferme avant de décharger le foin et de mettre les chevaux à l'écurie. Après avoir mangé un morceau, grand-papa a fait une sieste. Puis il s'est relevé en disant qu'il allait rentrer. Il avait dormi plus longtemps qu'il n'en avait eu l'intention, et le jour était sur le point de tomber. Nous voulions tous qu'il reste à coucher, mais il avait prévu de jouer aux cartes avec des amis ce soir-là. D'ailleurs, les chevaux seraient pressés de rentrer. Sans la charge, ils allaient accomplir le trajet rapidement. Après son départ, papa a dit : « Ce n'est pas facile de donner conseil à son père. Vous avez beau vous dire que c'est un homme comme un autre, il reste votre père, et vous son enfant, quel que soit votre âge. »

Sur le chemin du retour, grand-papa s'était endormi, semble-t-il, conforté par la chaleur de ses couvertures d'hiver, son rhum et la confiance aveugle qu'il faisait à sa chienne et à ses chevaux. Lorsque le traîneau s'arrêta, il se dit qu'il était dans la cour du propriétaire des chevaux, descendit et commença à dételer. C'est alors qu'il remarqua l'eau noire qui clapotait devant lui. La glace s'était ouverte. La chienne s'était arrêtée, et après elle les chevaux. La nuit était tombée. Ses doigts étaient trop engourdis pour qu'il pût atteler de nouveau. De toute façon, il savait qu'il aurait du mal à ramener les chevaux vers l'île. Il finit donc de dételer et les laissa partir.

Il se remit lui-même à marcher en direction de l'île, en se guidant sur les lumières. Il espérait que les eaux ouvertes se trouvaient derrière lui, et non devant. Plus tard, dans l'obscurité, il gravit à grand-peine les rochers qui bordaient l'île, toujours en possession, dit-on, d'une de ses précieuses bouteilles de rhum. Il n'avait pas pris de lanterne avec lui dans le traîneau. Personne n'était au courant de ce qui lui était arrivé, ni dans l'île, ni sur le continent. Il avait de vilaines engelures aux oreilles, aux joues, aux doigts et aux orteils. Plus tard, nous apprîmes qu'il aurait dit à notre père, en gaélique et sous le sceau de la confidence :

— Je pense que je me suis gelé le moineau, mais ne dis rien devant ta femme ni les enfants.

On frotta les extrémités de grand-papa, d'abord avec de la neige, puis avec des linges imbibés d'eau tiède.

— On voyait les cristaux de glace scintiller dans ses oreilles gelées, au fur et à mesure qu'ils fondaient, dit le deuxième de mes frères.

Plus tard, grand-papa fit tremper ses pieds dans une bassine d'eau chaude, les mains entortillées dans des serviettes tièdes.

Encore un peu plus tard, dirent mes frères, la chienne et les chevaux étaient rentrés au bercail, sur le continent. Ils avaient trouvé leur chemin parmi les glaces, sautant par-dessus les interstices étroits qui s'ouvraient devant eux, ou les traversant à la nage. Dans la maison, on jouait aux cartes quand, sous la fenêtre, la chienne se mit à aboyer et à sauter. Puis on entendit le crissement des sabots sur la neige, avant d'apercevoir l'énorme tête brune des chevaux contre les carreaux couverts de givre. Par temps très froid, les chevaux se laissaient attirer par la lueur orange et invitante des fenêtres. À leurs yeux, elle symbolisait, eût-on dit, la chaleur et le salut tant espérés, comme le phare de l'île. Si personne n'accourait pour donner suite à leur supplique muette, la pression exercée par leur tête contre les carreaux risquait de fracasser la vitre, faisant s'évanouir dans l'air glacial la chaleur qui les avait attirés.

Les occupants de la maison, en se précipitant dehors, redoutaient quelque catastrophe. Quand ils trouvèrent les bêtes dételées, ils se dirent qu'elles avaient fui l'île dans l'espoir de passer la nuit chez elles. Il n'y avait pas de téléphone dans l'île, aucun moyen de communiquer avec ses habitants. On mit donc les chevaux à l'écurie en attendant le jour.

Au matin, on aperçut le traîneau sur la glace, à l'endroit où grand-papa l'avait laissé. Armés de leurs jumelles, les habitants de l'île et du continent le distinguaient clairement au loin. Il n'y avait plus d'eau devant, comme si la glace s'était cicatrisée pendant la nuit. L'après-midi, le soleil brillait. Notre père partit sur la glace et, à mi-chemin, rencontra une délégation d'hommes venus du continent. Ils prirent le traîneau comme point de ralliement. Chacun, un pic ou une perche à la main, éprouvait la solidité de la glace avant de faire un pas. Mon père informa les hommes des événements de la nuit et leur donna l'assurance que grand-papa allait bien. L'eau et la neige avaient gelé sur les patins du traîneau, solidement ancré dans la glace. Après quelques essais, les hommes décidèrent de le dégager. Plus tard, ils revinrent avec les chevaux, qui donnaient des signes de nervosité. Ils vinrent du côté opposé à celui de la fissure récente, conscients que la glace qui résistait au poids d'un homme risquait de céder sous celui d'un cheval. La glace tint bon, et ils ramenèrent le traîneau à bon port. Comme c'était le mois de mars, personne ne voulait plus s'aventurer sur la glace avec des chevaux, surtout après l'incident de la veille. À cause de ses engelures aux pieds, grand-papa avait du mal à marcher. Il resta donc dans l'île pendant quelques semaines. Ses oreilles, qui avaient aussi gelé, virèrent au noir puis à une sorte de pourpre avant de redevenir roses au fur et à mesure que la circulation se rétablissait.

Deux ou trois jours après l'accident, grand-père effectua la traversée en compagnie de deux jeunes parents. Ils portaient des crampons qui n'étaient pas sans rappeler ceux qu'on mettait aux fers des chevaux. Fixés à leurs bottes à peu près de la même façon, ils mordaient dans la glace tardive. Chez grand-papa, ils étaient pendus à un clou dans la véranda. Pour l'occasion, les hommes s'étaient armés de perches, de rouleaux de cordage et d'une lampe portative, même si le soleil brillait de tous ses feux.

— Sur la glace, on n'est jamais trop prudent, dit grand-père.

Pour grand-papa, ils apportaient aussi quelques vêtements, une bouteille de whisky et un mot de grand-maman.

— Que Dieu bénisse son bon cœur, avait-elle dit avant leur départ.

Un peu plus tard, grand-papa demanda à grand-père de monter avec lui dans une des chambres. Ils avaient à peu près le même âge et se connaissaient depuis des lustres. Avec le temps, une sorte de complicité était née entre eux. Par l'escalier, on percevait les cadences de leurs voix, qui passaient du gaélique à l'anglais, de l'anglais au gaélique.

— Tu t'es gelé le moineau? s'écria grand-père d'un ton exaspéré. J'ai plutôt l'impression que c'est ta cervelle qui est gelée. Tu es fou ou quoi? Sur la glace, fin soûl, seul dans la nuit, sans lampe? Tu aurais très bien pu te noyer. Il faut réfléchir avant d'agir.

Grand-papa s'endormit, bercé par le whisky. Grand-père descendit nous trouver dans la cuisine.

— Avant de venir, j'ai parlé à grand-maman. Il lui manque terriblement. Il faut que vous sachiez qu'il a mis deux jours à tout arranger : louer le traîneau, ferrer les chevaux, acheter le foin et le charger. Il a payé le foin de sa poche. Il savait que vos animaux risquaient de mourir de faim. Il voulait vous sauver.

Grand-père marqua une pause.

— Nous ne voyons pas la vie du même œil, lui et moi, mais, comme le dit votre grand-maman, il a le cœur grand comme la mer. Ne l'oubliez jamais.

Ce printemps-là, paraît-il, les glaces se rompirent rapidement. On put donc mettre une embarcation à la mer et ramener grand-papa chez lui en toute sécurité. Ses pieds et ses mains avaient eu le temps de guérir, et l'embarras que lui avaient causé ses oreilles noires et pourpres n'était plus qu'un vilain souvenir. À son départ, notre père s'enquit discrètement de l'état de son « autre affaire ».

— Tout ira bien, répondit-il avec un sourire. Dès ce soir, j'ai l'intention de la mettre au chaud.

À l'idée de revoir son mari, grand-maman était aux anges. Elle avait acheté pour lui une grosse bouteille de rhum, qu'elle avait décorée d'un ruban et posée sur la table de la cuisine. Quand ils s'étreignirent enfin, les yeux de grand-papa s'embuèrent de larmes.

— Dieu bénisse ton bon cœur, dit grand-maman. Je suis si contente que tu sois là.

Après, on parla peu du « quasi-accident » de grand-papa, peut-être parce qu'il était source d'embarras et qu'il aurait pu être évité. Un jour qu'il avait bu un verre de trop, on l'avait cependant surpris en conversation avec grand-père.

— Tu te souviens de l'air qu'il avait ? demanda-t-il gaiement.

— Non, dit grand-père d'un ton bourru. Je ne m'en souviens pas. Parlons d'autre chose, je t'en prie.

— Comme tu veux, répondit grand-papa, conciliant. Mais ce soir-là, sur la glace, je te jure, il était plus dur que dur. Je ne souhaite pas ça à mon pire ennemi.

— Tu étais trop jeune pour t'en souvenir, *'ille bhig ruaidh*, dit mon frère aîné. À l'époque, ta sœur et toi n'étiez que des bébés qui dormaient dans des couffins, à côté du poêle.

— Tu dois avoir raison, concédai-je. Nos souvenirs ne remontent pas jusque-là.

— C'est curieux, les choses dont on se souvient, dit le deuxième de mes frères. Je me rappelle ce que notre père nous a dit quand grand-papa s'est mis en route avec les chevaux. Qu'il est difficile de donner des conseils à son père parce que, quel que soit l'âge que l'on a, on reste son enfant. À l'époque, poursuivit-il, il nous arrivait de nous disputer avec nos parents, de souhaiter qu'ils cessent de nous donner des ordres. Puis, un beau jour, nous nous sommes retrouvés plus libres que nous l'aurions voulu. Il n'y avait plus personne pour nous dire d'aller nous débarbouiller, de changer de sous-vêtements ou de chaussettes, d'aller au lit, de nous lever, d'aller à l'école. J'ai souvent pensé à la remarque de notre mère à propos de mes oreilles, ce jour-là, et à l'agacement que j'ai ressenti. Tout ce que je voulais, c'était qu'elle me fiche la paix.

— Pendant des années, dans la vieille maison, nous avons fait à peu près tout ce que nous avons voulu — si on excepte ce qu'il fallait faire pour rester en vie, dit le troisième de mes frères. Quelquefois, des filles venaient nous rendre visite. « Comme ça doit être bien de vivre dans une maison où il n'y a pas de parents qui viennent fouiller dans vos affaires », disaient-elles. Après un certain temps, pourtant, elles consultaient leur montre, faisaient allusion à des couvre-feux et à des interdits sans signification pour nous.

— Ce qui est curieux, poursuivit le deuxième de mes frères, c'est que grand-papa, qui a manqué aux règles de la plus élémentaire prudence, a échappé à la mort au mois de mars, tandis que nos parents, malgré toutes leurs précautions, ont coulé sans appel. Grand-papa aurait pu mourir, lui aussi. Dans ce cas, les choses auraient été bien différentes — surtout pour toi, *'ille bhig ruaidh*. Tu y as déjà pensé ?

— Oui, répondis-je. Souvent.

— Après la disparition de Colin et de nos parents, il n'a jamais parlé de son épreuve à lui. Je suppose qu'elle devait lui paraître banale en comparaison, dit Calum.

Nous étions assis sur des bancs devant notre baraque. L'après-midi tirait à sa fin, et le soleil déclinait. En passant près de nous, Fern Picard marmonna quelque chose.

— Allez vous faire foutre.

C'est ce que nous crûmes entendre, mais nous ne pouvions en être sûrs.

Nous rentrâmes nous préparer pour le quart de nuit.

27

Au-dessus de la rue, à Toronto, le soleil poursuit son trajet. Perdu dans mes pensées, je n'ai pas vu qu'il était parvenu à son zénith et que, sous cette latitude, il avait, derrière les gratte-ciel, les restaurants chic et l'immeuble de la Cour suprême de l'Ontario, amorcé sa descente vers l'ouest. De toute façon, il fait encore très chaud. Peut-être justement à cause de la chaleur, je me décide pour de la bière. Elle durera plus longtemps, l'alcool étant submergé dans un plus grand volume de liquide.

Le débit de bière croule sous le poids des articles qui expriment le plaisir marchand. À première vue, on se croirait dans un pimpant magasin de mode destiné aux moins de vingt-cinq ans. Des chemises, des casquettes, des pulls et des débardeurs aux tons guillerets proclament la bonne volonté empreinte de joie de vivre de lointains fabricants. On voit des glacières, des sachets de glace et des thermos, tous voués au plaisir de l'été, quoique nous soyons en septembre. Les entreprises se montrent réticentes à l'idée de renoncer à l'allégresse estivale. Le séduisant jeune homme qui me répond au comptoir siffle en travaillant. Lorsque je lui commande deux caisses de douze bouteilles, il est momentanément pris de court parce que je n'ai pas mentionné de marque.

— Faites votre choix, dit-il en désignant les bouteilles et les canettes alignées au-dessus du tapis roulant.

Je l'assure que la marque est sans importance. Il reprend contenance et retrouve le sourire en faisant rouler les deux boîtes de carton sur le tapis roulant, le cœur léger. Je pose l'argent sur le plateau de plastique. Ici, tout respire la joie et la bienveillance. Un peu comme si l'endroit imitait les publicités qu'on nous assène à la télévision. C'est normal, d'ailleurs : les publicités et l'établissement sont le fruit des efforts des mêmes agences. Pour représenter leurs clients débordants de bonheur, je ne pense pas qu'elles recruteraient mon frère maculé de sang, assis en sous-vêtements au bord de son lit.

Au moment où je franchis les portes automatiques, un vieil homme tremblotant, vêtu d'un manteau d'hiver, me demande s'il peut m'« emprunter » une cigarette. Je lui tends la monnaie que j'ai récupérée sur le plateau de plastique. Toujours plaisant et alerte, le jeune employé accourt et presse le vieil homme de passer son chemin. Il a l'air un peu moins enjoué. Le vieil homme s'éloigne en traînant ses savates. Le jeune homme réintègre son oasis de bonheur.

Les passants sont devenus plus nombreux, et je tiens les caisses de bière à la hauteur de mes genoux pour éviter les collisions. Si j'ai commandé deux caisses de douze bouteilles plutôt qu'une caisse de vingt-quatre, c'est pour pouvoir les transporter plus facilement. Voilà maintenant que je sens les poignées de carton mordre dans la chair de mes paumes. Depuis des années que j'explore la bouche de mes patients, mes mains se sont attendries. En raison de la grande frayeur du sida, nous portons tous des gants en latex. Lorsque je les retire, je revois mes mains moites, roses et plissées telles qu'elles étaient quand, des dizaines d'années auparavant, je les libérais de l'emprise de mes gants de mineur puants.

À l'époque où ils vivaient dans la vieille maison de *Calum Ruadh*, bien avant de partir à la mine, mes frères avaient les mains si calleuses qu'ils arrivaient à peine à serrer le poing. Le soir, à la lueur de la lampe à pétrole, ils coupaient les peaux mortes durcies à l'aide de leur couteau ou d'une lame de rasoir. Sur la toile cirée qui leur servait de nappe, les restes de peaux mortes ressemblaient à des rognures d'ongles jaunies et recourbées. Mes frères ouvraient et fermaient la main pour éprouver leur liberté de mouvement et leur sensibilité. Là où la peau morte avait été pelée, la chair, d'abord blanche, se teintait de rose au contact du sang qui battait en dessous. Quand, le lendemain matin, ils empoignaient leurs haches, leurs chaînes ou les filins des casiers à homards, les callosités commençaient à se reformer. Pour éviter de faire couler leur sang, mes frères prenaient garde de ne pas entailler trop profondément la chair.

Quittant la rue, je monte l'escalier. L'atmosphère a cessé de m'étonner et de me choquer. La familiarité s'établit rapidement. « On s'habitue à tout, disait grand-maman, sauf à un clou dans sa chaussure. »

La porte est ouverte. Il s'est passé de l'eau sur le visage et les cheveux. On dirait qu'il a fait les cent pas dans la petite chambre. Des gouttelettes scintillent sur les mèches blanches.

— Ah bon ! dit-il. Te revoilà. Tu as fait vite. Je vois que tu as pris de la bière. Elle va durer longtemps. À la guerre comme à la guerre.

Il s'empare de la caisse la plus proche et déchire le carton de ses énormes mains, moins agitées maintenant qu'il a bu du brandy. Je constate qu'il a presque tout sifflé. À peine s'il reste deux doigts au fond de la bouteille. Le brandy agit comme une transfusion ; on peut presque le voir circuler dans ses veines. Il lui rougit le visage et fait ressortir l'enchevêtrement de vaisseaux endommagés au-dessus de ses pommettes et sous ses yeux. Sous l'effet du liquide qui les traverse, les veines qui parcourent le dessus de ses mains se sont distendues.

Il tire une bouteille et la décapsule d'un seul geste. Désormais, plus besoin de le faire avec ses dents. Il jette la capsule en direction de la corbeille, mais rate la cible. Elle tinte en atterrissant sur le plancher. Il me tend la bouteille.

— Non, merci. Peut-être plus tard. Tout à l'heure, je dois prendre le volant. Nous sommes invités à dîner.

Il sourit et boit avidement à même la bouteille. Puis il se tourne vers la bouteille de brandy, qu'il siffle d'un trait.

— Inutile de faire durer le reste, puisque j'ai de la bière.

Il reprend de la bière pour atténuer la sensation de brûlure produite par le brandy. La bouteille de bière est maintenant à moitié vide ou à moitié pleine, selon le point de vue où on se place.

— Aujourd'hui, il fait beau sur la pointe de *Calum Ruadh*, dit-il en se dirigeant vers la fenêtre. Tous les matins, j'écoute les prévisions nationales à la radio pour savoir le temps qu'il fera au Cap-Breton. Je le faisais même quand j'étais à Kingston. Même quand on travaillait à la mine et que le temps n'avait pas d'importance, je tenais à être au courant. À cause de l'obsession que la météo représentait pour nous, je suppose. Nous pensions sans cesse aux marées, aux tempêtes, au temps idéal pour le foin, aux vents qui risquaient d'avarier le bateau ou qui amenaient les maquereaux ou les harengs. Sans parler de la transformation et de la dérive des glaces, ajoute-t-il après une pause en regardant par la fenêtre crasseuse, inondée de soleil. Des particules de poussière valsent dans ses rayons. Il s'essuie la bouche du revers de la main.

— Tu te souviens quand nous vivions dans la vieille maison et que, juste avant d'aller au lit, nous sortions pour vérifier le temps qu'il ferait le lendemain? Pour sentir l'humidité dans l'air et la rosée sur l'herbe, humer le vent, écouter le bruit de l'océan, consulter la lune et les étoiles? Tu t'en souviens?

— Oui, je m'en souviens.

Il se détourne de la fenêtre pour me faire face.

— Pauvre grand-papa, dit-il. Il racontait l'histoire d'un couple de vieux qui sortent avant d'aller au lit pour vérifier le temps qu'il fait, mais aussi pour se soulager. La femme dit quelque chose à propos de la lune, mais lui croit qu'elle parle de sa quéquette. Il répond quelque chose comme : « Ne t'en fais pas. Elle est basse maintenant, mais elle monte toujours pendant la nuit. » Ou : « Quand il fera plus noir, elle va se lever. » Tu t'en souviens? Il te l'a raconté, celle-là?

— Non, dis-je. Pas celle-là.

— Tant pis, répondit-il. Il s'est peut-être dit que tu étais trop jeune. Le passé est différent pour chacun, mais il nous rattrape tous. L'autre jour, je me suis rappelé que la fumée produite par l'échappement de nos vieilles voitures était visible dans l'air froid de l'hiver. Souvent, les pneus étaient lisses. Nous devions accélérer pour gravir les côtes glacées. Aux carrefours, il fallait tout de même nous arrêter. La fumée bleue nous enveloppait. Nous la sentions. Nous la voyions. Nous pensions l'avoir laissée derrière mais, dès que nous ralentissions, elle nous prenait d'assaut. Nous n'allions pas assez vite, je suppose, ni assez loin. C'est curieux d'y penser en plein été, ajoute-t-il. Peut-être songe-t-on toujours à la saison dans laquelle on n'est pas.

— Oui, c'est possible.

Je saisis une bouteille. Non que j'en aie particulièrement envie. À le regarder boire si rapidement, tout seul, je dois lui donner l'impression d'être indifférent, presque condescendant. Bientôt, je vais devoir rouler pendant près de quatre heures pour aller manger avec ma femme et quelques collègues.

— Je t'ai dit que j'ai vu ton vieil ami Marcel Gingras, il y a quelques mois? Je marchais sur le trottoir. J'ai vu trois voitures venir vers moi. Des Cadillac et des Lincoln. De grosses voitures chères, remplies d'hommes. Par les vitres baissées, ils laissaient pendre leurs bras tatoués. J'ai deviné qui ils étaient avant de les reconnaître, à cause de la façon arrogante qu'ils avaient de rouler sur deux voies, les voitures près l'une de l'autre, en plein sur les rails du tramway. Au même moment, j'ai vu leurs plaques d'immatriculation où on lisait « *Je me souviens** ». Dès qu'il m'a reconnu, Marcel s'est rangé sur le côté et les autres l'ont imité. Il portait une chemise à fleurs ouverte jusqu'au nombril, des lunettes de soleil, une chaîne en or autour du cou et quelques grosses bagues. Il sortait de chez le coiffeur. Ses cheveux étaient longs et ondulés. Tu te souviens qu'il avait toujours les cheveux en brosse?

— Oui, dis-je. Je m'en souviens.

Il a mis sa voiture à l'arrêt sans couper le moteur. Puis il a presque sauté sur le trottoir. Tout s'est passé très vite. J'avais l'impression de reconnaître le groupe; lui, je n'étais pas sûr de le remettre. Dans un sac, j'avais une bouteille de sherry de cuisine, parce que c'est tout ce que je pouvais me permettre. Je me suis dit: « Si je dois me défendre avec la bouteille, la perte ne sera pas bien grande. » J'ai pris la bouteille par le goulot. Mais il a fondu sur moi pour me serrer dans ses bras. « *Bonjour** ! Je t'ai reconnu à ta démarche. » Il m'a présenté aux autres. « Voici *Calum Mor*. Il y a longtemps, à l'époque de Fern Picard, c'était le meilleur mineur qu'on ait vu. » Dans les voitures, les hommes m'ont fait un signe de tête et tendu la main. Ils étaient pour la plupart Canadiens français, mais il y avait aussi deux MacKenzie, des descendants des soldats qui s'étaient battus aux côtés de Wolfe sur les plaines d'Abraham. Nous avons bavardé un moment. Ils avaient entendu dire qu'on cherchait des hommes pour la construction d'un tunnel ferroviaire sous la rivière, entre Sarnia et les États-Unis. Qu'on creusait un tunnel à Saint Louis, qu'il y avait du travail près de Boston. « On gagne mieux aux États-Unis », a dit Marcel en frottant les deux premiers doigts de sa main droite contre son pouce, selon le geste convenu. « À Waltham, dans le Massachusetts, il y a des tas de types du Cap-Breton. Nous y sommes déjà allés. Viens avec nous. » « Non. Je crois qu'on me recalerait aux rayons X. » Ils ont ri. Puis Marcel a pris de tes nouvelles, des nouvelles du « garçon aux livres », comme ils t'appelaient à l'époque. Je lui ai dit ce que tu fais. Il se souvenait que tu réussissais bien à l'école. Je lui ai donné ton numéro. Il ne t'a pas appelé ?

— Non.

— Nous avons discuté pendant un moment. Les voitures commençaient à s'accumuler derrière eux, et les automobilistes s'impatientaient. Un policier est arrivé. Au début, il s'est montré impressionné par leurs grosses voitures. Il a cru que j'étais un vieil ivrogne qui embêtait des riches. Puis il a remarqué les plaques. « Vous ne pouvez pas bloquer la rue et le trottoir. » « *Je ne parle pas l'anglais** », a répondu Marcel. Le policier s'est tourné vers moi. « J'essayais seulement de leur donner des indications. » Ils ont mis leurs voitures en prise et sont partis. Du fond de la dernière voiture, les MacKenzie m'ont fait signe de la main. Marcel a passé son bras par la fenêtre pour me saluer. Je me souviens que le soleil se réfléchissait sur ses bagues. « Tu ferais mieux de rentrer avec ton vin, m'a dit le policier. Qu'est-ce que tu connais du français, toi ? » Je crois te l'avoir dit, mais ça m'a fait drôle de tomber sur lui comme ça.

— Oui, tu me l'as dit. C'est bizarre. Marcel voulait apprendre l'anglais plus que tout au monde. Il m'avait proposé de l'argent pour que je lui donne des leçons. Il pensait que l'anglais lui ouvrirait des portes à Sudbury. Avec l'Inco, peut-être, ou une autre grosse entreprise.

Les rayons du soleil, qui a fléchi, ne pénètrent plus directement dans la chambre. Nerveusement, je pèle l'étiquette de ma bouteille. Mon frère titube jusqu'au lavabo en ouvrant sa braguette. Il s'exprime encore clairement, mais ses mouvements sont erratiques, et il ne se soucie plus des convenances, réelles ou imaginaires. « La bière est extraordinaire, disait grand-papa. Elle vous nettoie le système. En plus, elle sort de la même couleur qu'elle est entrée. » J'ignore comment il réagirait à la scène d'aujourd'hui. Sa bonhomie irait-elle jusqu'à l'approuver ?

« Un jour, avant les événements, nous a raconté grand-maman à ma sœur et à moi, nous étions tous assis à table. C'était bien avant votre naissance, à Colin et à vous. Grand-papa avait sa bouteille de bière sur la table. Calum devait avoir quatre ou cinq ans. Comme il passait devant, le soleil qui entrait par la fenêtre s'est réfléchi sur le verre, et il lui a renvoyé sa silhouette de petit garçon. "Oh ! dit Calum. Je me vois dans la bouteille. C'est moi. C'est comme si j'étais dedans." Il était si excité que je n'ai jamais oublié cet instant. Plus tard, je l'ai surpris qui épiait la bouteille, mais la lumière avait changé, et il ne s'y retrouvait plus. C'était comme une prophétie de ce qui allait lui arriver plus tard. Un si gentil petit garçon. »

— Il faut que je parte, dis-je en me levant, tandis que Calum s'éloigne du lavabo, des taches sombres visibles sur le devant de son pantalon, la braguette toujours baissée. Je vais revenir la semaine prochaine ou, au plus tard, dans deux semaines. Si tu veux, je te laisse de l'argent pour tenir jusqu'à lundi.

— Mais non, ça ira, dit-il. C'est inutile.

Dans ma poche, je puise le rouleau de billets rendus moites par ma propre transpiration. Je le pose sur la table sans regarder ni compter, tant le geste me paraît condescendant.

— Soigne-toi bien, dis-je. *Beannachd leibh.*

Il s'approche de moi, prend ma main droite dans la sienne et pose la gauche sur mon épaule. Il vacille légèrement. Parce qu'il est toujours un colosse, son poids m'oblige à bouger les pieds pour garder l'équilibre.

— J'espère toujours en toi, clan Donald, dit-il en souriant.

Nous nous appuyons l'un sur l'autre comme deux boxeurs épuisés au milieu du ring. Chacun soutenant l'autre.

Il se tourne vers la fenêtre et je sors en fermant la porte.

Quitter Toronto m'apparaît relativement simple. Manifestants et contre-manifestants semblent être rentrés chez eux. La circulation est dense sans être oppressante. L'après-midi touche à sa fin, en ce beau samedi, et on est loin de l'agitation des jours de semaine ; les principales artères du nord de la ville affichent le calme relatif du milieu du week-end. L'impatience désespérée du vendredi est passée et celle du dimanche est encore à venir, et les remorques surchargées comme les bateaux vacillants semblent avoir atteint leurs destinations automnales. Chacun tente de faire durer l'été le plus longtemps possible.

Par sa fenêtre tachée de soleil, mon frère voit peut-être les hautes collines boisées du Cap-Breton. Les arbres se colorent déjà ; des éclairs de rouge et d'or zèbrent le vert dans la brume du matin. Des chevreuils gras gambadent parmi les pommes blettes tombées des arbres, tandis que les bancs de maquereaux montent vers le vent. À la nuit tombée, on entend presque la mer pousser la terre du coude comme si elle voulait faire reculer le continent. Ce son, non pas celui de la tempête, mais bien plutôt celui de la persistance patiente, on ne l'entend pas du tout pendant les mois d'été. Il est là pourtant aujourd'hui, rythmique comme les pulsations du sang, sous la gouverne de la lune.

Dans le sud-ouest urbanisé de l'Ontario, la « lampe du pauvre » est à peine visible, même si des cohortes de pauvres grouillent dessous sans but apparent. Et il est rare que l'on aperçoive clairement les étoiles au-dessus de la pollution, qui est le prix de la prospérité.

28

— Quand je prends un vol transatlantique, me dit un jour à Calgary ma sœur jumelle, j'examine l'éclat des étoiles et la constance de la lune ; au retour, je m'efforce toujours de regarder l'océan. Je pense à Catherine MacPherson, notre arrière-arrière-arrière-grand-mère, cousue dans un sac en toile et jetée par-dessus bord, condamnée à ne jamais arriver dans son nouveau pays et à ne pas regagner l'ancien. Je me demande à quoi elle pensait avant de mourir, elle qui avait tout quitté pour suivre l'homme qui avait épousé sa sœur. Je me demande si les pensées qu'elle avait en gaélique étaient différentes, à cause de la langue, précisément. Je suppose qu'on rêve et qu'on pense dans sa langue, quelle qu'elle soit.

— Dans les baraquements des exploitations minières ou des chantiers de construction, dis-je, me ressouvenant d'une image ancienne, on entendait, la nuit, les hommes rêver dans leur langue maternelle. Ils criaient parfois en portugais, en italien, en polonais ou en hongrois, selon le cas. Des cris d'encouragement ou de peur, des mises en garde ou au contraire, parfois, des manifestations plus douces d'amour ou de tendresse. Personne ne les comprenait, sauf ceux qui avaient les mêmes racines. Nous-mêmes, nous rêvions, les plus vieux d'entre nous, en gaélique; les Canadiens français avaient leurs propres rêves. En Afrique du Sud, disaient nos frères, les Zoulous parlaient eux aussi dans leur sommeil.

— Tu te souviens qu'il nous arrivait d'entendre grand-papa et grand-maman parler en rêve, parfois en anglais, d'autres fois en gaélique, mais vers la fin presque uniquement en gaélique ? Comme s'ils étaient revenus aux jours de leur jeunesse. Comme si le gaélique avait toujours été la langue de leur cœur. Quelquefois, j'ai l'impression de rêver en gaélique, moi aussi, mais je n'en suis pas certaine. À mon réveil, je n'en suis jamais tout à fait convaincue, même si je sens les mots me traverser de part en part. Je demande à Mike s'il m'a entendue, mais il me répond invariablement que non. Il faut dire qu'il dort comme une souche.

— Dans *Les Oracles,* de Margaret Laurence, il y a un passage dans lequel Morag fait allusion aux langues perdues qui se cachent dans les ventricules du cœur. Je reviens souvent à ce passage. Dès que je touche le livre, il s'ouvre à la page 293.

Je souris.

— Quand j'ai commencé à étudier le théâtre, ici, dans l'Ouest, poursuivit-elle, mon professeur m'a prévenue que j'allais devoir me défaire de mon accent, sans quoi j'allais être condamnée à jouer les soubrettes irlandaises. Je ne savais même pas que j'avais un accent. Je croyais que tout le monde parlait comme moi. Est-ce qu'il t'arrive de penser à ta façon de t'exprimer, à la langue du cœur et à la langue de la tête ?

— Non, répondis-je. Dans mon monde, ces questions sont sans importance. C'est comme si nous vivions au-delà de la langue.

— C'est possible, concéda-t-elle. C'est peut-être ce qui explique que vous avez, dans ta profession, un taux de suicide très élevé. Tu le savais ?

— Oui, je le savais.

— Tu dois être prudent, fit-elle, un éclair d'inquiétude dans le regard.

— Je le suis.

Elle soupira.

— Lorsque je suis entre deux avions à l'aéroport Pearson, je me dirige vers les portes d'embarquement des vols à destination de la côte est. On dirait toujours que ces portes sont à l'autre bout du monde, et je ne m'y rends que si j'ai beaucoup de temps devant moi. J'y vais sans raison, sinon pour côtoyer ces gens. Écouter leur accent et partager leur émotion. À l'occasion, il y a aussi des cadres d'entreprise, mais on les reconnaît facilement : ils s'assoient à part et ne partagent pas l'enthousiasme général. Je suis toujours émue d'entendre des Terre-Neuviens de Fort McMurray tenter de convaincre leurs enfants que Terre-Neuve est un lieu dont on doit être fier et dont on aurait tort d'avoir honte, tenter de justifier leur accent et leur façon de s'exprimer. Tu trouves ça idiot ?

— Non, dis-je. Au contraire.

— Un jour, à la porte d'embarquement d'un vol pour Halifax, une femme m'a dit : « C'est bon de rentrer chez soi, non ? » J'ai été surprise parce que je croyais ressembler à un des cadres d'entreprise. À tort, je suppose. Elle m'a demandé d'où je venais. Sans réfléchir, j'ai répondu : « Glenfinnan. » « Ah bon ? C'est de là que vient mon mari. Magnifique endroit. Il y a une île, au large. Vous la connaissez ? » « Oui, je la connais. » « Mon mari s'appelle James MacDonald. Étiez-vous aussi une MacDonald ? » « Oui. » « Il sera à l'aéroport, à Halifax. Je vais vous le présenter. Vous êtes peut-être parents. » « C'est possible. Je fais partie du *clann Chalum Ruaidh.* » « Lui aussi. » On a alors annoncé que les passagers qui avaient des places à l'arrière devaient monter. La femme a rassemblé ses effets. « On se retrouve au carrousel à bagages. N'oubliez pas. Mon mari a les cheveux roux. » Elle est partie. Je voulais lui faire signe ou tenter de lui expliquer, mais le temps m'a manqué. Elle avait disparu derrière le préposé qui recueillait les cartes d'embarquement. Après son départ, je suis restée longtemps sur place. J'ai regardé les portes de l'avion se refermer, puis je l'ai suivi des yeux pendant qu'il se dirigeait vers la piste, avant de s'envoler. Malgré tout, je restais là. Ce n'est que quand un employé s'est approché que j'ai compris que j'étais seule. « On peut vous aider, madame ? Aucun départ n'est prévu ici avant une bonne heure.

29

Ma voiture file vers le sud et l'ouest, en direction du soleil qui décline. Plus au sud, les cueilleurs voient venir la fin du jour, chacun à sa façon. Heureux que la journée soit enfin terminée, les citadins attendent avec impatience le moment de prendre le repas du soir et de renouer avec le confort des cassettes vidéo louées ou des longues conversations entre amis. Lundi, les enfants iront à l'école.

Les familles des mennonites mexicains et des Jamaïcains cueilleront jusqu'à la nuit tombée, tout comme celles des Canadiens français du Nouveau-Brunswick et du Québec. Pour bon nombre d'entre elles, l'école est sans doute un luxe, et les autorités locales prêtent peu d'attention à leur existence. Au Nouveau-Brunswick, on modifie le calendrier scolaire pour répondre aux besoins des cultivateurs; au Québec, on se montre indulgent.

Quand on n'aura plus besoin d'eux, les cueilleurs quitteront leurs petites cabanes et entameront le long trajet du retour. À l'occasion, les mennonites mexicains auront des ennuis aux frontières, à cause de leur vie compliquée. Depuis leur dernier passage, ils auront peut-être fait l'acquisition d'un véhicule ou donné naissance à un enfant. À la frontière des États-Unis, les agents d'immigration les obligent parfois à se ranger sur le côté; le même manège risque de se répéter à la sortie du Texas, des milliers de kilomètres poussiéreux plus loin.

On les entassera peut-être dans de petites salles surpeuplées, avec, à la main, les papiers de l'auto, leur certificat de naissance chiffonné, en lambeaux, leur permis de travail jauni et leur passeport à la photo incertaine. Les enfants s'accrocheront aux mains hâlées de leurs parents. On leur demandera de prendre un numéro et, ensuite, de répondre à la difficile question de savoir qui, au juste, ils sont.

Sur le chemin du retour, les Canadiens français s'arrêteront peut-être chez des parents à St. Catharines ou à Welland, avant d'entamer la dernière étape du trajet. Soucieux d'économie, certains feront une dernière fois le plein du côté ontarien de la frontière, où l'essence est traditionnellement moins chère. Motivés par le patriotisme, d'autres traverseront la frontière, le réservoir pratiquement à sec, pour faire le plein à Rivière-Beaudette ou à Saint-Zotique, sans regarder à la dépense. Tous, ils feront valoir à leurs enfants la supériorité des aires de repos québécoises par rapport à celles de l'Ontario, souligneront l'eau chaude abondante et gratuite, sans oublier l'absence de pressions marchandes. Revenus sur leur territoire, ils se sentiront apaisés.

Avant le long voyage de retour, nombreux sont les hommes qu'on surprendra à rafistoler leur voiture. Par nécessité, presque tous s'y connaissent en mécanique : ils vont au garage aussi rarement que chez le dentiste. Au crépuscule, les soirs d'automne, on les trouve penchés sous les capots retroussés. Ils remplacent les pompes à eau et les pompes à huile, colmatent à l'aide de brins de ruban caoutchouté les boyaux qui sifflent. Ils vérifient le carburateur, nettoient les bougies d'allumage, resserrent la courroie du ventilateur et écoutent d'une oreille exercée, mais inquiète, le cliquètement du moteur. Plus tard, ils feront subir une rotation à leurs pneus lisses et s'assureront du bon fonctionnement de leurs phares, en prévision du retour dans la nuit. Mais pas tout de suite. Avant le coucher du soleil et l'avènement du samedi soir, il y a encore du travail. Après, ils s'offriront peut-être une bière et regarderont des émissions de télévision à l'image vacillante, présentées dans ce qui est, pour nombre d'entre eux, une langue étrangère. Penchés vers l'avant, ils se concentreront de toutes leurs forces pour mieux saisir, obéiront aux injonctions des rires en boîte. Certains joueront aux cartes, d'autres aux dominos.

Demain dimanche, quelques jeunes célibataires vont se changer et s'aventurer sur les plages de galets. Là, ils riront trop fort et interpelleront les jeunes filles dans leur mauvais anglais, en français, en espagnol ou en patois jamaïcain. Après avoir reçu une réponse foncièrement inintelligible, ils se consoleront en assénant des coups sur les biceps ou les épaules musclées de leurs camarades.

30

À l'époque où nous vivions aux abords du Bouclier canadien et où la vie de Marcel Gingras rencontra la mienne, nous étions comme des planètes qui se frôlent ou encore comme des ballons gonflés à l'hélium. Nous tournions l'un autour de l'autre, sans jamais entrer en collision ; nous nous effleurions en surface, tout en demeurant profondément ancrés à l'intérieur de nos propres orbites. À l'occasion des changements de quart, il nous arrivait de nous saluer d'un signe de tête. À une ou deux reprises, le surveillant de la Renco Development m'avait demandé d'aider Marcel à interpréter les signaux du conducteur du treuil ou à lire les directives qui figuraient sur les caisses de dynamite. À deux occasions, il y eut des pannes, et la Renco Development nous paya pour rester assis sur la terrasse du chevalement et explorer les rudiments du français et de l'anglais.

Nous commencions par les parties bien en vue de notre corps, pointions à tour de rôle notre tête, nos yeux, notre bouche, criions « head », « eyes », « mouth », sous les étoiles scintillantes. Nous passions ensuite au contenu de nos gamelles : « la pomme », « apple », « le gâteau », « cake », le pain », « bread », en montrant bien chaque article. Quand la réponse était exacte, nous assénions dans l'air un coup de poing enthousiaste. Des aliments, nous passions aux instruments de travail étalés devant nous sur la terrasse, pointant du doigt « *a chain* », « *dynamite* », « *powder* », « *mine powder* », impressionnés et surpris par la similitude de nombreux mots, quoique nos accents fussent différents. Par moments, on eût dit que Marcel Gingras et moi avions, pendant très, très longtemps, habité dans des pièces différentes de la même grande maison. La rumeur voulait que la Renco Development envisageât de nous initier, dans un avenir proche ou lointain, à l'art du conducteur de treuil.

À cette époque, la société tenait à tout prix à respecter ses objectifs et ses échéanciers, au même titre que nous. Tous, nous participions à l'impitoyable ruée vers l'uranium noir et irradiant tapi derrière les parois rocheuses.

Dans le froid obscur et suintant du sous-sol et dans la chaleur étouffante des baraques, le temps semblait simultanément se contracter et se dilater. Sous terre, impossible de distinguer le jour de la nuit. Si nous partions travailler à dix-neuf heures, nous refaisions surface à sept heures, sans d'abord comprendre que nous avions fini notre quart le lendemain du jour où nous étions descendus sous terre. Sous le soleil étrange, nous clignions des yeux. On eût dit des voyageurs marqués par le décalage horaire survolant des régions où tout est identique, et pourtant légèrement différent. Dans la chaleur écœurante du jour, nous avions souvent du mal à dormir. Les draps moites se collaient à notre corps ; des gouttes de transpiration perlaient à notre front. Au réveil, nous ne savions ni l'heure, ni le jour, ni la semaine. Facile, dans ce contexte, de trouver agaçante la radio qui joue dans la baraque voisine, ou irritantes les interruptions des rituels familiers mais ennuyeux, auxquels nous étions nous-mêmes las d'obéir.

Un jour de canicule, je fus tiré du sommeil par une voix qui disait :

— Eh ! toi.

Je pris alors conscience d'une main qui me poussait l'épaule. Je dormais d'un sommeil agité et moite. D'abord, j'eus l'impression que la voix et les poussées sur mon épaule étaient étouffées par la distance. Puis, comme elles se faisaient plus insistantes, j'ouvris les yeux sur un agent de sécurité au regard inquiet. Il s'avançait et me poussait en disant :

— Eh! toi.

Puis il battait brusquement en retraite, comme s'il craignait d'avoir mis la main sur un piège qui risquait de se refermer et de lui faire du mal.

— Quoi? Qu'est-ce qu'il y a? dis-je, émergeant à la nage du sommeil trouble où je me trouvais.

— Tu t'appelles Alexander MacDonald? demanda-t-il, toujours à distance respectueuse.

— Oui, dis-je. C'est moi.

— On te demande au téléphone. Viens à la porte principale. Tu sais, je ne suis pas autorisé à accepter les appels, à aviser les types qu'on demande ni à quitter mon poste. Mais c'est un interurbain. Alors grouille-toi.

Il tourna les talons et s'en fut rapidement, dans un état d'agitation soulagée.

Je consultai ma montre et jetai un coup d'œil autour de moi. Il était onze heures, et j'étais seul dans la pièce. J'enfilai mon pantalon et mes chaussures, sans les lacer, et emboîtai le pas au gardien. À mon arrivée, je vis son corps rabougri s'engouffrer dans la cabane de contreplaqué.

Le combiné pendait au bout de son cordon.

— Allô? dis-je.

— *Ciamar a tha sibh?* demanda grand-papa. Comment vas-tu? répéta-t-il en anglais.

— Bien, répondis-je. Et toi?

— Pas trop mal pour un vieil homme. Je tenais à te prévenir qu'il arrive demain.

— Qui ça? demandai-je, en m'efforçant de dissiper le sommeil qui m'embrouillait la tête. Où ça?

— Ton cousin, dit-il, *cousin agam fhein,* de San Francisco. Tu te souviens de la lettre que t'a lue grand-maman, le jour où tu as reçu ton diplôme? Celle de mon frère et de la sœur de grand-maman? Eh bien, il arrive à Sudbury demain. À quinze heures. Ils nous ont écrit de San Francisco. Ils ont fait leur part. À nous de faire la nôtre.

— Quoi ? dis-je, toujours dans le brouillard.

— Es-tu réveillé ? demanda grand-papa avec, cette fois, une note d'exaspération dans la voix. Quelle heure est-il, là-bas ? Ici, il est passé midi.

— Oui, dis-je sans grande conviction. Je suis réveillé.

— Tu as déjeuné ? demanda-t-il. Tu as pris du porridge ou de l'autre machin ?

— Quel autre machin ?

— Tu sais bien. On dirait des balles de foin.

— Ah ! tu veux parler des filaments de blé. Non, je n'en ai pas mangé.

— Parfait ! Tiens-t'en au porridge. Au moins, maintenant, tu as l'air réveillé. On dirait que tu as passé la nuit à bambocher avec une petite amie.

— Non. Il n'y a pas de petites amies ici.

— Ah bon ? fit-il. Dommage. Peut-être un jour. Je sais que tu n'as jamais vu ce garçon, mais c'est comme dans le poème que ton autre grand-père nous récite sans arrêt : « Les montagnes et les océans ont beau nous séparer / Le sang reste plus fort, et le cœur est dans les Highlands. » J'espère que tu t'en souviens.

— Oui, je m'en souviens.

— Bien. Tu boiras un coup à ma santé, à Sudbury. Il y a beaucoup de tavernes là-bas ?

— Oui, dis-je. Beaucoup.

— Parfait ! dit-il. J'espère toujours en toi, clan Donald. Je te passe grand-maman.

— Bonjour, *'ille bhig ruaidh.* Comme grand-papa te l'a déjà dit, il arrive demain à Sudbury, à quinze heures. C'est loin d'où vous êtes, Sudbury ?

— C'est à environ deux cent soixante-dix kilomètres.

— Ah bon ? Ce n'est pas si mal. Demande à Calum d'y aller avec toi. Je suppose que j'aurais dû lui parler, puisqu'il est l'aîné et notre petit-fils, lui aussi, mais tu es notre seul et unique *gille beag*

191

ruadh. Pendant toutes ces années, nous avons fait tout ce que nous avons pu pour toi. *Le sang est plus épais que l'eau*, nous l'avons assez répété. Si notre frère et notre sœur n'étaient pas partis à San Francisco, nous aurions été tous ensemble, ces dernières années, et cette guerre ne nous aurait pas touchés. Maintenant, nous pouvons seulement faire de notre mieux avec ce que nous avons. Tu es toujours là?

— Oui, dis-je. Je suis là.

— Parfait, dit-elle. Eh bien, vous allez devoir vous lever tôt, demain. Grand-papa fait dire à Calum qu'il est descendu sur la grève, hier. Il a apporté des pommes pour Christy. Grand-papa essaie de siffler comme lui, mais Christy fait la différence. Elle vient vers lui, mais elle cherche quelqu'un d'autre par-dessus son épaule. Il dit que c'est parce qu'ils n'ont pas été jeunes ensemble, dans les bons comme dans les mauvais temps. Mais elle va bien. Dis-le-lui.

— Je le lui dirai.

— Au revoir, dit-elle. Dieu vous bénisse. *Beannachd leibh.* Nous vous aimons tous.

— Merci, au revoir. *Beannachd leibh.*

Je raccrochai, remerciai le gardien et partis à la recherche de Calum. Nous avions terminé notre quart à sept heures, mais il lui arrivait d'avoir du mal à dormir à cause de la chaleur. Parfois, il préférait aussi qu'on le laisse seul à ses pensées. Pendant que j'étais là, indécis, près de la porte de la guérite, je vis Calum qui rentrait. Je l'attendis, puis nous nous dirigeâmes ensemble vers la baraque.

D'abord, je ne sus comment aborder la question. Dans la confusion qui avait suivi son arrivée, j'avais oublié de lui parler de la lettre de San Francisco. C'était il y a longtemps, me semblait-il, bien que la mort d'Alexander MacDonald fût toujours présente à notre esprit. Pendant un moment, j'eus l'impression de revivre le jour où j'avais oublié d'apporter de l'avoine pour Christy.

J'entrepris de lui exposer la situation.

— Qui vient? demanda-t-il. Vient d'où? Pourquoi? Pas trop vite.

Je répétai en insistant sur l'appel que j'avais reçu de grand-papa et de grand-maman.

Il resta un moment songeur, retournant des cailloux du bout de sa semelle.

— C'est important pour toi, *'ille bhig ruaidh*? me demanda-t-il enfin.

— Oui. C'est parce que grand-papa et grand-maman…

— D'accord. C'est important pour moi aussi. Grand-maman disait : « On doit toujours veiller sur les siens. » À propos de ta sœur et de toi, elle ajoutait : « Imagine ce qui vous serait arrivé si nous n'en étions pas convaincus ? »

— C'est bien ce qu'elle disait.

— Eh bien, il faut leur donner raison. Après la mort de nos parents, nous n'aurions pas pu nous occuper de notre sœur et de toi. Nous pouvions à peine veiller sur nous-mêmes. De retour à la vieille maison, nous n'aurions pas tenu le coup sans tous ces gens qui nous ont apporté des chaînes, des scies, un bateau et des chevaux.

Il demeura un moment silencieux.

— Je sais aussi, poursuivit-il, que tu n'es pas ici par obligation. Tu pourrais être à Halifax, vêtu de ta blouse blanche. Sauf que, quand Alexander est mort, nous nous sommes trouvés à court d'un homme.

Il s'interrompit un instant.

— Je suis content que tu sois là, *'ille bhig ruaidh*. Nous irons à Sudbury. Mais d'abord, il nous faut une voiture.

— Je sais où je peux en avoir une, dis-je. Je crois, en tout cas. En passant, grand-papa fait dire qu'il a vu Christy hier. Il lui a apporté des pommes. Elle te cherchait par-dessus son épaule.

— Ah ! oui, la pauvre Christy, dit-il. En voilà une sur qui on pouvait toujours compter.

Nous avions cessé de marcher. Quand nous vîmes Fern Picard s'approcher, nous étions côte à côte, au beau milieu du sentier. Le passage était étroit. En nous voyant, Fern Picard sembla accélérer le pas. À ce rythme, il paraissait encore plus costaud. Impossible pour lui de passer sans quitter le sentier, ce qu'il ne semblait nullement disposé à faire.

— Bon, je me sauve, dis-je, laissant ma place au dernier moment.

En passant, Fern Picard effleura mon frère de l'épaule.

— *Mange d'la marde**, l'entendîmes-nous dire en sourdine.

— *Mac an diabhoil,* rétorqua mon frère.

Puis tous deux, comme obéissant à un signal, crachèrent au même moment sur le sentier en béton. Les crachats de flegme pigmenté de silice brillaient au soleil.

Dans les arbres, les corneilles et les corbeaux croassaient. À une certaine époque, me dit mon frère, ils avaient travaillé dans la vallée de la rivière Bridge, en Colombie-Britannique. Là, il y avait un homme qui s'amusait à enrober de pain des amorces chargées qu'il jetait en pâture aux corbeaux. Ces derniers s'abattaient sur le pain, puis reprenaient leur envol; quelques secondes plus tard, l'amorce explosait, et le corbeau avec elle. Sur un vaste périmètre, des plumes noires et lustrées attachées à des lambeaux de chair tombaient du ciel en voltigeant. Un soir, l'homme fut violemment battu par un assaillant armé d'une clé à molette; il partit sans même réclamer sa paie, et on n'entendit plus jamais parler de lui.

Je me mis en quête de Marcel Gingras. Étant donné la rencontre que nous venions d'avoir avec Fern Picard, je ne tenais pas du tout à aller du côté des baraquements des Canadiens français. Fort heureusement, je trouvai Marcel au réfectoire. Assis sur un tabouret, il sirotait une tasse de café, apparemment plongé dans ses pensées. Je m'assis, et le jeu débuta aussitôt. « *Tasse à café** », fis-je en désignant l'objet qu'il tenait à la main; « *coffee cup* », répondit-il en éclatant de rire.

J'avais cru comprendre qu'il avait une voiture à sa disposition. Pour m'en assurer, je dessinai une automobile primitive sur une serviette en papier, puis je nous pointai tour à tour du doigt, lui d'abord, moi ensuite.

— *À Sudbury**? demandai-je.

— *Oui**, répondit-il.

Par monosyllabes et avec force gestes, nous convînmes de nous retrouver à l'extérieur du camp. Il ne tenait pas à être vu en ma compagnie, m'informa-t-il, par crainte de Fern Picard et des répercussions possibles sur son emploi.

Dans le stationnement attenant au camp, je le trouvai près d'une berline Chevrolet noire toute rouillée. Les pneus étaient lisses, le pare-brise grêlé par les assauts répétés de petits cailloux. Sur toute la vitre courait une énorme fissure indécise, qu'on eût pu prendre pour une rivière au cours incertain.

Marcel ouvrit la portière, qui n'était pas fermée à clé. Sur la banquette avant, il y avait une trousse de maquillage, d'où saillait le manche d'un peigne rose. Sur le plancher, on voyait une paire d'escarpins blancs maculés de boue. Il haussa les épaules en tendant les mains, paumes dessus, pour marquer son incompréhension. Peut-être une femme dormait-elle dans sa voiture.

Des dés en polystyrène et une jarretelle ruchée — du genre de celles qu'on lance dans les mariages — pendaient au rétroviseur. Au rebord de la lunette arrière était accrochée la reproduction en plastique d'un chien brun. Lorsque la voiture était en marche, la tête du chien, fixée au corps par un ressort, sautillait.

Marcel me tendit les clés. Elles étaient attachées à un petit disque de métal sur lequel on lisait : « *Je me souviens* * ».

Pour éviter d'être repérés, nous rentrâmes au camp chacun de son côté.

Cette nuit-là, tout alla de travers. Les boyaux à air n'en finissaient plus de se rompre. Quand on y touchait, la dynamite paraissait humide. Les perforatrices tombaient en panne ou nous aspergeaient le visage d'huile nauséabonde et surutilisée. Nos pertes excédèrent nos gains. Embarrassés, nous confiâmes nos difficultés aux membres de l'équipe de relève, à qui nous laissions le soin de nettoyer le gâchis.

Après avoir pris une douche et avalé un café, Calum et moi décidâmes de nous passer de dormir et de partir tout de suite pour Sudbury. Dans le stationnement, il toisa la voiture d'un air dégoûté.

— C'est ça, ta voiture ? demanda-t-il, cherchant sans succès à dissimuler sa contrariété.

— Oui, répondis-je. C'est elle.

Ouvrant la portière, je m'installai à la place du passager. La trousse de maquillage et les escarpins avaient disparu.

Pendant les premiers kilomètres, nous parlâmes peu. Nous n'avions dormi ni le jour ni la nuit d'avant, et la fatigue s'abattit sur nous dès que nous nous mîmes passivement en position assise. Je remarquai que la jauge à essence ne fonctionnait pas. À l'en croire, le réservoir était vide. Nous nous rangeâmes sur le côté. Près d'un marécage sombre, nous brisâmes une branche de saule, que nous introduisîmes dans le réservoir. Il était aux trois quarts plein.

À bâtons rompus, nous parlâmes de l'homme que nous allions rencontrer. Comme j'avais été élevé par mes grands-parents, j'en savais un peu plus que mon frère à son sujet. J'essayai de me rappeler les détails des conversations de mes grands-parents à propos de leurs frère et sœur de San Francisco.

— Si grand-papa n'avait pas trouvé de travail à l'hôpital, tu crois qu'ils seraient partis vivre à San Francisco ? demanda Calum.

— Je ne sais pas, répondis-je.

— Si oui, dit-il pensivement, les choses auraient été très différentes.

— C'est vrai.

— D'après ce que je comprends de cette guerre, ces gens, là-bas, se battent pour leur pays et leur mode de vie. Ce n'est pas une raison pour les massacrer.

— Je sais, dis-je. Les guerres nous touchent tous différemment. Nous avons nous-mêmes été touchés par de nombreuses guerres. Si nous sommes ce que nous sommes, c'est probablement à cause de 1745. Directement ou indirectement, nous sommes les enfants de Culloden Moor et de ce qui en a résulté.

— C'est vrai, dit-il en souriant. Chez nous, les vieux, les *sean-aichies*, disaient toujours : « Si seulement les bateaux étaient venus de France… »

— C'est possible, dis-je. On ne le saura jamais. L'entreprise était peut-être douteuse depuis le début. Parler de l'histoire, ce n'est pas la vivre. Certains ont plus de choix que d'autres.

— Oui, dit-il en souriant de nouveau. Grand-papa disait toujours : « Je ne tiens pas à être une bite de taureau qu'on s'amuse à fourrer partout. »

— « J'espère toujours en toi, clan Donald », disait-il aussi. C'était une de ses expressions favorites. Il me l'a répétée encore hier, au téléphone.

Nous restâmes un moment silencieux.

— Bah ! soupira Calum en contemplant par la fenêtre les rochers pointus et les arbres mutilés. Il y a eu trop de morts et trop de guerres. Je me dis souvent qu'il est ironique de penser que notre père est rentré indemne de la guerre pour mourir sous la glace à la tombée d'un jour ensoleillé de mars.

— Oui, dis-je. Si tu avais été avec eux, tu y serais passé toi aussi.

— Je vois les choses autrement. Si j'avais été avec eux, je les aurais peut-être sauvés.

31

La chaleur s'intensifia au fur et à mesure que le soleil s'élevait. Il filtrait par le pare-brise fissuré, si bien que nous eûmes bientôt l'impression d'être dans une serre. Nous baissâmes les vitres et posâmes nos bras sur le rebord, à seule fin de sentir l'afflux d'air. Nos bras étaient blancs comme le lait à cause de tout le temps que nous passions sous terre. Sous les rayons brûlants du soleil, on eût dit qu'ils accusaient un mouvement de recul.

— Lorsque, en été, nous quittions l'île pour aller sur le continent, dit Calum, il arrivait à papa d'observer le soleil. S'il se trouvait à un angle donné et que les vagues étaient comme il faut, papa poussait le moteur à fond. C'était une grosse embarcation fournie par le gouvernement; si le moteur était poussé de la bonne façon et orienté selon l'angle voulu par rapport au soleil, une fine poussière d'eau s'envolait, et les gouttelettes, en retombant, se profilaient contre les rayons obliques du soleil. C'était comme si un arc-en-ciel était à nos trousses. Ta sœur et toi n'étiez probablement pas encore nés parce que, à l'époque, Colin était encore tout petit. « Allez, papa ! Fais l'arc-en-ciel », criait-il. Un jour, il a demandé à notre mère : « Dis, maman, il y a un trésor au bout de l'arc-en-ciel ? » « Je ne sais pas, mon chéri. Certains le disent. » « Pour nous, le trésor doit être au fond de l'océan. »

Calum resta un moment silencieux.

— Quand je suis retourné sur la terre ancestrale, poursuivit-il, je sortais en bateau, tout seul, et je m'orientais de diverses manières par rapport à la pointe de *Calum Ruadh* dans l'espoir de produire le même effet, mais peine perdue. On me demandait ce que je faisais sur le bateau au beau milieu de l'après-midi. J'avais honte de dire que j'étais à la recherche d'un arc-en-ciel. Alors je disais que je me payais du bon temps. On me répondait que je donnais plutôt l'impression de gaspiller du carburant. Après un certain temps, je me suis arrêté.

— C'était peut-être à cause du bateau, qui était différent.

— C'est possible, répliqua-t-il. À cause du bateau qui était différent. Ou à cause de l'homme, qui l'était aussi. J'aurais pu apprendre beaucoup auprès de notre père, mais le temps nous a manqué.

Il s'interrompit.

— Il y a quatre ans, à Timmins, poursuivit Calum, nous avons passé une journée et une nuit complètes à parler de l'île. À la fin, nous n'avons plus tenu. Nous avons téléphoné à grand-père pour prendre des nouvelles du temps qu'il faisait. « Ici ? Il fait un temps radieux. »

« Nous nous sommes renseignés au sujet de l'île.

— L'île ?

— Oui. Tu la vois, aujourd'hui ?

— Oui, je la vois tous les jours de ma vie. Mais aujourd'hui, il y a un léger vent du sud-est. Vous savez ce qui arrive quand le vent vient du sud-est. L'île paraît plus proche qu'elle l'est en réalité.

— On peut y aller en bateau ?

— Pas évident. Le quai qu'entretenait le gouvernement a disparu. S'il fait beau, on peut s'approcher, puis utiliser un skiff ou même marcher. Mais on a de l'eau jusqu'à la taille.

— Si nous venions, tu pourrais nous avoir un bateau ? Nous sommes à environ trois mille kilomètres, et les routes ne sont pas bien bonnes. Il nous faudra quelques jours.

— Si vous faites trois milles kilomètres pour venir ici, je vous aurai un bateau. Je vous attendrai.

— D'accord. Dis à grand-papa et à grand-maman que nous arrivons.

— Je leur dirai. Soyez prudents. *Beannachd leibh.*

« Nous avons acheté une vieille camionnette, une génératrice et un compresseur. Nous avons loué à la compagnie une perforatrice, des empans et des aiguisoirs. Nous avions pris de l'avance sur le calendrier et nous connaissions le surveillant, à qui nous avons promis de revenir. « D'accord. Si je vous dis non, vous allez partir quand même. »

« Entassés tous les trois dans la cabine, nous avons tenu le volant à tour de rôle. Après New Liskeard, nous avons été dépassés par une voiture qui roulait à vive allure. Elle allait disparaître quand nous avons vu un des occupants jeter un chaton dans le fossé. Nous nous sommes regardés, la même idée en tête. Nous nous sommes rangés sur l'accotement pour nous mettre à sa recherche. Quand nous l'avons trouvée, elle saignait du nez, et son cœur était affolé. Elle était grise et blanche. Nous l'avons tenue sur nos genoux, chacun son tour. À Temagami, nous nous sommes arrêtés pour lui acheter du lait et une boîte de thon, mais elle était trop effrayée pour y toucher. Nous l'avons baptisée *Piseag,* « petit minou ». Nous lui chantions des chansons en gaélique. Dans un stationnement, près d'Ottawa, nous avons cru l'avoir perdue. Nous l'appelions : « *Piseag! Piseag!* » Comme si elle comprenait le gaélique, ajouta Calum avec un sourire en coin. Nous avons même essayé : « Miaou! Miaou! » Une demi-heure plus tard, nous l'avons trouvée endormie sur le plancher, près de la pédale d'accélérateur. C'est là qu'elle a passé le plus clair du voyage. Celui qui était au volant devait poser son pied de travers pour éviter de la déranger.

« Grand-papa était si content de nous voir qu'il a failli nous noyer sous la bière. Grand-maman nous a embrassés en nous serrant dans ses bras. Grand-père avait fait ce qu'il fallait pour le bateau. « Qu'est-ce que c'est que ça ? » a demandé grand-papa, qui avait mis le nez dans la cabine. « C'est *Piseag.* Elle est née dans le nord de l'Ontario, mais elle va vivre ici. » « Ah bon ? Dans ce cas, bienvenue *Piseag. Ciamar a tha sibh ?* Tu veux du lait ? »

« Le lendemain, nous sommes partis de bonne heure. Grand-père avait emprunté un bateau auquel était attaché un petit skiff. Nous avons embarqué nos empans, nos aiguisoirs, notre génératrice et notre compresseur. Grand-papa avait pris deux caisses de bière. « Tu ne vas donc nulle part sans cette cochonnerie ? a demandé grand-père. Tu risques de passer par-dessus bord, et les phoques vont croire que tu as des vues sur leurs dulcinées. »

« Grand-maman nous avait préparé à dîner. Nous avons pris avec nous des grappins et quelques billes de bois pour bâtir une plate-forme. La mer était lisse comme du verre. L'île se réfléchissait dans l'eau. C'était comme si nous flottions sur sa surface.

« Accrochés aux grappins, la perforatrice calée sur les billes de bois, nous avons gravé les initiales de nos parents dans le roc. Nous avons gravé leurs initiales, la date de leur naissance et celle de leur mort, sans oublier Colin. Il était né dans l'île, parce qu'il faisait trop mauvais pour que maman puisse envisager la traversée. Il n'a jamais été circoncis. Quand il faisait pipi, nous nous moquions de lui parce qu'il était différent de nous. Grand-papa attacha quelques bouteilles de bière à une corde, qu'il fit descendre dans la mer pour les garder au frais. Non loin de là, des phoques nageaient.

« Nous sommes montés jusqu'à la vieille maison. Depuis l'installation du phare automatique, qui a remplacé l'homme de Pictou — celui qui a tué notre chienne —, elle était abandonnée. Quelqu'un avait dérobé les châssis des portes et des fenêtres, mais les pièces étaient restées comme dans notre souvenir. Des lapins y gambadaient.

« À côté du jardin, maman avait un carré de rhubarbe. Les plantes étaient à l'état sauvage. Elles avaient des tiges comme celles des plantes tropicales qu'on voit au Pérou. Elles nous arrivaient jusqu'aux épaules et les crêtes vacillaient sous le poids des grappes de graines blanches. Pour traverser le carré de rhubarbe, il aurait fallu une machette. Il y avait également des fleurs qui poussaient, elles aussi, à l'état sauvage. Roses, jaunes et bleues, elles semblaient avoir du mal à se faire une place parmi les mauvaises herbes. Nous en avons arraché quelques-unes pour donner aux fleurs une chance de survivre. Petits, nous nous plaignions quand maman nous demandait de l'aider à planter ses fleurs.

« Nous sommes aussi allés voir le puits. Il était encore là mais, pour le trouver, nous avons d'abord dû débroussailler et dégager les feuilles mortes. À plat ventre, nous avons bu à tour de rôle. L'eau, aussi douce que dans notre souvenir, surgissait d'entre les rochers, parmi les ronces, les plantes grimpantes et les végétaux pourris qui menaçaient d'étouffer la source. Grand-papa est allé tirer de l'eau sa guirlande de bouteilles de bière. On aurait dit des poissons rutilants. Il en a décapsulé cinq, dont il a renversé le contenu par terre avant de les remplir, à genoux, d'eau pure et fraîche.

« En l'honneur du bon vieux temps », a-t-il dit.

« Grand-père, à l'aide de son canif, a coupé une branche de saule, dans laquelle il a taillé cinq bouchons qu'il a insérés dans le goulot des bouteilles pour éviter qu'elles se renversent. Il est resté là un bon moment à observer le puits, dont l'eau débordait en faisant des bulles. « Elle a l'air triste. On dirait qu'elle pleure, sans que quiconque s'en soucie. »

« Sur le chemin du retour, nous n'avons pas beaucoup parlé. « J'imagine qu'ils sont toujours là-dessous », a dit grand-papa en jetant un coup d'œil à l'eau plane comme un miroir.

« Nous avons gardé le silence un moment, plissant les yeux pour regarder de part et d'autre du bateau, puis nous concentrant sur l'eau blanche qui écumait à la proue, tandis que l'île s'estompait derrière nous. « Nous avons de la bière, a dit grand-papa. Pourquoi ne pas boire un coup pour oublier ? » « S'ils sont venus jusqu'ici, a dit grand-père, tout doucement, ce n'est pas pour oublier. »

« Grand-papa est resté coi quelques instants. « Je suppose que non », a-t-il dit.

Calum regardait par la vitre de l'auto.

32

Nous roulions désormais sur la surface asphaltée de la route 17. Sur notre droite, nous apercevions parfois, par des échappées entre les arbres, de petites îles inhabitées qui flottaient dans les eaux douces du chenal du nord et de la baie Géorgienne.

— Tu dois être fatigué, dit Calum. Passe-moi le volant.

Je me rangeai sur le côté, et nous changeâmes de place. Des taches de transpiration noircissaient le dos de nos chemises, et nos bras blêmes, exposés au soleil, avaient commencé à rougir.

— Tu brûles plus vite que moi, à cause de la couleur de ta peau. Ta peau va brûler, brûler et brûler encore. Sois prudent.

— Je pensais aux fleurs que maman a plantées dans l'île, dis-je, tandis que nous reprenions la route. Elle aimait beaucoup les fleurs, même les fleurs sauvages. À la maison, il y en avait toujours dans des vases.

— Quelquefois, se souvint Calum, papa et elle se couchaient dans l'herbe et tressaient des guirlandes de pissenlits et de marguerites. C'est drôle que ce détail me revienne. On se souvient toujours de ses parents comme s'ils étaient vieux. Puis, on gagne sur eux et on les dépasse. Ça fait une impression bizarre. Dans l'herbe, ils jouaient peut-être à un jeu — tu sais — sexuel, mais de telles pensées ne nous venaient pas à l'esprit. À nos yeux, ils étaient vieux, alors qu'ils se trouvaient sûrement jeunes encore. Il est probable que j'ai des souvenirs d'eux qui remontent à avant votre conception, à ta sœur et toi. Si l'accident s'était produit plus tôt, vous ne seriez même pas nés. C'est vrai pour nous tous, je suppose.

Il tambourina sur le volant, comme s'il était gêné.

Une scène me revint en mémoire.

— Un jour, dis-je, je devais avoir cinq ou six ans, j'ai fait un cauchemar. Je criais, pleurais, et grand-papa est entré dans ma chambre. « Tu veux dormir avec nous ? On veillera sur toi et tu n'auras plus peur. » « Oui. » Je me suis installé entre eux, puis je me suis endormi. Grand-maman s'était levée de bonne heure pour vaquer à son ménage, je suppose, et quelqu'un est venu demander grand-papa. Grand-maman a cogné à la porte de la chambre, et nous nous sommes réveillés tous les deux en sursaut. À moitié endormi, il est sorti du lit en roulant et a buté sur moi. Dans son sommeil, une érection lui était venue, mais, pendant un moment, il n'en a pas été conscient. Lorsqu'il s'en est rendu compte, il a fait un pas de géant et enfilé à la hâte son pantalon, qu'il avait posé sur une chaise. Il s'habilla en me tournant le dos. « Ne t'en fais pas. C'est naturel. » Puis il a repris contenance, et la bonne humeur lui est revenue. « Heureusement pour vous tous, je n'ai jamais eu de problèmes de ce côté-là. » Je me suis rendormi. À mon réveil, le soleil entrait à plein par les carreaux. Comme je n'avais compris ni ce qu'il voulait dire ni son état, ses propos ne m'ont pas paru particulièrement importants. Pendant très, très longtemps, je n'y ai plus pensé.

33

Soudain, nous perçûmes un bruit sourd et répétitif, et la voiture de Marcel Gingras se mit à vibrer.

— Non! cria Calum. Il y a un pneu de rechange?

— Je ne sais pas, répondis-je. Je n'ai pas vérifié.

Du sommet d'un petit monticule, nous aperçûmes, dans le miroitement causé par la chaleur, ce qui nous sembla être une station-service.

— Essayons de nous y rendre, dit-il.

La voiture oscillait dangereusement quand nous fîmes notre entrée dans le stationnement, au milieu des effluves de caoutchouc brûlé.

— Des ennuis? demanda le propriétaire avec un sourire engageant. Vous avez de la chance de ne pas avoir abîmé la jante.

Nous lui demandâmes s'il avait un pneu à nous vendre.

— Si vous prenez un pneu neuf, la voiture va aller de travers à cause de l'usure des trois autres. Je vais plutôt vous vendre un pneu usagé à dix dollars. Il ne sera pas plus lisse que les trois autres, et il va vous mener là où vous voulez aller. Vous avez peut-être roulé sur un clou. Mais tous les pneus sont en mauvais état. En tout cas, celui-ci ne roulera plus.

Nous reprîmes la route.

— Un détail m'agace, dit Calum. Le jour de la mort d'Alexander, la plupart d'entre nous étions sortis de la mine plus tôt que d'habitude. La nuit avait été mauvaise. Sur le front de taille, il y avait eu des éruptions, et nous n'avions pas progressé. Comme la nuit dernière, mais en pire. Je suis sorti du camp pour aller marcher. Vers cinq heures et demie ou six heures, je suis tombé sur Fern Picard. Il devait débuter à sept heures, je suppose. Il avait entendu parler de notre déveine parce que, en me voyant, il a ricané en s'empoignant les parties. Je l'ai frappé en plein visage, aussi fort que j'ai pu. Comme il avait encore la main sur les parties, il a été pris par surprise. Il est tombé à la renverse dans les buissons. Avant qu'il se relève, je suis venu me planter sur lui. Désavantagé, il regardait mes bottes comme s'il craignait que je lui donne un coup de pied à la tête. Il avait peur de se relever et j'avais peur de lui tourner le dos. Nous nous regardions droit dans les yeux, lui par terre, moi debout. À Rouyn, cinq ans plus tôt, nous nous étions battus contre eux, dans une taverne. Nous étions une douzaine, le dos au mur. Pour nous défendre, nous n'avions que des bouteilles et des chaises. Eux, ils étaient toute une armée. Nous étions du côté québécois de la frontière. Je me souviens d'avoir pensé : « *Sin agad e,* notre compte est bon. » J'ai regardé Fern Picard droit dans les yeux. Il nous tenait à sa merci, et il le savait. C'est alors que la police est arrivée. Il a fait trois ou quatre pas en arrière avant de cracher sur le plancher, les yeux rivés sur moi. Accusés d'avoir troublé l'ordre public, nous avons tous perdu notre emploi.

« Fern Picard sous les yeux, j'ai reculé de trois ou quatre pas, avec précaution. Il s'est relevé et a fait de même. Nous avions tous les deux peur de tourner le dos. Nous avons craché par terre en continuant de nous éloigner. À une douzaine de pas l'un de l'autre, nous nous sommes retournés pour rentrer au camp. Le gardien nous avait observés, à ce qu'il paraît. "Ce n'est pas fini", a dit Fern Picard en pivotant, dans un anglais nettement supérieur à celui dont je le croyais capable.

« Cet après-midi-là, on est venu nous dire qu'il fallait un homme pour nettoyer le puisard. Alexander était bien reposé et il avait besoin des heures supplémentaires. Puis la benne est tombée et l'a décapité. Le conducteur du treuil a dit qu'il avait reçu le mauvais signal ou qu'il avait mal compris. Il était jeune et s'exprimait avec peine en anglais. Après les funérailles, je l'ai cherché en vain. Il avait démissionné et était rentré au Québec.

« Je n'ai dit à personne que j'avais frappé Fern Picard au visage ce matin-là. Plus tard, j'ai compris que nous étions tous en surface et probablement endormis quand on est venu chercher Alexander. Au travail, il n'y avait que Fern Picard et les membres de son équipe. Si Alexander m'avait consulté, je lui aurais déconseillé d'accepter la proposition, mais il est probable qu'il n'a pas voulu me réveiller. Dans les circonstances, je lui aurais suggéré de rester « parmi les siens », comme aurait dit grand-maman.

Mon frère se tourna vers moi. Ses mains moites glissaient sur le volant. De sa poche, il tira un mouchoir crasseux avec lequel il tenta de les assécher.

— Décidément, il s'en est passé des choses, le jour où tu as reçu ton diplôme, dit-il. Pauvre grand-maman. Elle disait toujours : « On s'habitue à tout, sauf à un clou dans sa chaussure. » Elle avait peut-être tort. J'ai du mal à me faire à l'idée de ce qui est arrivé. À moins que ce soit justement le clou.

Il jeta un coup d'œil dans le rétroviseur, par-dessus les dés qui se balançaient.

— Allons bon, fit-il. Quoi encore ?

Je regardai par-dessus mon épaule. Au-delà de la tête du chien de plastique qui sautillait, les phares d'une voiture de police tanguaient au gré des dénivelés. Sur le toit de métal miroitant, qui semblait renvoyer vers leur source les rayons du soleil, les gyrophares clignotaient rythmiquement.

Nous nous rangeâmes sur le côté. L'agent de police parut du côté du conducteur.

— Puis-je voir votre permis de conduire et vos certificats d'immatriculation et d'assurance, monsieur, s'il vous plaît ?

Il toisa la voiture d'un air réprobateur.

— Les plaques d'immatriculation de la voiture sont périmées, dit-il. En Ontario, nous en avons assez des Québécois et de leurs vieilles bagnoles.

Le certificat d'immatriculation n'était pas dans la boîte à gants. Au fond, on avait fourré la trousse de maquillage avec le peigne rose, mais il n'y avait rien d'autre.

Le policier examina le permis de conduire de mon frère.

— Pourquoi roulez-vous dans une voiture immatriculée au Québec avec un permis de conduire de la Nouvelle-Écosse? demanda-t-il. Où est le certificat d'enregistrement? Vous avez volé cette voiture, monsieur?

— Si je volais une voiture, répondit Calum, je choisirais mieux.

— Descendez, monsieur, s'il vous plaît. Ouvrez le coffre.

Nous descendîmes tous les deux. Je remarquai que l'agent s'appelait Paul Belanger.

Dans le coffre, il y avait deux roues, mais pas de pneu. Il y avait aussi deux ou trois bidons d'huile vides et une vieille chemise à carreaux toute déchirée que Marcel, je m'en souvenais, avait portée. On voyait enfin une paire de gants usés et un bout de chaîne. Dans un coin, nous mîmes la main sur une facture émise par un garage des environs de Témiscaming sur laquelle figuraient le nom et l'adresse de Marcel Gingras. Il y avait fait l'acquisition d'un radiateur d'occasion.

— C'est l'adresse du propriétaire de la voiture? demanda Paul Belanger en jetant un coup d'œil à la facture, puis à mon frère.

— Oui, répondis-je.

— Je ne vous ai rien demandé, monsieur, dit-il. C'est au conducteur que je m'adresse.

La facture et le permis de conduire à la main, il se dirigea vers sa voiture, dont les gyrophares clignotaient toujours.

— Attendez-moi ici, dit-il par-dessus son épaule. J'en ai pour un moment.

À son retour, il fit le tour de la voiture, notant les pneus lisses et la fissure qui décrivait des méandres dans le pare-brise. Il retourna à son auto. Quand il revint enfin, il tendit à mon frère une poignée de contraventions. Il conseilla à Calum de les lire attentivement.

Nous nous remîmes en route, et il nous suivit pendant ce qui nous sembla une éternité. Nous roulions très lentement. C'est alors que nous constatâmes que l'indicateur de vitesse ne fonctionnait pas non plus. Dès que l'auto nous eût dépassés en vrombissant, mon frère prit tous les papiers et en fit une boule, qu'il jeta par la fenêtre.

À notre arrivée à l'aéroport de Sudbury, nous étions épuisés. Depuis deux jours, nous n'avions pratiquement pas dormi. Nous piquions du nez à la moindre occasion. Nous tentâmes de nous fortifier avec du café, mais il nous laissa un goût saumâtre dans la bouche. Aux toilettes, nous nous aspergeâmes le visage d'eau. Dans le miroir, nous constatâmes que nous avions oublié de nous raser. Nos yeux étaient injectés de sang, et nos bras chauffaient à cause du soleil. Nous nous passâmes de l'eau sur la nuque avant de glisser nos doigts mouillés dans nos cheveux noirs et roux.

Nous observâmes de près les passagers qui descendaient de l'avion. Nous n'avions jamais vu Alexander MacDonald, mais nous ne doutions pas de le reconnaître au premier coup d'œil.

— Le voilà! criâmes-nous au même instant.

Ses cheveux roux lui descendaient jusqu'aux épaules, et il portait une veste de daim. On aurait dit Willie Nelson, en plus jeune. En nous apercevant, il tendit la main.

Nous allâmes attendre ses bagages au carrousel. Il avait l'air aussi fatigué que nous. Il avait deux sacs marins et une petite malle en métal munie d'un fermoir et d'un cadenas à combinaison. Nous portâmes les bagages jusqu'à la voiture.

— Sacré bolide, déclara-t-il d'un ton neutre.

— Nécessité fait loi, répliqua mon frère sur le même mode.

Réfugié dans le confort d'un cliché, il me fit un moment penser à grand-maman.

— À toi de conduire, me dit mon frère en me jetant les clés. Nous n'avons pas de temps à perdre. Nous avons un quart de travail qui débute dans quelques heures.

Il s'installa sur la banquette arrière, tandis que notre nouveau compagnon grimpait à mes côtés.

Au sortir de Sudbury, cependant que nous roulions vers l'ouest et le soleil couchant, un paysage de pierres s'étirait de part et d'autre de la route.

— C'est plutôt dénudé par ici, dit notre cousin. On dirait des photos de la lune.

— À la guerre comme à la guerre, dit Calum.

Il se tut un moment.

— « À celui qui est aux abois, on doit ouvrir la porte », poursuivit-il. Ça ne vient pas d'un poème ? demanda-t-il en me cherchant des yeux dans le rétroviseur.

— C'est un poème de Robert Frost qui s'intitule « La mort de l'homme engagé », dit notre cousin.

Je conduisais aussi vite que je l'osais. Sans indicateur de vitesse pour me guider, je regardais souvent au-dessus des dés qui oscillaient ou au-delà du chien sautillant, craignant de voir apparaître les gyrophares de Paul Belanger ou d'un de ses collègues. Mes compagnons dodelinaient de la tête. Ils eurent tôt fait de se mettre à ronfler légèrement.

Lorsque nous quittâmes la route 17, mon frère s'éveilla en sursaut.

— Excuse-moi d'avoir dormi si longtemps, dit-il. Passe-moi le volant. Je vais faire le dernier bout de chemin.

Nous changeâmes de place. Notre compagnon dormait toujours. Ses cheveux roux lui couvraient les épaules, et sa main reposait mollement sur la banquette souillée. Nous remarquâmes qu'il portait au doigt une bague celtique. Le cercle sans fin.

Arrivés au camp, nous laissâmes la voiture dans le stationnement. Mon frère me tendit les clés. Chacun de nous avait un bagage à la main quand nous arrivâmes à la porte du camp. Le garde lisait un livre de poche. Son quart de travail tirait à sa fin.

— Nous revenons de Sudbury, dit Calum. Voici notre nouvel homme. Il aura son numéro de matricule demain matin. *Cousin agam fhein*, ajouta-t-il en souriant.

Le garde nous fit signe de passer.

Sur le chemin de la baraque, nous croisâmes Marcel Gingras.

— *Bonjour*, dit-il. *Comment ça va**?

— Pourquoi tu ne parles pas en anglais? demanda mon cousin. Nous sommes en Amérique du Nord, ici.

Marcel et moi fronçâmes les sourcils.

— *Merci**, dis-je en lui jetant les clés.

Calum était parti le premier. Nous le suivîmes jusqu'à la baraque. Les membres de notre équipe, fin prêts pour le quart de nuit, nous attendaient avec impatience. Ils avaient commandé notre repas. Après de brèves présentations, nous nous mîmes en route. Je dis à Alexander MacDonald qu'il pouvait dormir dans mon lit jusqu'au lendemain; au matin, nous ferions le nécessaire. Il parut reconnaissant. Après avoir fourré ses sacs et sa malle sous le lit, il se coucha tout habillé par-dessus les couvertures.

La nuit nous sembla longue, à Calum et à moi. Depuis deux jours, nous n'avions presque pas dormi. Parfois, nos lourdes bottes à embouts d'acier butaient contre des pierres ou contre les boyaux jaunes qui ondulaient derrière nous en sifflant. Le martèlement incessant de l'acier contre le roc se répercutait dans notre tête, qui nous élançait. Quelquefois, je dus m'appuyer contre une paroi pour laisser passer des vagues d'étourdissement. Bien reposés, les autres membres de l'équipe firent cependant plus que leur part. Par-dessus la clameur ambiante, nous nous faisions des signes. Quand nous levions la main pour saluer, de l'eau s'échappait de nos gants et coulait jusqu'à nos coudes.

Le lendemain matin, nous étions fourbus, mais Alexander MacDonald avait repris des forces. Parmi nos effets personnels et nos documents, nous mîmes la main sur la fiche de travail brun rose d'Alexander MacDonald le Roux. Elle était plus fragile que les cartes d'assurance sociale en plastique d'aujourd'hui, mais les chiffres étaient intacts. Calum montra la carte au contrôleur.

— Cet homme commencera à travailler avec nous demain, dit-il.

Au fond, c'était sans importance. La société n'y vit-elle que du feu ou préféra-t-elle fermer les yeux?

— Pour ces gens-là, fit observer Calum, nous sommes tous pareils. Au fond, ils ont raison. Tout ce qui les intéresse, c'est que le travail progresse.

Nous dénichâmes de même le laissez-passer d'Alexander Mac-Donald le Roux, grâce auquel notre nouvel homme put sortir du camp et y revenir à sa guise.

C'était comme si, après de brèves vacances, Alexander Mac-Donald le Roux avait repris le collier. C'est peut-être ce qui ressortirait de la liste des employés. On se demanderait :

— Ce type n'était pas ici il y a quelques mois ? Quelque chose lui sera arrivé. Il est donc de retour ?

À plus de deux mille kilomètres de là, le corps d'Alexander MacDonald le Roux gisait, silencieux, sous la terre accueillante. Il avait passé le dernier jour de sa vie sous terre, enfoncé bien plus profondément qu'il ne l'était aujourd'hui. Dans l'obscurité du cercueil de chêne, sa tête coupée repose peut-être à côté de son corps. La végétation pimpante du printemps a fait place à celle de l'été. Nul doute que ses parents ont planté des fleurs dans la terre brune, sous sa croix.

Les documents le concernant lui survécurent, animés d'une vie propre. C'était comme si une partie de lui se continuait, à la façon des ongles et des cheveux qui n'arrêtent pas de pousser du seul fait que l'hôte a cessé de vivre. On eût dit que le nouvel Alexander Mac-Donald avait reçu une offrande. De la part d'un donneur mort appartenant au même groupe sanguin et à la carnation compatible, bien que les deux ne se fussent jamais rencontrés. Une offrande qui prolongeait leur vie à tous deux. Une vie prolongée, quoique fausse, qui allait leur permettre d'avancer. Mais pas pour un bien long voyage. Seulement pour quelque temps.

34

— Selon les habitants de Glencoe, me dit un jour ma sœur dans sa maison moderne de Calgary, les harengs, lorsqu'ils roulaient sur la grève, étaient conduits par un roi. En se penchant pour recueillir la manne argentée, les villageois prenaient garde de ne pas toucher le roi des harengs, afin d'éviter de le blesser. Ils le considéraient comme un ami qui les sauvait de la famine. S'ils lui faisaient confiance, croyaient-ils, il reviendrait chaque année et demeurerait leur bienfaiteur. Le manège se poursuivit pendant des années.

Elle s'interrompit pour jeter un coup d'œil par son admirable fenêtre panoramique : la ville s'étalait sous ses yeux tel un tableau sous le soleil.

— C'est grand-père qui m'a raconté cette histoire, poursuivit-elle. Après, il m'a demandé ce que j'en pensais. J'ai répondu que je ne savais pas, mais que j'aimais l'idée qu'il y ait un roi — fût-ce celui des harengs. Je devais être en septième ou en huitième année. Grand-maman m'avait envoyée lui porter des biscuits. Grand-père a souri et a même ri un peu en me versant un verre de lait. « Essaie de voir l'histoire du point de vue des harengs. En réalité, leur roi les trahit. Il les conduit à leur perte. Quand ils s'en rendent compte, il est déjà trop tard. » Dès lors, l'histoire ne m'a plus autant séduite. C'était comme si elle m'obligeait à trop réfléchir.

— Ce sont les harengs qui auraient dû réfléchir davantage, dis-je.

— Les harengs, répondit-elle, obéissaient à un cycle vieux comme le monde. À mes yeux, leur comportement échappait à ce que nous assimilons à la pensée. Ils étaient régis par la lune. Et ils avaient confiance en leur force. Grand-maman nous chantait une chanson gaélique composée à l'époque de l'exode des Écossais. On y dit quelque chose comme : « Les oiseaux reviendront, mais nous resterons au loin. » Tu t'en souviens ?

— Oui, répondis-je. « *Fuadach nan Gaidheal* », « La dispersion des Highlanders ».

Nous commençâmes à fredonner l'air, et les mots en gaélique nous vinrent, de façon approximative d'abord, puis avec de plus en plus de clarté, surgissant du lieu où la chanson était enfouie. Nous chantâmes ainsi en gaélique tout ce que nous savions, trois couplets et le refrain, nous consultant du regard au début des passages dont nous étions incertains. En terminant, nous nous levâmes, presque honteux de nos vêtements chic et de la luxueuse maison de ma sœur.

— Eh bien, dit-elle, je trouve que les harengs ressemblent aux oiseaux migrateurs. Ils reviennent en dépit de ce qui est arrivé aux leurs. Ils reviennent, qu'on les attende sur la grève ou non, qu'il y ait ou non des gens qui croient à l'existence d'un roi.

« Un jour, grand-père m'a raconté que, sur la lande de Culloden, les Highlanders chantaient. Cependant que le verglas ou la pluie leur fouettait le visage, certains chantaient. Pour inspirer la crainte à l'ennemi, raviver la confiance des troupes ou les consoler. Jamais Highlander ne prit part à une bataille sans musique.

« Tu te souviens, demanda-t-elle après une pause, des fois où grand-papa et grand-maman chantaient avec leurs amis ? Lorsque grand-maman était jeune mariée, les femmes allaient faire leur lessive dans le ruisseau. Elles allumaient un grand feu sous les grosses marmites noires qu'elles avaient à l'époque, et elles chantaient toute la journée en battant les vêtements sur les pierres, suivant un rythme parfait. C'était la même chose quand elles confectionnaient des couvertures, foulant l'étoffe, toutes assises à une longue table. Avec de la musique elles allaient plus vite, croyaient-elles. Et les hommes chantaient en tirant sur les cordages et les chaînes.

— Oui, dis-je. Tu te souviens quand ils étaient plus vieux ? La maison était bondée. Tard le soir, ils chantaient de longues, longues chansons avec treize ou quatorze couplets. Grand-papa, confus à cause de toute la bière qu'il avait ingurgitée, nous disait : « Courez vite chercher votre autre grand-père. Il connaît toutes les paroles. » Nous trouvions grand-père attablé dans la cuisine fraîchement astiquée, un livre d'histoire à la main, mais il nous accompagnait toujours. À son arrivée, tout le monde se taisait. Comme si on avait introduit un corps étranger dans la gaieté ambiante. « C'est parce qu'il est trop futé, trop sobre et trop soigné », disait toujours grand-papa après coup. Puis grand-père s'asseyait et se mettait à chanter. Et ils chantaient tous en chœur. « Quand il arrive, c'est comme une pierre qui tombe dans l'eau. D'abord, cela fait des vagues, mais, après, tout redevient comme avant. »

« Dans l'enthousiasme du moment, il leur arrivait de chanter les premières paroles d'une chanson grivoise. Puis, se rappelant la présence de grand-père, ils haussaient les sourcils ou se faisaient des signes de tête avant de changer de chanson en plein vol. Sinon, il mettait son chapeau et filait. On aurait dit un homme d'église à un enterrement de vie de garçon.

— C'est vrai, reprit ma sœur. Les circonstances de sa conception le troublaient toujours. Peut-être aussi celles de la naissance de notre mère. Selon grand-maman, il se sentait coupable de la mort de sa femme — elle ne serait pas morte en couches s'il ne l'avait pas engrossée au préalable. Ils n'avaient eu qu'une année de vie commune.

Nous nous tûmes un moment.

— Avant les premières menstruations de sa fille, poursuivit ma sœur, il était allé trouver grand-maman pour lui demander d'expliquer les « choses de la vie » à notre mère, qui n'était alors qu'une petite fille avançant vers la puberté. C'est grand-maman qui me l'a raconté. « Le pauvre cher homme. Il s'est assis sur une chaise. Le chapeau sur les genoux, il tournait autour du pot en bredouillant, le visage tout congestionné. Comme il était si direct d'habitude, je ne voyais pas ce qu'il voulait. Quand j'ai enfin compris, je lui ai dit que j'acceptais volontiers et que je savais tout ce qu'il y avait à savoir à propos des règles. »

« C'était un trait de sa personnalité, j'imagine. Il pouvait repasser les vêtements de notre mère et tresser ses cheveux. Il pouvait à lui seul ériger la charpente d'une maison en deux ou trois jours. Il savait résoudre des équations du second degré, lui qui n'avait pas fait d'études secondaires. Seulement, les règles, c'était trop pour lui. Il avait grandi dans une maison sans père ; des années plus tard, il avait élevé une fille sans mère. Il a vécu toute sa vie dans un manque. On dit, ajouta ma sœur tout doucement, que sa mère le battait — qu'elle le punissait d'être né.

— C'est vrai, dis-je. Elle était notre arrière-grand-mère. Son sang coule dans nos veines.

— Oui, fit-elle. J'y pense souvent.

— Après une soirée passée à chanter, je l'ai raccompagné chez lui. « La musique, a-t-il dit, c'est le lubrifiant du pauvre. Partout dans le monde. Dans toutes les cultures. »

— Je me fais souvent cette réflexion en regardant les nouvelles à la télé.

— Les Zoulous, dis-je, des conversations antérieures me revenant en mémoire, chantent toujours dans les camps de mineurs. Après un certain temps, nos frères arrivaient presque à chanter certaines chansons, sans en comprendre les paroles. C'était comme si deux peuples se rejoignaient à travers leurs musiques.

— J'imagine que tu ne chantes pas au travail, toi.

— Non.

— Tu es abonné aux concerts ?

— Oui, répondis-je.

— Moi aussi, fit-elle. Quels merveilleux musiciens.

— Tu as raison.

— Lorsque je suis au concert, ici ou à Banff, j'observe les

216

artistes et les spectateurs qui m'entourent. Il arrive que les femmes, moi comprise, portent des robes de couturier et que les hommes soient en smoking. C'est la même chose là où tu vas, je suppose. Je me dis que la plupart de ces gens vont chez l'orthodontiste. J'ai raison?

— Oui. La plupart d'entre eux vont chez l'orthodontiste.

— J'imagine que les Zoulous qui vont chez l'orthodontiste sont assez peu nombreux?

— C'est ce que je crois, oui.

— J'ignore pourquoi, dit-elle, mais je suis toujours profondément touchée par les documentaires sur l'Afrique. Les Zoulous étaient convaincus que leur monde était là pour durer. Ils me semblaient si grands et athlétiques. Fanfarons et arrogants. Ils croyaient en leurs formations de combat, leurs chants et leurs totems. Ils croyaient en leur terre et en leurs armées, qui comptaient des milliers d'hommes. Quand ils marchaient sur le veldt en chantant, on dit que le sol tremblait sous leurs pieds nus. Ils se croyaient invincibles. Sur le plan humain, je crois qu'ils l'étaient. Seulement, ils n'étaient pas prêts pour les mitraillettes et les études dont ils ont par la suite fait l'objet.

« Il y a quelques années, poursuivit-elle, Mike et moi avons pris part à un safari. Nous voulions voir les animaux sur la plaine, au pied du mont Kilimandjaro, au sud du Kenya, à la frontière de la Tanzanie. Des animaux à couper le souffle. Les différentes espèces broutant côte à côte, leurs prédateurs naturels sur leurs pas. Presque mêlés aux animaux, les Masais, qui suivent le cycle de la végétation avec leurs troupeaux, vivent du lait et du sang de leurs vaches. À bord de Land Rover et de véhicules tout-terrain, nous quittions le camp au petit matin, armés d'appareils photo et de jumelles. Les exploitants s'excusaient de la présence des Masais. Nous payions une fortune pour voir des animaux, et non des familles à la remorque de leurs troupeaux. Les parcs nationaux et les réserves étaient délimités par des frontières, mais, expliquaient les guides, les Masais refusaient de les reconnaître. Ils se contentaient de suivre l'eau et la végétation. Ils avaient toujours été des « fauteurs de troubles », a affirmé notre guide. À l'époque de la colonisation, ils s'étaient battus au lieu de collaborer. « Que fera-t-on pour les chasser de cet endroit magnifique ? » demanda un des participants. « Je ne sais pas, a admis notre guide. Quelque chose. Bientôt, j'espère. »

« Quand nos véhicules croisaient des Masais, dit ma sœur, j'essayais de lire dans leurs yeux. Ce que j'y ai vu, ou cru y voir, c'est de la peur mêlée à du dédain. Nous étions juchés sur le toit de véhicules sur roues, tandis qu'ils allaient pieds nus sur le sol.

« La digression a assez duré, soupira-t-elle. Que sais-je de l'Afrique, moi qui n'ai jamais parcouru le continent à pied ? »

Nous nous levâmes en même temps, comme si nous obéissions à un signal, et jetâmes un coup d'œil par la fenêtre. La rivière Bow scintillait sous nos yeux en serpentant, chatoyante, au milieu de la ville nouvelle bâtie sur ses rives.

— Savais-tu, me demanda-t-elle, que Calgary tient son nom d'un lieu situé dans l'île de Mull ?

— Non, répondis-je. En fait, je n'en suis pas certain. Je n'y ai jamais beaucoup songé, je crois.

— Il n'y a plus d'autochtones là-bas non plus, dit-elle.

« Quand nos parents quittaient l'île, on raconte que notre mère allait souvent rendre visite à son père, toute seule. Elle demandait à grand-maman et à grand-papa de veiller sur ses jeunes enfants, et elle allait le trouver. Dans la cuisine claire et propre comme un sou neuf de grand-père, ils buvaient du thé. Je les imagine souvent assis à table, tous les deux. De quoi pouvaient-ils bien parler ? Ils avaient vécu ensemble plus longtemps qu'elle avec son mari et que lui avec sa femme. Il avait toujours fait ce qu'il fallait pour elle. « Cet homme, c'est un roc », disait grand-papa. Il l'avait accompagnée à chacun des tournants de sa vie, sauf le dernier, que, comme de juste, personne ne pouvait prévoir. Quand elle était petite, racontait grand-maman, elle était toujours tirée à quatre épingles et coiffée à la perfection. Il faisait l'impossible pour lui prodiguer les soins d'une mère. Peut-être aussi, à travers elle, essayait-il de revivre en mieux sa propre enfance. Il avait raconté à grand-maman que, enfant, il s'asseyait sur le pas de la porte, en culottes courtes, et qu'il épiait la rue dans l'espoir de voir arriver son père. Il espérait tant que son père allait venir lui donner une vie meilleure.

Elle s'interrompit.

— Difficile de se représenter grand-père en culottes courtes.

— Je suis sûr qu'elles étaient propres, dis-je en souriant.

— Peut-être pas. Sa manie de la propreté lui est peut-être venue plus tard. Quoi qu'il en soit, son père n'est jamais venu. Il n'a même jamais eu une photo de lui. S'il faisait allusion aux circonstances de sa naissance, sa mère piquait une colère terrible. Elle avait peut-être honte, en plus d'être aigrie.

« Je pense qu'il a toujours été hanté par la possibilité que son père, la nuit de sa conception, se fût simplement payé un peu de bon temps. Après tout, c'était un jeune homme qui partait pour la forêt du Maine, un peu comme ces jeunes soldats qui, dans les récits, s'en vont en guerre. C'est peut-être ce qui explique qu'il était si mal à l'aise quand grand-papa faisait de fines plaisanteries à propos de l'homme qui prenait la fille dans les buissons. Je pense que je le comprends mieux maintenant, dit-elle.

« C'est peut-être aussi ce qui explique sa passion pour l'histoire, poursuivit-elle. Il se disait qu'il pouvait faire éclater la vérité au grand jour en lisant tout et en mettant tous les morceaux ensemble. Un peu comme le fait l'ébéniste. Tout s'ajuste parfaitement. À la fin, on aboutit à un « édifice irréprochable : le passé ». Il se disait peut-être qu'il allait comprendre le passé lointain à défaut de comprendre le passé immédiat.

— Mais ce n'est pas aussi simple.

— Je sais, répondit-elle. Et il le savait lui aussi. Mais il a tenté le coup. Son intérêt était sincère, et il a tenté de nous le communiquer. Ici, où tout est nouveau, je m'ennuie de ces gens, poursuivit-elle. Je m'ennuie d'eux en tant que groupe ; parfois, j'essaie de séparer nos parents du groupe. Si nous idéalisons nos parents, toi et moi, c'est peut-être parce que nous gardons à peine un souvenir d'eux. Ils sont une idée de parents plutôt que des parents en chair et en os. Il est possible que nous les considérions comme grand-père considérait le jeune homme qui était son père.

— C'est peut-être une tare génétique, dis-je. Soit dit sans ironie.

— Génétique, oui, dit-elle. Il m'arrive de penser au *clann Chalum Ruaidh*. À ses membres qui ont les cheveux noirs ou roux. Comme toi et moi. À ses membres qui se sont mêlés et mariés entre eux ici, au Canada, depuis deux cents ans et pendant je ne sais combien d'années auparavant. À Moidart et à Keppoch. À Glencoe, à Glenfinnan et à Glengarry.

— N'oublie pas le prince, dis-je. Il avait les cheveux roux.

— Je ne l'oublie pas, répondit-elle. Quoi qu'il en soit, impossible d'avoir des parents « en général ». Il faut que ce soit deux êtres en chair et en os. Parfois, il me vient des pensées ou des sentiments, et je me demande : « Est-ce qu'il arrivait à ma mère de penser ou de sentir une telle chose ? » J'aimerais bien pouvoir lui poser la question. C'est peut-être ce dont elle discutait avec son père en buvant du thé. On peut imaginer que c'est ce que ressentent les enfants adoptifs qui tentent de retrouver leurs parents biologiques. Ils cherchent peut-être des présages d'eux-mêmes. Des signes avant-coureurs. Des indices de ce qu'ils vont devenir. En ce qui nous concerne, affirmat-elle avec un sourire, ce n'est pas comme si nous avions été adoptés. On nous a laissé en partage bien plus que ce qu'a eu grand-père, qui n'a jamais vu une photo de son père.

— Le jour où j'ai reçu mon diplôme, dis-je, il nous a raconté avoir vu son père à deux reprises. Dans une vision et dans un rêve. Dans la vision, son père était plus jeune que lui — parce que, je suppose, il avait été arrêté par la mort et le temps. Il se souvenait de l'apparence de son père, même si, naturellement, il ne l'avait jamais vu. Dans la vision, son père l'avait mis dans tous ses états ; dans le rêve, il l'avait au contraire consolé et, j'imagine, conseillé sur ce qu'il devait faire de sa vie et de celle de sa fille.

« La veille, poursuivis-je, il avait confirmé ses soupçons en authentifiant le passage dans lequel Wolfe désigne les Highlanders comme l'« ennemi secret ». Ce qui va à l'encontre de l'image qu'on se fait traditionnellement du général et de ses « braves Highlanders ».

— On peut être à la fois brave et incompris. Brave et trahi. Après Culloden, de nombreux soldats qui parlaient gaélique sont partis pour la France. Quand, après avoir reçu leur pardon, ils sont venus se battre aux côtés de Wolfe, ils parlaient gaélique et français.

Deux langues avec lesquelles Wolfe, dans les circonstances, ne se sentait probablement pas à l'aise.

— Si MacDonald n'avait pas parlé français pour tromper la vigilance des sentinelles, ajoutai-je, l'histoire du Canada serait peut-être bien différente.

— Qui sait? concéda-t-elle. Si les MacDonald avaient été placés à droite de la ligne plutôt qu'à gauche, la bataille de Culloden aurait peut-être tourné tout autrement. Depuis Bannockburn, ils attachaient une grande importance à leur position traditionnelle, mais leurs commandants étaient pour la plupart d'une culture différente. Ils n'y connaissaient rien et voyaient sans doute dans les Highlanders des êtres maussades et irascibles, ce qu'ils étaient probablement. Toujours à marmonner entre eux dans leur étrange langue gaélique.

— Des fauteurs de troubles, dis-je.

— Exactement. Un siècle plus tôt, MacDonald de Glencoe avait lui aussi été considéré comme un fauteur de troubles. C'est pour cette raison qu'on lui avait tiré une balle derrière la tête tandis qu'il tournait le dos pour offrir un whisky à ses hôtes. Quand on parle de trahison... Il avait cru qu'un bout de papier le protégerait.

— Bah! fis-je. Trêve d'histoires tristes, comme aurait dit grand-papa.

— Tu as raison, dit-elle. Mais quand je me suis intéressée à Montcalm, je me suis fait la réflexion qu'il s'était trouvé devant le même problème que Wolfe. Bon nombre de ses soldats étaient Canadiens français. Ils vivaient « au pays de l'hiver », comme ils disaient, depuis des générations. Ils avaient évolué différemment et avaient l'avantage de connaître le terrain. Quant à Montcalm, c'était un *Français de France**. Et il ne savait que faire des Indiens, ses alliés. Il ne comprenait ni leur langue, ni leurs coutumes, ni leurs méthodes d'attaque. Il voyait dans leur indépendance un signe de fourberie. Savais-tu, ajouta-t-elle, que les Indiens croyaient que le fait de rêver à un chien signifiait qu'ils allaient gagner la bataille?

— Non, répondis-je. Je l'ignorais.

— De toute façon, reprit-elle, Montcalm avait probablement le sentiment d'avoir sous ses ordres une bande de primitifs indisciplinés. Quant à eux, ils le tenaient sans doute pour un faible avec ses vêtements à froufrous et ses étranges formations de combat à l'européenne. On comprend qu'il ait attendu avec impatience l'arrivée des navires venus de France.

— Oui, dis-je. Si seulement les bateaux étaient venus de France...

— Avant la bataille des Plaines d'Abraham, Wolfe a lancé une attaque à Beauport. Ses hommes ont été violemment refoulés. Wolfe était furieux contre les Highlanders parce qu'ils avaient refusé de battre en retraite avant d'avoir récupéré leurs blessés. Sous le feu de l'ennemi, ils revenaient sur leurs pas pour emporter les leurs, qu'on leur avait pourtant ordonné de laisser sur place. Ce n'était probablement pas une tactique militaire recommandable, mais, à ce moment-là, ils se battaient sans doute avec le cœur plutôt qu'avec la tête. Les Français devant, Wolfe et les bateaux derrière, les blessés sur les battures de Beauport. Ils ignoraient la description qu'il avait faite d'eux dans une lettre. Je me souviens d'un passage : « Ils sont robustes, intrépides, habitués à un pays rude. Et s'ils meurent, leur perte ne causera qu'un bien petit fracas. »

« J'ai peur de banaliser la situation mais, à certains égards, ils me font penser à une équipe sportive d'élite. Les joueurs n'ont plus confiance dans la direction ni dans l'entraîneur, mais ils continuent de se battre, se donnent corps et âmes dans la boue mêlée de sang et dans la fumée, non pas "pour la direction", mais bien au nom de leur histoire commune.

« En esprit, je me représente parfois Wolfe la calculatrice à la main. C'est sans doute faux et injuste pour lui. On dit de lui qu'il a été un grand général. En plus, il avait les cheveux roux. Je ne suis pas très calée en histoire militaire, convint-elle, mais, si j'avais été sur place, j'aurais sans doute versé des larmes, surtout si j'avais lu la fameuse lettre.

« Je pense peut-être trop à ces événements. Grand-papa et

grand-maman disaient : "Quand on pense trop, on n'accomplit rien."

— Oui, dis-je. C'est vrai qu'ils travaillaient fort. Surtout grand-maman.

— Je sais, dit-elle. Quand nous devions faire nos corvées, ranger notre chambre, faire la vaisselle ou laver le plancher, je me plaignais parfois d'être fatiguée. « Tout le mode est fatigué, disait grand-maman. Moi aussi, je suis fatiguée. Mais ça n'empêche pas le monde de tourner. Dépêche-toi. Tu auras bientôt terminé. » Quand elle-même donnait des signes de fatigue, elle disait : « S'il était encore en vie, je parie que ton frère Colin, si on lui demandait de ranger sa chambre, ne rouspéterait pas. Tu es déjà plus vieille qu'il l'était quand il est mort. Lui, il ne grandira plus. Pauvre petit. La dernière fois que je l'ai vu, il était si heureux dans son manteau neuf. Nous devrions rendre grâce d'être en vie et d'avoir des proches qui nous aiment. Grouille-toi. Fais ton lit. À la campagne, tes frères aînés aimeraient probablement dormir dans une chambre toute propre. » « Mais ils ne font jamais leur lit, répliquais-je. Ils ne nettoient jamais la salle de bains. D'ailleurs, ils n'ont pas de salle de bains. » « Je le sais bien, répondait-elle. Pense un peu à la vie qu'ils mènent. »

Ma sœur resta un moment silencieuse. Je pris la parole à mon tour.

— Quand ils vivaient sur la terre ancestrale, nos frères, m'a un jour raconté Calum, sont partis couper des billes pour la rampe qu'ils aménageaient pour le bateau. Près de la rive, il y avait un petit bois où poussaient des épinettes serrées les unes contre les autres. Au milieu, ils ont repéré le candidat parfait. L'arbre, qui faisait plus de dix mètres, était tout droit. Ils l'ont encoché à la base, comme on le leur avait enseigné, puis ils l'ont scié. Une fois le tronc coupé, l'arbre n'a pas bougé. Rien. Ses branches supérieures étaient si étroitement mêlées à celles des arbres qui l'entouraient qu'il ne bougeait pas. Pour qu'il tombe, il aurait fallu raser le bosquet tout entier. Il est demeuré là pendant des années. Il y est peut-être encore aujourd'hui. Quand le vent soufflait, le bosquet se mettait à danser et à bruire. Comme il s'agit uniquement de conifères, les arbres conservent leur aiguilles tout l'hiver. Chaque année, leurs branches s'allongent. Les passants, disait Calum, ignorent qu'il y a, au beau milieu, un grand arbre droit au tronc coupé.

— Les apparences sont trompeuses, dit-elle. Dans notre vie à tous. Grand-papa et grand-maman ont trouvé bizarre que je veuille devenir actrice. « Pour quoi faire ? s'étonnaient-ils. Pourquoi passer ta vie à faire semblant d'être quelqu'un d'autre ? N'aurais-tu pas intérêt à être toi-même ? »

Elle glissa un doigt dans ses cheveux et le fit tourner doucement.

— Regardons l'album photos.

Nous sortîmes l'album et nous nous perdîmes dans la contemplation des photos de nos parents disparus. Ce sont toutes des photos prises en plein air. Nos parents n'y sont jamais représentés seuls. On les voit toujours au milieu d'un grand groupe de membres du *clann Chalum Ruaidh*. Quelquefois, ils tiennent un enfant ; d'autres fois, ils ont le bras passé par-dessus les épaules de leur voisin. Parce qu'ils sont nombreux, le photographe amateur devait toujours se mettre à bonne distance pour pouvoir les intégrer tous au portrait. Sur une photo, mon père, au premier rang, a un genou posé sur le sol. Ma mère se tient derrière lui, une main sur son épaule. Au creux de son bras, Colin suce son pouce. Notre père enlace la chienne, assise devant lui. Ses doigts sont noués sur la poitrine de l'animal, qui retrousse la tête vers lui. Elle essaie de lui lécher le menton.

Nous touchons du doigt le visage de nos parents et de notre frère aîné, qui, naturellement, est désormais notre petit frère, arrêté par la mort et le temps, comme son arrière-grand-père. Nous examinons la chienne, toute à sa joie d'animal dévoué.

— Pauvre *cú*, dit ma sœur. Elle est passée à travers la glace avec eux, puis elle a nagé, repris pied et couru chercher de l'aide. Plus tard, elle a donné sa vie pour une cause perdue. Comment aurait-elle pu savoir ? Elle a donné tout ce qu'elle avait. Sans jamais hésiter. « On ne peut rien demander de plus », disait grand-papa. Elle aimait trop. Voulait trop.

Nous continuâmes de regarder les photos.

— Je croyais, dit ma sœur, qu'on pourrait, grâce à la technologie moderne, détacher nos parents des autres. J'ai demandé à un laboratoire s'il était possible de les isoler, puis de faire agrandir leurs photos. J'aimerais bien avoir leur portrait sur le mur. Le studio a fait des tentatives, mais en vain. Au fur et à mesure que les photos s'agrandissent, leurs traits s'estompent. Comme s'ils devenaient plus indistincts au fur et à mesure qu'ils se rapprochaient. Au bout d'un certain temps, j'ai renoncé. Je les ai laissés au milieu du groupe. C'était la seule chose à faire.

« Si tu restes un jour de plus, proposa-t-elle, demain nous irons à Banff. De là, on peut observer le temps qu'il fait sur les montagnes. On voit des bandes de pluie, des zones ensoleillées et des formations nuageuses qui se font et se défont. On voit aussi des bancs de brouillard qui montent et descendent, voilent ici, révèlent là. Tu verras. C'est très beau.

« Quand nous étions petits, nous observions le temps qu'il faisait sur l'île. Tu t'en souviens ? Parfois, il pleuvait là où nous étions, et le soleil brillait sur l'île. D'autres fois, c'était le contraire. Dans la neige ou le brouillard, il arrivait qu'on la perde de vue. Quand le temps "se levait", comme disait grand-papa, elle était toujours là. Constante à sa façon.

— Je m'en souviens. Et oui, je peux rester un jour de plus.

Elle sourit.

— Sais-tu où se trouvait Wolfe quand il a écrit sa lettre au capitaine Rickson, celle du fameux « S'ils meurent, leur perte ne causera qu'un bien petit fracas » ?

— Non. Je l'ignore.

— À Banff, dit-elle. Banff en Écosse. Wolfe n'y était pas très heureux. L'endroit était lugubre et froid, et ses habitants lui déplaisaient. Il a probablement été content qu'on l'envoie à Québec. Il ne savait pas ce qui l'attendait.

Elle garda un moment le silence.

— On pourrait pousser une pointe au-delà de Banff, dit-elle. Aller jusqu'à la ligne de partage des eaux.

35

À des yeux non exercés, le nouvel Alexander MacDonald pouvait passer pour un des nôtres. À ceux de la Renco Development, des Canadiens français, des équipes de construction et des préposés au réfectoire, il semblait en effet s'intégrer parfaitement au tissu que nous présentions à la face du monde.

Parce que nous avions probablement davantage d'affinités, il s'installa dans ma baraque, et un des mes cousins déménagea dans une baraque adjacente.

À l'école secondaire, il avait été un quart arrière remarquable. En l'entendant évoquer cette période de sa vie, je me rappelais les coupures de journaux que ses grands-parents avaient fait parvenir à grand-papa et à grand-maman. Il avait avec lui certains articles de journaux de la région de San Francisco, pliés avec soin dans une enveloppe de papier kraft, elle-même précieusement conservée au fond de la malle. On y encensait son bras puissant, sa capacité de déchiffrer la défensive adverse, son ingéniosité et la rapidité avec laquelle il prenait des décisions de dernière minute. Dans la plupart des articles, on mentionnait qu'il était absolument sans peur. Il restait dans l'enclave jusqu'à la toute dernière seconde, sans se soucier des énormes joueurs de ligne qui, balourds, fondaient sur lui en faisant trembler le sol. « MacDonald se surpasse dans une victoire à l'arrachée », lisait-on ici. « L'équipe locale rafle un autre championnat grâce à MacDonald le Roux », « Réveil de MacDonald : l'équipe locale comble un déficit pour l'emporter », « MacDonald devient membre de l'équipe d'étoiles », titrait-on là.

Un jour, son grand-père lui avait dit :

— Tu n'as peur de rien. C'est le tempérament idéal pour faire la guerre. Si j'avais été à Culloden, j'aurais aimé t'avoir à mes côtés.

Étendus sur nos lits, nous regardions ses coupures.

— Culloden, c'est la bataille qu'ils ont perdue, non ? demanda-t-il.

— Si, répondis-je.

— Mais ils en ont gagné quelques-unes.

— Absolument.

— C'est mon grand-père qui m'a donné cette bague, dit-il en levant la main droite. C'est un motif celte. Le cercle sans fin.

— Je l'ai remarquée, dis-je, le jour de ton arrivée.

36

Diverses universités avaient courtisé assidûment notre cousin. Vers la fin de la dernière saison, il fut cependant grièvement blessé. Il était resté une fraction de seconde de trop dans l'enclave. Au bout du compte, sa témérité l'a trahi. Comme il s'apprêtait à lancer le ballon, il avait fermement planté sa jambe gauche, qui, du coup, soutenait tout son poids. Il avait été frappé de côté, et sa jambe avait cédé sous lui. Les ligaments de son genou gauche s'étaient déchirés. Malgré une chirurgie reconstructive, il n'avait jamais recouvré ni sa rapidité d'antan ni sa capacité d'effectuer des déplacements latéraux. L'intérêt des universités, qui craignaient que la marchandise ne soit plus à la hauteur de leurs attentes, avait chuté. Cependant, on le jugea suffisamment rétabli pour le déclarer apte au service militaire.

Il était en vérité un athlète extraordinaire. Rapide, calme et doté d'un bon sens de l'équilibre, il avait gardé de ses années d'entraînement rigoureux une force et des muscles hors du commun. Ceux d'entre nous qui, cet été-là, le voyaient pour la première fois avaient peine à croire qu'il avait un jour été en meilleure forme physique. Sous la douche, pourtant, la cicatrice inégale laissée par l'intervention chirurgicale tranchait sur la chair rose saillante qui lui entourait le genou.

Comme son grand-père l'avait constaté, il n'avait peur de rien.

— Il apprend vite, dit Calum. Je pensais que le travail sous terre le dérangerait, la dynamite, l'obscurité et la lourdeur de la tâche, mais il ne se plaint jamais. Il fait sa part, et il comprend tout du premier coup.

Sur le plan social, il s'adaptait parfaitement. Acceptant volontiers de s'exprimer sur à peu près tous les sujets, il prenait vite le pouls des membres de son entourage. Il se mêlait facilement aux autres, tout en ayant bien soin de ne rien révéler de lui-même. Quand il jouait au poker, ce que peu d'entre nous faisaient, il gagnait plus souvent qu'autrement. En effet, ni les mouvements de son visage ni ses gestes ne donnaient le moindre indice sur les cartes qu'il avait dans son jeu.

— C'est une qualité que possède tout quart arrière digne de ce nom, disait-il en riant. On ne doit pas laisser ses yeux trahir ce qu'on a dans la tête.

Cet été-là, nous abordâmes divers sujets. Les événements qui se déroulaient ailleurs dans le monde ne nous étaient pas tout à fait étrangers. Nous recevions les journaux, parfois avec deux jours de retard il est vrai. Malgré la friture, des bribes d'informations nous parvenaient par de minuscules postes de radio. Des événements touchaient davantage certains d'entre nous; d'autres, directement ou indirectement, avaient une incidence sur tout le monde.

Cette année-là, on annonça la découverte d'un homme préhistorique au Kenya. Il était âgé, disait-on, de deux millions et demi d'années. Pierre Trudeau succéda à Lester Pearson au poste de Premier ministre du Canada. Lester Pearson avait été pendant longtemps député de la circonscription d'Algoma-Est, où nous travaillions, mais rares étaient ceux parmi nous qui avaient voté, faute de satisfaire aux exigences relatives au lieu de résidence. Pierre Trudeau, comme Lester Pearson avant lui, se prononça en faveur d'une interruption des bombardements au Nord-Viêtnam. Lyndon Johnson ne se montra pas pour autant impressionné. Charles de Gaulle, de retour en France, continua de se prononcer sur la question de l'indépendance du Québec. Pierre Trudeau, comme Lester Pearson avant lui, ne se montra pas pour autant impressionné. James Hoffa croupissait en prison. Ronald Reagan était toujours gouverneur de la Californie. Robert Stanfield quitta son poste en Nouvelle-Écosse pour remplacer John Diefenbaker à la tête du Parti progressiste-conservateur. La campagne pour les droits civiques s'intensifia. Il y eut des manifestations, des carnages, des incendies et des émeutes. Stokely Carmichael et Rap Brown préconisaient leur propre forme de changement. Martin Luther King avait été assassiné en avril, après avoir soulevé les foules. James Earl Ray, son meurtrier, fut arrêté à Heathrow, un faux passeport canadien en poche. Trois jours plus tôt, Robert Kennedy avait reçu une balle dans la tête après avoir prononcé un discours en Californie.

On annonça la découverte de nouveaux gisements d'uranium dans la région où nous nous trouvions. La société Renco Development allait-elle étendre ses activités plus au nord ? Le Canada était le premier producteur de nickel et de zinc. On découvrit de nouveaux gisements miniers dans les États du Nevada, du Nouveau-Mexique, de l'Utah et du Montana. Les mineurs spécialisés dans l'aménagement de puits et de galeries étaient en demande, disait-on, à condition de connaître l'anglais. Dans les montagnes de l'Utah et du Nevada, disaient mes frères, l'air se raréfiait tant — presque autant qu'au Pérou — qu'il fallait parfois ajuster le carburateur des voitures.

En ce qui concerne le nombre de jeunes hommes fuyant la conscription, la Californie venait au premier rang de tous les États. Beaucoup d'entre eux, disait-on, travaillaient au Canada sous des noms d'emprunt. Depuis le déclenchement des hostilités, 26 907 soldats américains avaient perdu la vie. Cassius Clay déclara n'avoir nullement l'intention d'aller grossir leur nombre. Il n'avait rien contre le Viêtcông, affirma-t-il. Avec les Giants de San Francisco, Willie Mays multipliait les matchs spectaculaires. À Boston, le docteur Benjamin Spock fut condamné à une peine de deux ans d'emprisonnement pour s'être opposé à la conscription. Comme tout bon quart arrière, J. Edgar Hoover, chef du FBI, ne trahissait jamais ses intentions. À Toronto, des filatures décrochèrent des contrats lucratifs pour la fabrication de bérets verts ; le principal fabricant de chaussures se mit à produire des bottes destinées aux militaires. Plus tard, un porte-parole de cette société devait déclarer :

— Cette guerre nous a rapporté des millions sans que nous ayons à déplorer la moindre perte humaine.

— Si je suis ici, déclara James MacDonald, ce n'est pas parce que j'ai peur, mais parce que ne suis pas idiot.

Parfois, nous parlions des Raiders d'Oakland et des 49ers de San Francisco. Les Canadiens de Montréal étaient les champions de la Coupe Stanley, ce qui procurait une certaine satisfaction à Marcel Gingras et à ses camarades. Plusieurs d'entre eux arboraient le logo de l'équipe sur le pare-brise ou le pare-chocs de leur voiture.

Au pays de Marcel Gingras, Réal Caouette, un vendeur de voitures de Rouyn, avait captivé l'imagination de ses compatriotes. À titre de chef des créditistes, il avait fait élire quatorze députés à l'occasion de la plus récente élection, à la surprise générale. Réal Caouette n'était nullement favorable à la sécession du Québec. Il préconisait plutôt la création d'une onzième province, qui aurait chevauché l'est de l'Ontario et l'ouest du Québec. Rouyn-Noranda, Cobalt, Temagami, Kirkland Lake, Larder Lake de même que l'Abitibi et le Témiscamingue en auraient fait partie. Pour motiver sa proposition, il arguait que les habitants de la région avaient plus en commun entre eux qu'avec les fonctionnaires des lointaines villes de Toronto et de Québec, qui présidaient à leur destinée sans pour autant partager leur climat, leur paysage, leurs préoccupations journalières, leurs susceptibilités. Québec et Toronto étaient des villes éloignées que bon nombre d'habitants de la province proposée n'avaient même jamais vues. La province serait un peu comme la République du Madawaska, région où les frontières du Nouveau-Brunswick, du Québec et du Maine sont si proches l'une de l'autre que, au bout du compte, elles disparaissent dans la conscience des habitants. Là encore, la ville de Québec est éloignée, tout comme l'est Fredericton, sans parler d'Augusta, capitale de l'État du Maine. Les habitants du Madawaska chantent leurs propres chansons et, pour l'essentiel, les chantent entre eux et pour eux seuls.

Les citoyens de la nouvelle province proposée par Réal Caouette avaient eux aussi leur répertoire de chansons. À l'occasion, Marcel Gingras en poussait une ou deux, mais les comprendre était au-dessus de nos moyens. Cependant, elles le remuaient au plus profond de lui ; parfois, pour son plus grand embarras, ses yeux se gonflaient d'eau tandis que, sur la carte en lambeaux, il traçait de la main les frontières du pays imaginaire qui, pour lui, avait la réalité du rêve : *le pays des Laurentides.*

Cet été-là, le vocabulaire anglais de Marcel Gingras s'enrichit considérablement. Il s'absorbait dans la lecture des journaux mis au rebut, fronçait les sourcils en tentant de donner un sens à une langue pour lui sans queue ni tête. Parfois, s'il n'y avait pas trop de témoins, il m'apportait le journal et pointait un mot. Je cherchais laborieusement l'équivalent en français, misant pour ce faire sur le bagage somme toute limité que j'avais accumulé à l'école secondaire et à l'université. Avec les noms et les verbes, nous ne nous tirions pas trop mal d'affaire, mais les termes abstraits nous posaient beaucoup plus de problèmes. Cependant, il m'apparaissait presque impossible de vivre une vie régie uniquement par des noms de personnes, de lieux et de choses ainsi que par des mots d'action. Quelquefois, Marcel pointait un mot en regardant Alexander MacDonald d'un air inquisiteur. Comme nous avions à peu près le même âge, Marcel s'imaginait sans doute qu'Alexander avait la même connaissance approximative du français que moi. Il ne pouvait pas savoir que nous étions le produit de deux régimes d'enseignement totalement différents. À ses yeux, nous étions pratiquement interchangeables.

Au départ, Alexander MacDonald trouva sans doute Marcel Gingras et ses camarades pittoresques. Plus tard, il les considéra peut-être comme il aurait considéré la population hispanique ou mexicaine de sa Californie natale : des gens qui ne parlaient pas la langue dominante mais qui, malgré tout, en menaient large. Le répertoire de mots et d'expressions espagnoles dont disposait Alexander MacDonald équivalait probablement à ma pauvre connaissance du français. Ce n'est ici que pure conjecture, car il portait une attention toute particulière à ce qu'il choisissait de dissimuler.

Pourtant, je le répète, il demeurait sociable et affable. Lorsqu'il le croisait sur le sentier, il saluait Fern Picard en souriant. Il ne nourrissait pas à son endroit la rancœur qui rongeait la plupart d'entre nous. On disait même qu'il lui arrivait, la nuit, de s'aventurer dans les baraquements des Canadiens français pour jouer au poker. D'abord, les Canadiens français l'avaient pris pour un espion. Puis ils avaient compris qu'il était avant tout naïf. Un simple d'esprit, peut-être ? Un être qu'il fallait mettre à l'abri des réalités de la vie ?

Quand, fait rare, Marcel Gingras nous rendait visite, on le traitait à peu près de la même manière. On n'avait jamais beaucoup aimé les gens de son espèce. Mais, comme il s'ingéniait à apprendre une langue étrangère, on avait peine à le haïr. Personne ne lui voulait de mal. Lui, personne ne l'aurait frappé avec une clé à molette.

Il est possible que Marcel Gingras, Alexander et moi ayons bénéficié d'une protection particulière pendant un certain temps, du simple fait que nous n'avions pas les mêmes antécédents que les autres. Notre histoire était semblable à la leur en partie, mais pas en totalité. Nous n'avions pas pris part aux rixes de Rouyn-Noranda, et personne ne s'était donné la peine de nous traiter de « *frogs* » ou de « mangeurs de porridge » ni de nous soumettre à des tracasseries réelles ou imaginaires. Nos vêtements ne s'étaient pas encore trouvés sur le dos d'autres hommes. À maints égards, nous ne portions pas les cicatrices laissées par la mort d'Alexander MacDonald le Roux, nous qui n'étions pas même présents au moment de l'accident. Pour ma part, je me trouvais à un demi-continent de distance. Quand la benne lui est tombée dessus, j'étais probablement en train de me faire photographier. J'avais un mortier sur la tête, tandis que lui n'avait plus de tête du tout.

Pour nous, le clou n'était donc pas tout à fait aussi saillant. Peut-être n'était-il pas aussi profondément ancré au creux de notre chaussure.

Le nouvel Alexander MacDonald paraissait le moins touché d'entre nous. Probablement, je l'ai dit, parce que c'est lui qui avait été le plus éloigné de notre histoire immédiate. Lui n'avait rien à pardonner ni à oublier. Parmi tous les membres du *clann Chalum Ruaidh,* il était le seul à n'avoir ni vu ni connu l'homme mort dont il portait les papiers.

Pendant ce temps, il continua de trimer dur.

— Tu crois qu'il va rester longtemps? me demanda un jour Calum.

— Je n'en sais rien, répondis-je. Il n'aborde jamais la question.

— S'il a l'intention de rester pendant un certain temps, dit Calum, tu pourrais rentrer, toi. Il est trop tard pour le laboratoire et la blouse blanche, non?

— Oui. Pour cette année en tout cas.

— Tu as envie d'aller te reposer à la maison? Il travaille bien. Nous pourrions peut-être nous passer de toi.

« Par contre, sans toi, ajouta-t-il, il ne se sentirait peut-être pas aussi à l'aise parmi nous. S'il est ici, c'est parce que vous avez fait le nécessaire, grand-maman, grand-papa et toi.

Je réfléchis un moment

— Je pense qu'il vaut mieux que je reste, dis-je.

— Comme tu veux, fit-il. Ne changeons rien. « La plupart des gens, se plaisait à dire grand-papa, font pour le mieux. S'ils avaient su qu'ils allaient se noyer, croyez-vous que vos parents auraient entrepris la traversée? »

Le travail se poursuivit.

37

Alexander MacDonald trimait dur, comme nous tous. Quand il ne travaillait pas, il ne dormait, eût-on dit, que pendant de courts instants. Si je me réveillais pendant la nuit, il m'arrivait de le voir ou de l'entendre bouger dans le noir. Parfois, il ouvrait la malle dans laquelle se trouvaient les coupures attestant sa gloire passée. Parfois, nous parlions de sport, de livres, de musique ou des films des mois précédents. L'année d'avant, *Un homme pour l'éternité*, avec Paul Scofield, avait remporté les plus grands honneurs. Nous l'avions vu tous les deux.

Un samedi du début d'août, vers quinze heures, le treuil tomba en panne. Comme il était impossible de déplacer le matériel et les hommes, toute l'activité cessa. C'était un peu comme si le seul ascenseur d'un immeuble de vingt étages avait cessé de fonctionner. Sauf que, naturellement, nous étions sous terre. Comprenant ce qui venait de se produire, nous entreprîmes l'ascension vers la surface. En prévision de telles urgences, on avait disposé, à l'intérieur du puits, un enchevêtrement d'échelles en bois.

Nous commençâmes à grimper en file indienne. Les lampes de nos casques jetaient des lueurs contre le roc miroitant. L'eau, après avoir ricoché sur le bord de nos casques, s'infiltrait sous nos cols, puis nous coulait en petites rigoles glacées le long du dos. Impossible d'aller plus vite que l'homme qui vous précédait. Ceux qui étaient trop pressés se faisaient écraser les doigts par les bottes à embouts d'acier de celui qu'ils suivaient. En passant, nous délogions des cailloux et des mottes de boue. Il en tombait aussi de la semelle de nos bottes. Les hommes qui venaient dessous étaient soumis à un constant bombardement de débris qui crépitaient sur leurs casques. Ils devaient garder la tête baissée tout en essayant de lever les yeux pour apercevoir le barreau suivant.

Si un homme avait les jambes tremblantes ou le souffle court, il s'arrêtait pour respirer, appuyé contre la paroi de pierre. Ce faisant, il interrompait la progression des autres. Des voix impatientes résonnaient dans l'obscurité. « Qu'est-ce qui se passe, là-haut ? » « Qui bloque la file ? » « Qui m'envoie des cailloux sur la tête ? » « Il faut sortir d'ici. *Greas ort !* Grouillez-vous, vous autres ! »

Nous émergeâmes, trempés et tremblants, hagards sous les rayons d'un soleil étincelant.

Les rumeurs habituelles se mirent à courir. On s'affairait à réparer le treuil. On en faisait venir un nouveau par camion. Il faudrait deux heures pour l'installer. Peut-être une demi-journée. Peut-être une journée complète. Comme la panne était survenue un samedi après-midi, les fournisseurs ne répondaient pas au téléphone. À la fin, il apparut clairement que rien ne serait fait avant la conclusion du week-end. Nous ne pourrions vraisemblablement redescendre que le lundi matin.

Presque aussitôt, les taxis firent leur apparition. Comment ont-ils fait pour arriver si vite ? Peut-être avaient-ils été prévenus. Quelquefois, je pense à eux comme à des oiseaux qui décrivent des cercles bas dans le ciel. Attirés par instinct ou par intuition, certains qu'un événement profitable pour eux se prépare non loin. Les taxis attendaient les clients à la porte du camp ; ceux qui avaient quelque chose à vendre se dirigeaient tout droit vers le stationnement.

Avec le déclin du soleil, la fébrilité s'intensifia. En général, quand certains dormaient ou se reposaient en surface, les autres travaillaient. Cette fois, cependant, nous étions tous ensemble. Pendant un moment, quelques hommes rédigèrent des lettres, restèrent étendus sur leur lit ou tentèrent d'écouter la radio. D'autres jouèrent aux cartes. Quelqu'un sortit son violon, puis le rangea après quelques mesures. Nous allâmes au café pour revenir aussitôt. Nous attendîmes le souper. Comme personne ne travaillait sous terre, le réfectoire était bondé. Les hommes jouaient des coudes. On manqua de vivres. Nous rentrâmes dans nos baraques. Nous n'étions pas particulièrement fatigués, et il faisait trop chaud pour dormir. Nous allâmes nous promener à l'extérieur du camp. Dans le stationnement, nous nous assîmes sur des rochers chauffés par le soleil ou sur le pare-chocs de vieilles voitures. Un homme s'est approché de nous pour nous demander si nous aimerions nous payer un peu de bon temps. Calum a rétorqué que cela lui paraissait impossible. Le soleil continuait de fléchir. Puis ce fut le crépuscule. Nous restâmes assis sur les rochers et les pare-chocs. De temps à autre, un homme se détachait du groupe pour aller pisser à la lisière du stationnement. Nous entendions le sifflement de l'urine, voyions la vapeur produite par les pierres chaudes.

— Bon, allez, déclara Alexander MacDonald, je vous offre une bière.

Il se dirigea vers un des chauffeurs de taxi. Bientôt, deux caisses de bière parurent à nos pieds. Il y avait aussi une bouteille de whisky médiocre, qui avait dû lui coûter les yeux de la tête.

De l'autre côté du stationnement, Fern Picard, assis avec ses hommes, avait observé le manège d'Alexander MacDonald. Il chargea un de ses hommes de la même mission. Comme s'il craignait d'être en reste.

— Bêêêêê! fit l'un de nous au passage de l'homme.

— Allez vous faire foutre! répliqua-t-il.

Sous les lueurs du crépuscule, nous sirotâmes nos bières tièdes. On fit circuler la bouteille de whisky. Nous remerciâmes Alexander MacDonald.

Quand il fit plus noir, quelqu'un alla allumer la radio d'une voiture. Alexander MacDonald partit en direction des baraquements. Plus tard, il revint s'asseoir avec nous. Il y avait aussi du mouvement du côté des Canadiens français. Des ombres allaient et venaient. Les étoiles parurent, puis ce fut le tour de la lune. C'était notre seule lumière.

Soudain, Fern Picard sortit de la pénombre.

— *Maudits enfants de chienne**, dit-il en crachant sur le sol.

Il dominait Calum, assis sur un rocher. Sentant son désavantage, mon frère se pencha légèrement.

— Va te faire voir ailleurs, fit-il. Et mêlez-vous de vos oignons.

Il avait perçu le mouvement des hommes de Fern Picard, qui étaient sortis de l'ombre pour venir se poster derrière leur chef.

— *Vous êtes des voleurs et des menteurs**, dit Fern Picard. *Vous êtes des trous de cul. Ta sœur** !

Soudain, Calum se projeta vers l'avant et plaqua Fern Picard sous les genoux, dans l'espoir de le faire tomber à la renverse. À cause de sa taille et du positionnement de ses pieds, il chuta plutôt vers l'avant, de sorte qu'il se retrouva presque en entier sur le dos de Calum. Ils roulèrent sur la surface rocailleuse du stationnement. Les autres fondirent sur nous et nous sur eux.

Les membres des équipes d'ouvriers qui se trouvaient là par hasard eurent tôt fait de s'éclipser. Quelques-uns, tapis dans l'ombre, à la lisière des arbres, restèrent cependant pour nous épier.

— Si je suis venu jusqu'ici, ce n'est pas pour mourir, dit Alexander MacDonald en disparaissant dans les arbres derrière nous.

Dans l'obscurité, on ne percevait plus que le martèlement sourd des poings sur la chair, les ahans et les grognements dont s'accompagne l'effort violent. Je roulai sur le sol, mes mains agrippées au cou d'un jeune homme qui me serrait de la même façon. Nous nous rendions coup pour coup. Surtout, nous voulions tous deux éviter d'avoir le dessous. Quand il me clouait au sol et resserrait son étau autour de ma gorge, je poussais contre ses jambes et roulais sur ma droite, jusqu'à ce que nos positions réciproques soient inversées. Il faisait de même. Parfois, nous devions lâcher prise un instant. De sa main libre, chacun tentait alors de frapper l'autre au visage. Je ne savais même pas son nom.

Quelqu'un renversa une caisse de bière. Des bouteilles se cassèrent. Le contenu agité écuma sur la pierre, formant des cercles de plus en plus grands. Une odeur de levure se répandit.

J'entendis le bruit de portières et de coffres qu'on refermait brutalement, puis celui de l'acier sur la roche. Histoire d'envenimer les choses, on venait d'introduire des crics, des démonte-pneus, des clés à molette ou des chaînes dans la mêlée.

Dans le noir, on fait volontiers ce qu'on répugnerait à faire en plein jour. Exposé à la vue de tous, l'homme qui a enfoncé ses dents dans l'oreille de son vis-à-vis ou qui tente de plonger son canif entre ses côtes sera embarrassé par la mesquinerie du geste. Soudain, on alluma les phares de quelques voitures, et le combat changea quelque peu de teneur. Sans pour autant s'atténuer.

Sur l'arène désormais bien éclairée, mon adversaire et moi roulions sur la surface rocailleuse. Le dos de nos chemises était couvert de sang à cause des cailloux qui avaient transpercé le tissu. L'odeur salée de nos sangs mêlés nous remplissait la bouche et le nez. La radio jouait toujours. Charley Pride chantait « *Crystal Chandeliers* ».

Une énorme clé à molette atterrit à côté de nous. J'ignore si on nous l'avait jetée à la tête ou si on l'avait simplement lancée dans notre direction. Je me trouvais sous mon adversaire quand elle tomba en produisant un son mat. Il était à califourchon sur moi, mais je lui enserrais solidement les poignets pour lui immobiliser les mains. Il regardait la clé à molette avec envie. Le sang et la salive qu'il avait sur le menton coulaient sur moi.

Il y eut un bruit sourd. Calum s'abattit à côté de moi. Tombé sur le dos, il avait pu amortir le choc en partie avec ses épaules et, du même souffle, éviter que sa tête ne bute sur les pierres. Il avait le visage couvert de sang. Presque aussitôt, Fern Picard atterrit sur lui, le frappant de la droite, puis de la gauche. Il enfonça son pouce dans la trachée de Calum. Les yeux de mon frère se révulsèrent, et il se mit à haleter.

Mon adversaire profita de ma distraction pour libérer sa main droite d'un coup sec et se jeter de côté en direction de la clé à molette. Je tentai de lui saisir de nouveau le poignet. En roulant, nos corps emmêlés poussèrent l'outil dans la direction opposée. Nous ne l'avions ni l'un ni l'autre. Il s'immobilisa plutôt près de Calum. Sa main se referma dessus, comme sur un ultime présent. En se soulevant, Calum fit tomber Fern Picard et brandit la clé à molette, et le lourd talon de l'outil fracassa le crâne de Fern Picard, qui tomba en émettant une sorte de gargouillis. Il gisait sur le dos, les yeux révulsés. Ses énormes mains eurent un mouvement convulsif, et une tache foncée parut sur le devant de son pantalon. Fern Picard était mort.

Calum balança la clé à molette ensanglantée dans les buissons. À la lisière du stationnement, il s'agenouilla. Les vomissements lui vinrent par vagues. Mon adversaire et moi avions lâché prise. Nous restions là, debout côte à côte, tels des spectateurs à une représentation grandiose. On éteignit la radio et les phares. La nuit s'abattit sur nous.

38

Les gardes et les préposés aux premiers soins recouvrirent le corps de Fern Picard d'une couverture, puis nous attendîmes. On avait érigé des barrages sur les routes principales mais personne n'avait été arrêté. Après ce qui nous parut une éternité, les policiers firent leur apparition. Ils avaient allumé les gyrophares et les sirènes hurlaient. Dans leurs voitures, l'agitation était grande. Je remarquai Paul Belanger parmi les agents. Nous étions, nous, silencieux.

Là où nous vivions, la mort était une visiteuse fréquente, mais cette fois, c'était différent. Un cadre souligna qu'il s'agissait du premier décès depuis le mois de mai, soit celui d'Alexander MacDonald le Roux. Un accident du travail.

Certains d'entre nous furent interrogés sur place, d'autres transportés à Sudbury. On nous demanda de raconter ce que nous avions vu. De nombreux hommes avaient vu la clé à molette frapper Fern Picard. La scène s'était jouée sous le feu des phares. Non, Fern Picard n'avait pas d'arme. Dans le courant de l'été, raconta le garde, Calum avait frappé Fern Picard, toujours sans arme, en plein visage. On nous interrogea sur nous-mêmes et sur nos antécédents. Je me souviens de m'être fait la réflexion qu'il était heureux qu'Alexander MacDonald ne soit pas là. Au cours des dernières heures, je n'avais pas beaucoup pensé à lui. On me demanda si j'étais « certain » d'être inscrit à l'école de médecine dentaire.

— Nous allons vérifier, déclara l'agent.

Comme c'était un samedi, on nous garda en prison à Sudbury jusqu'au lundi. Ce jour-là, Calum comparut devant un juge de paix de la cour provinciale, sous une inculpation de meurtre sans préméditation. La mise en accusation dura moins de quinze minutes. Le juge de paix demanda au procureur de la Couronne s'il jugeait nécessaire qu'une ordonnance de détention fût rendue. Fallait-il incarcérer l'accusé dans l'attente de son procès ? Risquait-il de s'évanouir dans la nature ? Le procureur de la Couronne répondit par l'affirmative, en faisant valoir que Calum était un homme violent, comme son passé l'attestait. Derrière lui, mon frère traînait comme un boulet une longue série d'infractions commises dans diverses juridictions. Certaines remontaient à l'époque de sa jeunesse. D'autres étaient plus récentes, comme l'agression qu'il avait perpétrée contre l'agent qui avait tenté de l'arrêter le jour où il avait ramené à la maison, dans un sac, le corps d'Alexander MacDonald le Roux.

Le juge de paix demanda à Calum s'il était représenté par un avocat.

— Non, répondit-il.

— Voulez-vous l'être ? demanda le juge de paix.

— Je me débrouille tout seul depuis l'âge de seize ans, dit Calum. Je peux me défendre sans l'aide de personne.

Le juge de paix fit remarquer que ce n'était pas une idée de génie.

Il fut décidé que Calum resterait à la prison de Sudbury jusqu'à l'instruction de son procès par la Haute Cour de justice de l'Ontario. À l'époque, le tribunal faisait appel à des juges itinérants. Le procès n'aurait peut-être pas lieu avant cinq ou six mois. Quant à nous, on nous demanda de laisser notre adresse, au cas où nous serions appelés à témoigner. Puis on nous autorisa à rentrer.

À notre sortie de prison, nous sommes passés devant un attroupement de badauds.

— Regardez-moi ces cheveux roux! Pas étonnant qu'ils soient violents.

Au camp, le silence régnait. Les Canadiens français pliaient bagage. Ils étaient nombreux à rentrer au Québec pour assister aux funérailles de Fern Picard. Quelques-uns jetèrent leur ceinture et leur clé à molette dans les buissons pour montrer qu'ils n'avaient nullement l'intention de revenir. Ils avaient perdu leur chef. C'est Fern Picard qui avait négocié la plupart de leurs contrats, comme Calum l'avait fait pour nous.

Quand, au printemps, elles volent vers le nord, les outardes suivent un chef qui, à la pointe du V, montre le chemin à la formation. Il faut que les suivants soient convaincus que le chef fera de son mieux, mais rien ne garantit que le salut attend les participants au terme de tous les voyages. On aurait pu aussi présenter Calum et Fern Picard comme des quarts arrière, même s'il ne leur serait jamais venu à l'idée de se définir dans des termes aussi étranges et étrangers.

Je croisai Marcel Gingras sur le sentier. Nous levâmes les sourcils. Faire appel aux possibilités du langage, c'eût été courir un risque trop grand.

Nous autres, membres du *clann Chalum Ruaidh*, rentrâmes dans nos baraquements. À l'aide d'une barre de fer, nous forçâmes la malle d'Alexander MacDonald. Elle contenait de nombreux objets ne lui appartenant pas. Au fond, sous les enveloppes de papier kraft, nous trouvâmes le portefeuille de Fern Picard. Il contenait mille dollars. Quand il nous avait traités de menteurs et de voleurs, Fern Picard en savait plus que nous.

Sur l'une des enveloppes de papier kraft, nous griffonnâmes le nom et l'adresse de Fern Picard, qui figuraient sur son permis de conduire. Dans l'enveloppe, nous glissâmes les mille dollars. Nous nous regardâmes. Personne n'avait de timbres.

Nous résolûmes de faire passer l'enveloppe et le portefeuille de l'autre côté de la frontière québécoise et, là, de les poster dans des boîtes aux lettres différentes. Nous trouverions des timbres et expédierions les colis au *pays des Laurentides**. C'était, nous semblait-il, la seule solution.

Lorsque des cadres de la Renco Development vinrent annoncer que le treuil était réparé, nul ne manifesta un grand enthousiasme. Nous allions réfléchir.

Nous ne vîmes jamais plus Alexander MacDonald. Ce n'est que plus tard que je compris qu'il portait la chemise en tartan des Mac-Donald au moment de son départ. Celle que la mère d'Alexander MacDonald le Roux avait achetée pour son fils le jour où j'avais reçu mon diplôme, le jour où il avait été tué. La chemise avait été achetée pour un Alexander MacDonald qui ne l'a jamais mise. Elle a été portée par un deuxième avant de disparaître sur le dos d'un troisième.

Il ne raconta jamais à ses parents ce qui était arrivé. Bien entendu, il avait filé avant le dénouement final. Il avait dû s'enfuir à la hâte, peut-être dans un des taxis qui, en début de soirée, avaient fait des affaires en or. Ses grands-parents écrivirent à grand-papa et à grand-maman pour dire toute leur reconnaissance. Il était bon, dirent-ils, que nous veillions sur les nôtres. Le sang est plus épais que l'eau. *Beannachd leibh.*

39

L'hiver suivant, Calum fut reconnu coupable de meurtre sans préméditation et condamné à purger au pénitencier de Kingston une peine d'emprisonnement à perpétuité. Calum avait commis une longue suite d'infractions à caractère violent, souligna le juge. Il espérait, dit-il, que la sentence servirait d'exemple à ceux qui choisissent d'enfreindre la loi.

40

Un de mes frères retourna dans la vallée de la rivière Bridge, en Colombie-Britannique, où, plus jeune, il avait travaillé comme mineur. Aujourd'hui, il conduit des autobus scolaires le long des étroits défilés de montagne.

L'autre partit en Écosse. Il se trouvait sur le quai de la gare de Queen Street, à Glasgow, quand un homme aux cheveux roux s'approcha de lui.

— Salut, MacDonald! fit l'homme. *Ciamar a tha sibh?* Comment vas-tu?

— *Glé mhath,* répondit mon frère.

— J'attends le train des Highlands, dit l'homme. Toi aussi, je suppose. Nous avons le temps de boire un verre de whisky au bar.

— Pourquoi pas? dit mon frère.

— Quand je t'ai vu, dit l'homme, j'ai cru que tu étais des Highlands. Maintenant que je t'entends, j'ai plutôt l'impression que tu viens du Canada.

— Oui. Du Cap-Breton.

— Ah bon! fit l'homme. Après les événements, ils sont nombreux à être partis là-bas. J'y ai probablement plus de parents qu'ici. C'est dommage, tout ça.

— Oui, c'est dommage.

— Eh bien, dit l'homme, soudain tout sourire. Tu n'as pas tant changé, même si les tiens sont partis depuis longtemps. Il n'y a qu'à voir ta tête et à t'entendre. Tout fait retour, je suppose. Près d'où je vis, il y a un élevage de poissons. Viens faire un tour, si tu veux. Reste un moment. On te trouvera bien une petite place. Tu seras comme chez toi, tu verras. « Viens avec moi dans les Highlands », comme dit la chanson.

— Je ne dis pas non, répondit mon frère. Il est arrivé des choses. J'essayais simplement de prendre mes distances par rapport au passé, pendant un certain temps.

— Dans ce cas, tu as choisi une drôle de destination, non? dit l'homme en riant. Peut-être es-tu au contraire sur les traces du passé. Allez, prends un billet et suis-moi au bar. Nous allons parler de *Bliadhna Thearlaich*. L'année de Charlie.

41

Grand-papa mourut en tentant de faire claquer ses talons deux fois dans les airs. Ce soir-là, la maison était bondée, et il avait déjà fait deux tentatives infructueuses.

— Essaie donc encore une fois, avait dit grand-maman, toujours encourageante. La troisième, c'est la bonne.

Il bondit, puis s'affala sur le plancher pour la dernière fois. Ni ma sœur, ni mes frères, ni moi ne fûmes témoins de son ultime chute. Plus tôt dans la soirée, ils avaient joué au « 45 aux enchères » ; chaque fois qu'il avait l'as de cœur, grand-papa abattait son poing sur la table avec enthousiasme.

— J'aimerais bien pouvoir tirer autant de satisfaction de la présence de l'as de cœur dans mon jeu, disait souvent grand-père.

À la mort de grand-papa, grand-père déclara :

— Quelle mort absurde pour un homme.

Il serra tant les mains que ses jointures virèrent au blanc. Depuis la mort de sa fille, personne ne l'avait vu pleurer.

— Malgré leurs différences, ils étaient le meilleur ami l'un de l'autre, trancha grand-maman, un peu plus tard. Tout au long de leur vie, ils se seront fait contrepoids.

Grand-père mourut en lisant un livre intitulé *A History of the Scottish Highlands*. Son doigt marquait la page, et le livre s'était refermé dessus. Ses lunettes avaient glissé le long de son nez. Il en était au massacre de Glencoe, au vieux récit de la trahison, de l'intérieur comme de l'extérieur. Au « fauteur de troubles » qu'on avait assassiné pour faire un exemple auprès de ceux qui eussent pu être tentés d'enfreindre la loi. L'homme à l'indépendance farouche qui avait été renversé par sa propre histoire.

Comme il fallait s'y attendre, grand-père avait laissé tout en ordre. Il avait dressé la liste de ses porteurs et des pièces musicales qu'il voulait pour ses funérailles. Pendant que son cercueil descendait le long de l'allée, le violoniste joua « *Patrick MacCrimmon's Lament for the Children* » ; sur le chemin du cimetière, le cornemuseur interpréta « *I Mourn for the Highlands* ».

— Maintenant qu'il est mort, qui veillera sur nous ? demanda une femme à la sortie de l'église.

Selon sa volonté, j'agis comme exécuteur testamentaire. Il laissa ses livres et sa maison à ma sœur, son unique petite-fille. Quant au peu d'argent qu'il avait, il fut divisé à parts égales entre ses petits-fils.

Ni l'un ni l'autre de mes grands-pères ne moururent à l'hôpital que l'un avait bâti et que l'autre avait entretenu. Calum n'assista aux funérailles ni de l'un ni de l'autre.

Grand-maman vécut jusqu'à cent dix ans, soit le même âge que *Calum Ruadh*, son aïeul. Elle garda tous les vêtements de grand-papa là où il les avait laissés. Ses vestes et ses casquettes restèrent accrochées à des clous dans la véranda. En entrant, on perçut pendant longtemps son odeur familière, faite de tabac, de bière renversée, d'humour et de bonté affable. Des mois durant, les chiens bruns montèrent la garde sous ses vêtements, le museau sur les pattes, occupés à trop aimer et à trop vouloir.

— Tu devrais te trouver une petite amie, avait-il dit un jour à grand-père.

— Et toi, tu devrais te mêler de tes affaires, avait répondu grand-père.

Grand-maman continua de trimer dur. Par moments, sa force et son endurance outrepassaient ses autres capacités. Vers la fin, il n'était pas rare que les bambocheurs aperçoivent de la lumière à ses fenêtres à deux heures du matin. À l'intérieur, la table était mise pour onze. Sur le poêle, les marmites bouillonnaient joyeusement. Elle s'essuyait les mains sur son tablier.

— Bon, disait-elle aux chiens bruns après avoir jeté un coup d'œil dans le four. C'est presque prêt. Je sors les cornichons et on se met à table. C'est l'affaire d'une minute. Un point à temps en vaut cent.

Quand elle fut établie à la maison de retraite, nos visites prirent un tour à la fois étrange et familier. Parfois, j'essayais d'utiliser mon passé pour la toucher, mais elle en avait plus que moi. C'est toujours au présent que je me raconte maintenant ces visites.

— Il fait bon aujourd'hui, dit-elle. Beau temps pour la pêche. Beau temps pour étendre du linge à sécher.

— C'est vrai, dis-je.

— Vous êtes du coin? demande-t-elle.

— Oui. Non. Enfin, oui.

— Vous avez de beaux vêtements, dit-elle. Vous devez avoir un bon travail. Mon mari aussi avait un bon travail. Il dirigeait l'hôpital. On le payait rubis sur l'ongle. Nous n'avons jamais manqué de rien. Il était très généreux, mon mari.

Elle s'interrompt.

— J'ai un de mes fils qui a un bon travail, lui aussi, poursuit-elle. Il a fait la guerre, dans la marine. Aujourd'hui, c'est lui qui garde le phare de l'île, là-bas. On le voit par la fenêtre. Le gouvernement lui fournit un gros bateau et tout le reste. Il a épousé une jeune fille adorable. C'est la fille d'un ami. Ils ont six enfants. Les plus jeunes sont jumeaux. Un garçon et une fille. Quelquefois, ils passent du temps avec nous à la maison. Sans jamais nous faire de misères. Vous avez des enfants?

— Oui, dis-je.

— Ils font leur lit?

— Parfois.

— Vous devriez les encourager à faire leur propre lit, dit-elle. C'est un bon entraînement pour la vie. J'ai un petit-fils qui vit dans le sud de l'Ontario. Une fois, je suis allée lui rendre visite. C'est un dentiste, et il est riche. Sa femme et lui vivent dans une belle grande maison. Ils ont une femme de ménage. Y pensez-vous ? Chez eux, je voulais faire le ménage avant qu'elle arrive. L'idée qu'une étrangère trouve la maison en désordre, les lits défaits... Vous faites votre lit, j'espère ?

— En fait, peut-être pas aussi souvent qu'avant.

— Vous devriez. C'est l'affaire de quelques minutes.

Elle s'interrompt de nouveau.

— J'ai une petite-fille, dit-elle. Elle joue dans des pièces. Comme celles qu'on voit à la télévision, j'imagine. Vous regardez la télévision ?

— Non. Pas beaucoup.

— Parfois, l'après-midi, les pensionnaires regardent la télévision dans le salon. Les gens à la télé, fait-elle en bougeant les mains pour marquer sa sympathie, ce qu'ils en ont, des problèmes...

Quelques instants plus tard, elle poursuit.

— Ici, nous sommes pour la plupart des Écossais, dit-elle. Des Highlanders. Le long de la côte comme dans les terres. Nous sommes nombreux à descendre d'un homme qui est venu ici il y a très longtemps. En Écosse, il a épousé une femme avec qui il a eu six enfants. Puis elle est morte, et il a épousé sa sœur, avec qui il a eu six enfants de plus. Elle est morte pendant la traversée. À son arrivée, il n'était plus jeune, mais il n'était pas vieux non plus. Il avait cinquante-cinq ans. Il a souvent dû se sentir seul, je pense, mais il était déterminé. Il a fait de son mieux. Il est enterré tout seul, sur le rivage.

« Pendant longtemps, nous n'avons pas bougé d'ici. Nous parlions gaélique, et nous étions nombreux à n'avoir jamais quitté l'île. Mon mari racontait une blague à ce sujet. Un homme demande à un autre : « Tu as déjà quitté l'île du Cap-Breton ? » « Seulement une fois, répond-il. Quand je suis monté dans un arbre. » Mon mari était comme ça. Toujours à raconter des blagues. Il les entendait à la taverne ou ailleurs, et il me les racontait le soir, au lit.

Elle contemple ses mains.

— Puis les hommes ont commencé à partir. D'abord pour travailler dans la forêt, en hiver. Ensuite, ils sont allés sur le continent, en Nouvelle-Écosse, au Nouveau-Brunswick, dans la région de Miramichi, et enfin dans l'État du Maine. Certains ne sont jamais revenus. Puis les familles ont suivi. Ma sœur et moi avons épousé deux frères. J'ai été sa demoiselle d'honneur. Ils sont partis à San Francisco, et nous ne les avons jamais revus, même si nous avons continué de nous écrire pendant des années. « Le sang est plus épais que l'eau », disions-nous toujours.

« Plus tard, les hommes sont partis pour les mines. Partout au Canada et aux États-Unis. En Amérique du Sud, en Afrique et ailleurs. Ils nous envoyaient des photos et des cartes postales. Quelques-uns ont rapporté des masques africains. Un jour, mes petits-fils nous ont amené un chaton du nord de l'Ontario.

Elle garde un moment le silence.

— Il est arrivé quelque chose à certains d'entre eux, là-bas, dit-elle. Je ne sais pas quoi.

On entend sur le plancher poli le cliquètement de griffes, et deux chiens bruns font leur entrée dans la pièce. Ils vont vers elle et lui lèchent la main. Soudain, elle est de retour dans le présent. Elle se penche vers moi. Nous avons l'air de conspirateurs.

— Les chiens sont interdits. C'est le règlement. Mais j'ai des parents qui travaillent ici. Ils ferment les yeux. Les chiens viennent me voir tous les jours. Ils sont très loyaux. Tout le monde les aime. Vous avez des chiens ?

— Non.

— Vous devriez. Le chien est le meilleur ami de l'homme. Parfois, je me dis qu'ils ont plus de jugeote que la moitié des gens. Vous connaissez des gens qui parlent français ? demande-t-elle.

— Oui, dis-je en souriant. J'en connais quelques-uns.

— À l'époque où je lisais encore, je me disais qu'ils nous ressemblaient beaucoup. Ils ont été seuls dans leur pays pendant très, très longtemps. Ça les a marqués. Notre ami disait toujours qu'il y a très longtemps, en Écosse, ils étaient nos alliés. Ils faisaient partie de la « vieille alliance », comme on disait. Vous le saviez ?

— J'en ai entendu parler.

— Ils sont gentils ?

— Qui ça ?

— Les francophones.

— Oui, je crois.

— Ils sont comme nous, j'imagine. Certains sont gentils, d'autres sont méchants.

— Oui, dis-je. Je crois.

— Vous êtes marié ? demande-t-elle.

— Oui, dis-je. Je suis marié.

— Je l'ai été, moi aussi. Je me suis mariée très jeune. Mon mari n'arrêtait pas de me tourmenter. Nous allions être heureux, disait-il. Il n'a pas menti. Nous n'avons jamais lâché pied. L'amour nous rend meilleurs, disait-il toujours. Difficile d'imaginer qu'il ait pu parler de la sorte.

« Quand il revenait d'une visite chez notre ami, il me racontait des histoires à propos de l'Écosse. À ses yeux, les MacDonald étaient tous des êtres d'exception. « C'est l'arbre qui cache la forêt », disait notre ami.

« Pendant ses récits, ses yeux se remplissaient parfois de larmes. On le disait sentimental. Moi, je crois plutôt qu'il aimait les gens. Il ressentait tout avec force. Autour de nous, on disait qu'il était « mou ». « C'est peut-être vrai, disait-il. Mais je peux être dur quand il le faut. Ça, tu le sais bien. » Il aimait beaucoup les doubles sens, mon mari.

Elle caresse la tête d'un des chiens. Il lui lèche la main. Elle sourit d'un air mélancolique.

— L'amour nous rend meilleurs, dit-elle.

Puis elle demande :

— Vous êtes folkloriste ?

— Non, dis-je. Je ne suis pas folkloriste.

— De nos jours, il y en a beaucoup. Ils passent tout leur temps à recueillir de vieilles chansons. Nous chantions toujours. Nous chantions en travaillant et aussi pour le plaisir. Nous en avions l'habitude. Il y avait de longues chansons qui se déroulaient un couplet après l'autre. C'est seulement après l'arrivée de la radio que nous nous sommes dit que nos chansons étaient peut-être trop longues. À la radio, elles ne durent que quelques minutes.

« Mon mari et moi avions un ami. Il connaissait beaucoup de chansons. Il avait tous les couplets dans la tête. Il ne se trompait jamais. Il se souvenait de tout. Nous aurions dû tout copier pendant qu'il était encore avec nous. Dans un cahier. Quelque part. Nous ne l'avons pas fait. Notre ami a été seul pendant presque toute sa vie.

Elle me jette un regard pénétrant.

— Vous me faites penser à notre ami, dit-elle. Vous lui ressemblez même un peu. Vous chantez?

— Non, dis-je.

Puis, parce que j'en ai assez de dire non, je me ravise.

— Oui. Je sais chanter.

Je chante les premiers mots de « *O Siud An Taobh A Ghabhainn* ». Aussitôt, elle m'accompagne. Puis elle me prend la main. Les mains jointes dans l'air ancien, nous sommes transportés, et elle est jeune de nouveau. Quand nous entamons le couplet où il est question des MacDonald, elle se met à rire.

Dòmhnullaich 'us gu'm bu dual dhaibh
Seasamh direach ri achd cruadail
A bhith diann a' ruith na ruaige,
Dheas, cruaidh gu dòruinn.

Les MacDonald ont l'habitude
de se tenir debout contre vents et marées
et de mettre leurs opposants en déroute,
fidèles et intrépides dans l'adversité.

Quelques-uns des résidants plus âgés viennent à la porte et chantent avec nous. D'instinct, ils se prennent par la main. Puis des membres du personnel les imitent, leurs voix jeunes et fortes se fondant aisément dans la mélodie. Sur le plancher, les chiens bruns lèvent la tête, comme si, une fois de plus, le monde était en ordre.

Falbhaidh sinn o thìr nan uachdran;
Ruigidh sinn an dùthaich shuaimhneach,
Far am bidh crodh laoigh air bhuailtean,
Air na fuarain bhòidheàch.

Nous quitterons le pays des lairds
pour celui du contentement ;
les vaches brouteront dans les prés
et autour des étangs jolis.

La chanson terminée, elle m'observe d'un air admiratif.

— Vous chantez même comme notre ami, dit-elle. Seulement un peu moins bien. Il n'avait pas son pareil. Dommage que vous ne l'ayez jamais rencontré. Il vous aurait plu, je crois.

Je n'y tiens plus.

— C'était mon grand-père, dis-je. Grand-maman, c'est moi, *gille beag ruadh.*

Elle me regarde d'un air consterné, comme si j'étais d'une absurdité consommée.

— Ah ! le *gille beag ruadh,* dit-elle. Le *gille beag ruadh* est à des milliers de kilomètres d'ici. Pourtant, je le reconnaîtrais entre mille, où que ce soit dans le monde. Il occupera toujours une place à part dans mon cœur.

L'amour nous rend meilleurs.

42

Tandis que ma voiture fonce vers le sud, la nuit succède au crépuscule. Non loin d'ici, de l'autre côté de la rivière, les tours des États-Unis — pays né de la révolution — se lancent à l'assaut du ciel.

Dans mon cabinet, lundi, je consolerai, transformerai et, avec un peu de chance, embellirai les patients qui s'en remettent à mes bons offices. Nous parlerons rétrusion, occlusion et surocclusion. « Mordre à belles dents dans la vie », disait grand-maman.

À mes débuts dans la dentisterie, j'avais parfois le sentiment, avec ma blouse blanche et ma fraise, d'être le prolongement de ce que, plus jeune, j'avais été, la perforatrice à la main. Penché sur la surface que je fore, avec de l'eau froide qui m'éclabousse le visage. Forant assez profondément, mais pas trop. À la recherche du juste milieu.

Dans le paysage qui m'entoure, les hommes et les femmes qui ont pour fonction de récolter les largesses de la terre ont cessé de travailler. On les sent pourtant, dans la quasi-obscurité, avec leurs espoirs, leurs rêves et leurs déceptions. Sur la côte est, les autochtones qui vont et viennent au gré des récoltes ont eux aussi mis un terme à leurs activités. Demain, ils feront la navette de part et d'autre de la frontière, sur les traces de la récolte de pommes de terre ou de bleuets, faisant l'aller-retour entre le Nouveau-Brunswick et l'État du Maine. Ils sont plus anciens que les frontières, dont ils se soucient d'ailleurs assez peu.

Au pied du Kilimandjaro, au Kenya, les grands Masais arrogants suivent leurs troupeaux. Pour être forts, ils boivent le sang de leurs animaux. Obéissant au cycle des saisons, ils font peu de cas des frontières des parcs et des réserves. Ils étaient là les premiers, raisonnent-ils. Au contraire des Zoulous, on ne les a pas encore confinés dans des « homelands » où ils ne sont pourtant pas du tout chez eux. Peut-être les Masais ignorent-ils qu'on entend bientôt « faire quelque chose » à leur sujet. « Bientôt, peut-être. »

Au pénitencier de Kingston, dit Calum, les autochtones comptaient pour un pourcentage disproportionné de la population carcérale. Dans de nombreux cas, ils ne comprenaient pas la langue de leurs juges et de leurs geôliers. Dans la fenêtre de leur cellule, ils accrochaient un capteur de rêves, dit-il.

Au pénitencier de Kingston, on ne rêvait pas beaucoup. C'est tout ce qu'il ait jamais dit à propos de ses années d'incarcération.

En langage juridique, une peine d'emprisonnement à perpétuité signifie en réalité une peine d'une durée de vingt-cinq ans, avec possibilité de libération conditionnelle après dix. Voilà pourquoi j'ai la possibilité de lui rendre visite. J'essaie de le faire fidèlement.

Dans les eaux près de Glencoe, le « roi des harengs » nage peut-être toujours. Qui sait ? S'il existe vraiment, peut-être est-il aussi compliqué que les autres chefs. Certains voient en lui un ami, mais ils le suivent à leurs risques et périls. Peut-être n'y a-t-il aucun MacDonald pour les attendre, sa manne et lui. Dans ce cas, il n'est qu'un poisson comme les autres, et il a intérêt à bien choisir les endroits où il nage.

Au bout de ma route, chez moi, ma femme et mes enfants m'attendent. Quand elle était encore enfant, dans l'enfer de l'Europe de l'Est, un fonctionnaire se rendit dans la famille de ma femme. Les noms de son père et de ses deux frères aînés figuraient sur la liste qu'il avait à la main. Ils devaient, leur apprit le fonctionnaire, se présenter à la gare le lendemain matin. Aussitôt la porte refermée, le père de ma femme déclara qu'il allait, à la faveur de la nuit, s'enfuir avec ses fils. Le matin venu, ils seraient déjà loin. Plus tard, ils arrangeraient quelque chose. Sa mère soutint qu'ils devaient au contraire se conformer aux règles et aux procédures édictées à leur intention. On ne doit jamais défier la loi, disait-elle, même quand on n'y croit pas. Ils discutèrent une bonne partie de la nuit. À contrecœur, le père se rendit aux arguments de la mère. Au matin, elle dit au revoir à son mari et à ses fils, qui partirent pour la gare. Elle ne les revit jamais.

Ma femme approuve mes déplacements.

— On ne sait jamais ce qui peut arriver, dit-elle. On n'a jamais assez de temps.

À l'approche de mon « domaine », j'éteins le climatiseur et le régulateur de vitesse. Ma femme est déjà habillée pour sortir.

— Tu as fait bon voyage? demande-t-elle.

— Oui. Je te remercie.

— Il est arrivé quelque chose de spécial? Tu as l'air pâlot et fatigué.

— Non, rien de spécial.

« Tout le monde est fatigué », disait grand-maman.

Je prends une douche avant de me changer. Dans l'annuaire, je vérifie l'adresse du lieu où nous sommes attendus. Dans la marge d'une des pages, je lis les mots : « *Le pays des Laurentides** ». Il y a aussi un numéro de téléphone. En dessous, mon fils a gribouillé : « Message pour papa. »

— Qu'est-ce que c'est que ça? Quand as-tu reçu cet appel?

— Ah! fait-il, embarrassé. C'était il y a longtemps. Je voulais t'en parler mais j'ai oublié. Le type avait un accent français, je crois. Je n'ai pas saisi son nom. Il m'a fait épeler « Le pays des Laurentides ». Il a dit que tu comprendrais.

Je compose le numéro. Une femme à la voix agréable répond. Je l'interroge.

— Ah! oui, je vois, dit-elle. Ils vivaient ici en pension. Ils ne sont pas restés longtemps. La paie n'était pas satisfaisante, alors ils sont partis pour les États-Unis. Je me souviens de certains des noms : MacKenzie, Gingras, Belanger. Ça vous dit quelque chose?

— Oui, dis-je. Ça me dit quelque chose. Merci quand même.

43

Six mois plus tard, le téléphone sonne. C'est le soir. Dehors, la neige tourbillonne, charriée par le vent. « Mars arrive en mouton, mais repart en lion », disait grand-maman.

— Allô, dis-je.

— C'est le moment, dit-il.

— Que veux-tu dire ?

— C'est le moment, répète-t-il. De partir.

Il tousse dans le récepteur.

— Maintenant ? dis-je. Il neige. Il fait noir. Nous sommes en mars.

— Je connais bien le mois de mars, dit-il. Toi aussi.

— Tu es certain ?

— Bien sûr que je suis certain, dit-il. Je n'ai pas l'habitude de plaisanter. Je t'ai déjà téléphoné ?

— Non.

— Dans ce cas...

La téléphoniste intervient, exige plus de pièces. Naturellement, il m'appelle d'une cabine.

— Raccroche, dis-je, et téléphone à frais virés.

— Pas la peine, fait-il en riant. On doit toujours veiller sur les siens…

La ligne est coupée.

Aucun moyen de le rappeler.

— Sois prudent, dit ma femme. On dit que l'état des routes laisse à désirer.

— Je ferai de mon mieux, dis-je. Je dois prendre de l'alcool, tu crois ?

— Prends ce que tu veux, répond-elle, mais sois prudent.

J'emporte une bouteille de brandy. Nous nous disons au revoir en nous embrassant.

L'autoroute 401 n'est pas en si mauvais état qu'on le dit. Souvent, la météo exagère afin de dissuader les automobilistes qui n'ont pas absolument besoin de se déplacer. La voiture dérape à l'occasion, mais je parviens à garder mon rythme de croisière. Les chasse-neige vont et viennent, coiffés de leurs lumières clignotantes. Les sableuses font pleuvoir des cristaux sur la surface blanche. Ce soir, les voitures sont rares.

À Toronto, je le trouve assis sur son lit. Fraîchement peignés et coupés, ses cheveux blancs descendent par vagues sur ses épaules. À ses pieds, il a posé un petit sac.

— Merci d'être venu, dit-il. Tu te sens d'attaque ? Je vais t'aider à conduire.

Nous laissons sa porte ouverte pour que ceux qui n'ont rien puissent prendre ce qui leur fait envie.

— Tu veux du brandy ?

— Non, dit-il. Laisse-le sur le bord de la fenêtre. Il ne moisira pas.

Nous partons dans la nuit.

Il reste silencieux à mes côtés. Par moments, j'ai l'impression qu'il dort ou somnole, mais, quand je me tourne vers lui, il a les yeux ouverts. Il tousse sans arrêt.

La nuit s'étire comme l'autoroute qui nous conduit vers le nord, puis vers l'est. Il y a parfois des bourrasques de neige, mais elles ne durent pas. Le ciel de plomb commence à pâlir. Au Québec, nous nous arrêtons pour manger. Le plat du jour se compose d'œufs, de tranches de pain grillées, de bacon ou de saucisses et de fèves au lard.

Au lieu des fèves au lard, la serveuse nous apporte une saucisse de plus. Les Canadiens français qui nous entourent mangent des fèves au lard.

Calum rit.

— Ils croient qu'on se moque d'eux parce qu'ils mangent des fèves au lard, dit-il. C'est comme pour nous et le porridge, je suppose.

Nous commandons des fèves au lard. La serveuse nous regarde.

— Vous êtes sûrs ? Bon, d'accord. À vous voir, j'avais cru, vous savez, que…

Elle apporte les fèves au lard dans des bols.

— C'est la maison qui vous les offre, dit-elle.

— *Merci**, répondons-nous.

L'autoroute 20 est plate et rapide. Nous roulons le long du Saint-Laurent pris dans la glace.

À Rivière-du-Loup, nous bifurquons en direction du Nouveau-Brunswick. Sur la route à deux voies, nous ne progressons plus aussi rapidement. Tout de même, nous avançons. Nous buvons du café dans des gobelets en polystyrène. Quand nous avons terminé, Calum les jette par la fenêtre, et ils se fondent dans la blancheur de la neige.

À l'approche de Grand-Sault, je lève le sourcil d'un air interrogateur.

— Passons par Plaster Rock, dit-il. Ce sera plus rapide et il n'y aura pas de circulation. Il n'y a que des arbres. Je vais prendre le volant.

— Tu as un permis de conduire ?

— Non. J'y ai renoncé il y a longtemps. Il ne m'aurait servi à rien.

Il conduit d'une main ferme, avec assurance. Les voitures se font rares. Des panneaux nous mettent en garde contre les orignaux.

— La route est bonne, dit-il. Je me demande quand on l'a asphaltée. Avant, elle était en gravier. À l'époque où nous sommes venus de Timmins avec le compresseur et le chaton.

Nous passons par Renous, qui abrite un pénitencier, et par de petits villages aux écoles fermées et aux hôtels de ville abandonnés. Nous arrivons à Rogersville.

— J'ai toujours été frappé par cet endroit, dit-il. Il y a plus de gens dans le cimetière que dans le village. Là où nous travaillions dans les puits, il n'y avait pas de cimetière. On n'y restait pas assez longtemps pour y mourir.

— Bien que certains y soient morts.

— Oui, dit-il. Certains y sont morts. De différentes façons. Tiens, à toi de conduire.

Nous approchons de Moncton. Après Sackville, nous traversons la frontière et arrivons en Nouvelle-Écosse. Il n'y a pas de cornemuseur pour nous accueillir, comme en été. Seulement des flocons de neige qui voltigent.

Nous traversons Antigonish dans l'obscurité, tandis que le vent puissant s'efforce de soulever la voiture. Les panneaux routiers nous mettent en garde contre les rafales. La tempête s'intensifie. Nous arrivons au pied de la côte de Havre Boucher.

— Passe-moi le volant, dit-il. J'ai plus l'habitude que toi dans les côtes et la neige.

Nous entamons la longue ascension. La montée s'étire sur plus de trois kilomètres. Il n'y a pas d'autres véhicules en vue. La voiture glisse et se braque, mais tient bon. Le voyant rouge s'allume, signe que le moteur surchauffe. Arrivés au sommet, nous amorçons la brève descente. La montagne dont on a tiré la jetée de Canso se profile devant nous et sur notre droite.

— Je pense à « *Causeway Crossing* », d'Albert MacDonald, dit mon frère. Tu connais cette chanson ?

— Oui, je la connais.

— C'est une belle chanson, dit-il.

Les gyrophares d'une voiture de police apparaissent devant nous. L'agent nous fait signe de nous ranger.

— Où allez-vous ? demande-t-il. On ne voit pas souvent des plaques de l'Ontario en cette saison.

— Au Cap-Breton, répondons-nous. Nous essayons de traverser.

— C'est impossible, répond-il. Les vagues déferlent sur la chaussée. La jetée est fermée.

Il n'a pas l'accent des gens de la région.

— Vous vous appelez comment ? demande-t-il.

— MacDonald, répondons-nous.

— MacDonald ? fait-il. Comme les types qui font les hamburgers ?

— Non, dit Calum. Rien à voir.

La neige s'accentue et les rafales obligent l'agent à agripper son chapeau. Il court se réfugier dans son auto.

Calum fait démarrer la voiture.

— Qu'est-ce que tu fais ?

— On traverse, répond-il. C'est pour ça qu'on est là, non ?

Près de l'entrée de la jetée, nous voyons les vagues se briser sur la chaussée. Le brouillard recouvre tout, à la façon d'un linceul, et de sombres boules d'écume brune volent par-dessus nous.

— C'est l'extrémité la plus difficile, dit-il.

Il oriente la voiture de manière à pouvoir se faire une idée de la situation. Les vagues viennent de la gauche, se brisent, puis se retirent. Au moment où elles se brisent, la chaussée disparaît, ensevelie sous une épaisse couche d'eau écumante.

Calum compte les vagues.

— Après la troisième grosse vague, dit-il, il y a un creux. Ce sera le moment. S'il est trop mouillé, le moteur va caler. La troisième fois, c'est la bonne.

Puis, au-dessus du hurlement du vent, il s'écrie :

— C'est parti !

La voiture s'élance. Le voyant rouge est allumé, le moteur vrombit et l'eau vient jusqu'à la base des portières. Figés par le gel, les essuie-glaces s'arrêtent. Il baisse la vitre et sort la tête dans la tourmente pour s'orienter sur la route invisible. Une vague nous frappe, puis une autre. La voiture vacille sous l'impact. La jetée est jonchée de débris de bois et de poissons morts. La voiture se faufile entre les obstacles. Nous arrivons à l'autre bout.

— Tiens, fait-il. À toi de conduire. Nous sommes presque à la maison.

Nous changeons de place. Loin du déferlement des vagues, l'atmosphère est presque sereine. Nous apercevons les lumières de quelques maisons. Je commence à rouler le long de la côte. Mon frère se cale dans le siège du passager. La route que nous suivons n'est pas dans la trajectoire directe de la tempête. Peu à peu, le pare-brise se dégivre ; le voyant s'éteint.

Grand-papa se plaisait à dire que, jeune homme, il avait une érection chaque fois qu'il posait le pied au Cap-Breton. C'était à l'époque, disait-il, où les braguettes étaient fermées par des boutons. Nous, ses petits-enfants d'âge moyen, n'éprouvons pas de tels élans d'enthousiasme. Néanmoins nous sommes là.

À l'aube, demain, nous verrons ce qui est maintenant invisible. Tout ne sera pas joli. Près de la mer, les aigles à tête blanche, armés de leurs serres puissantes, fondront sur les bébés phoques au pelage clair. En s'élevant au-dessus de la glace tachée de sang, ils pousseront des cris. « Il faut prendre le bon comme le mauvais, disait grand-maman. Tout n'est pas toujours rose. »

Malgré l'obscurité et les montagnes de neige, je reconnais les repères familiers. Voici l'endroit où grand-papa a jeté par la fenêtre le bouchon de sa bouteille de whisky, le jour où j'ai reçu mon diplôme. Le jour où Alexander MacDonald le Roux a été tué, même si nous ne le savions pas encore. Le jour où sa mère lui a acheté une chemise.

Je me tourne vers Calum, qui reste immobile. Les yeux grands ouverts, il regarde droit devant lui. Par un beau jour d'été, nous avons chanté pour les baleines pilotes. C'est peut-être nous qui avons attiré la baleine gigantesque au-delà des eaux profondes où elle était en sécurité. Puis elle s'est ouvert le ventre sur des rochers invisibles. Plus tard, son corps a été entraîné vers les terres, mais son grand cœur est resté derrière.

Dans la lueur du tableau de bord, j'entrevois la fine cicatrice qui, sur la lèvre inférieure de Calum, commence à blanchir. Voici l'homme qui s'est fait arracher une dent par un cheval. Voici l'homme qui, dans son désespoir juvénile, est parti à la recherche d'un arc-en-ciel, alors qu'on le croyait occupé à gaspiller du carburant.

La voiture atteint le sommet d'une haute colline. Au loin, par-delà la vaste étendue de blancheur, j'aperçois le clignotement régulier du phare, désormais automatisé. Il est encore à des kilomètres. À partir du point le plus élevé de l'île, il diffuse pourtant son message. Multipliant les mises en garde ou, peut-être, les encouragements.

Je me tourne une fois de plus vers Calum. Sur la banquette à côté de moi, je cherche sa main refroidie. Je touche la bague celte. Voici l'homme qui m'a porté sur ses épaules quand j'avais trois ans. Celui qui m'a fait sortir de l'île sans jamais pouvoir m'y ramener.

Dans l'île, la source, négligée désormais, fait, dans l'obscurité qui pâlit, son offrande douce.

Il faut porter les morts. *Fois do t'anam.* Paix à son âme.

« L'amour nous rend meilleurs. »

Remerciements

Je tiens à souligner l'aide spirituelle dont j'ai bénéficié pendant la rédaction du roman. J'exprime en outre ma gratitude à la Hawthornden Castle International Retreat for Writers de Lasswade, en Écosse, où j'ai pu « travailler dans la paix, l'aisance et le confort ».

Mes remerciements à Doug Gibson, pour sa persévérance empreinte de sollicitude, et à Ed Ducharme, pour son aide et son intérêt.

A. M.
Cap-Breton, août 1999

MISE EN PAGES ET TYPOGRAPHIE :
LES ÉDITIONS DU BORÉAL

ACHEVÉ D'IMPRIMER EN MARS 2001
SUR LES PRESSES DE L'IMPRIMERIE AGMV MARQUIS
À CAP-SAINT-IGNACE (QUÉBEC).